KB062314

상사뱀

순 수 와 퇴 폐 의 경 계

상사뱀 2

2016년 1월 12일 초판 1쇄 인쇄
2016년 1월 15일 초판 1쇄 발행

지은이 매니매쉬
발행인 이종주

기획 편집 주수지 정시연
경영 지원 배진경 김슬기
마케팅 김정수 신은경

발행처 (주)로크미디어
출판등록 2003년 3월 24일
주소 서울시 용산구 원효로97길 46 5층
Tel (02)3273-5135 **Fax** (02)3273-5134
홈페이지 rokmedia.com rokmedia.blog.me
E-mail romance@rokmedia.com

값 9,000원

ISBN 979-11-5939-495-9 04810 (2권)
ISBN 979-11-5939-493-5 04810 (세트)

상사뱀

-2-

매
니
매
쉬　장
편
소
설

ROCODO

Contents

흩어진 과거의 조각

하늘이 흐렸다. 일기예보에 비는 오지 않을 것이라고 했지만 사무실 창을 바라보던 태준은 곧 비가 내릴 것이라 생각했다. 책상으로 시선을 옮기니 스크랩한 신문 하단에도 날씨가 흐림을 뜻하는 기사가 있었다.

8년 전, 그 어느 날에도 비가 내렸다. 하늘은 흐리고 비는 오지 않는다고 했던 날, 잠깐의 소낙비만 지나갈지도 모른다고 했던 밤, 그 밤을 온통 적시도록 비가 내렸다.

법의 그늘도 막지 못한 묻지 마 살인 사건

태준의 시선 끝에 기사 제목이 걸렸다. 선 굵은 고딕체가 8년 전의 사건을 화려하게 장식하고 있었다. 사회면 한 장을 내리 채운 이야기는 간간이 태준에게 익숙한 이름을 내보였다.

현직 판사가 제집에서 살해를 당했고 그의 아내가 현장에서 즉사했다. 유일하게 생존한 아들은 사건이 발생한 시각에 집에 없어 그 잔혹한 순간을 피해 갈 수 있었다. 기사의 내용을 간추리면 그랬다.

태준은 천천히 고개를 젖히며 눈을 감았다.

……대한민국은 정직하고 선량했던 법의 대리인을 잃었다.

머릿속에 박힌 신문의 한 구절이 그 주위를 빙빙 돌며 감쌌다. '정직하고 선량했던'. 그는 순간 픽 하고 웃음을 터트렸다. 제 아버지를 수식하는 단어들을 어떻게 받아들여야 할지. 태준은 과거를 더듬으며 단어의 적절성을 판단하고 있는 자신이 우스웠다.

"……아버지."

평소 날씨가 궂은 날이면 묘하게 심장이 뛰곤 했다. 기분 좋은 들뜸이 아니었다. 무언가 일이 생길지도 모른다는 불안감 때문이었다.

"태준아, 일어났니? 학교 가야지."

그날 아침도 그랬다. 전날 저녁부터 하늘이 흐리더니 이윽고 이른 새벽부터 비가 쏟아졌다.

등교를 준비하는 태준은 기분이 좋지 않았다. 묘하게 심장이

뛰는, 이유 없이 마음이 가라앉는 날이었다.

구김 하나 없는 채로 가지런히 걸린 교복을 옷장에서 꺼내자 문밖으로 엄마의 목소리가 들려왔다.

"아침 먹어야지. 얼른 내려와."

10월 31일. 달력에 빨간 동그라미가 가지런히 쳐져 있었다. 아버지 생신.

넥타이를 고쳐 매던 태준은 달력에서 시선을 거두고 빠르게 방문을 나섰다. 식탁 위엔 접시들이 한 치의 오차도 없이 반듯하게 줄지어 정렬되어 있었다.

식탁에 앉으니 빈자리 하나가 눈에 들어왔다. 국을 뜨던 엄마는 그런 태준의 시선에, 손님이 찾아왔고 아버지와 함께 서재에 계시다고 말했다. 아마 생일인 아버지에게 이른 인사를 하러 왔으리라.

"어제저녁에 약 먹고 잤니?"

미역국 한 그릇을 간신히 비우자 식사가 끝났다. 자리에서 일어서자 태준에게 작은 쟁반이 내밀어졌다. 물 한 컵과 알약 두 알. 종합 비타민이라 하셨지만 사실 믿지 않았다. 또 어디선가 기억력에 좋다는 뭔가가 생겼겠지 짐작했다.

"네, 먹었어요."

태준은 약을 받고 잠시 생각에 잠겼다. 언제까지 이런 걸 먹어야 하는 걸까. 엄마는 그런 그가 피곤한 거라고 생각했는지 달래며 일으켰다.

"착하지, 우리 아들. 얼른 학교 갈 준비 해야지."

언제나 그랬듯 선택권이 없었다. 물과 함께 약을 삼키자 그의 교복 재킷을 매만지던 그녀는 서재에 가져다줄 과일과 음료를 준비하기 시작했다. 그때 방문이 열리는 소리가 들렸다.

"그럼 저녁에 다시 찾아뵙겠습니다."

서재에서 나오는 아버지 뒤로 낯선 사람의 얼굴이 보였다. 태준은 자신과 눈이 마주친 사람을 빤히 바라보았다. 전에도 한 번 본 것 같은데 최근 집을 오간 사람이 많아 정확히 누구였는지 기억나지 않았다.

태준은 낯선 사람을 향해 묵례하고 현관문을 나섰다. 대문 앞에서 차가 기다리고 있었다. 시계를 보니 굳이 맞추지 않았음에도 초침 하나 틀림없이 8시를 가리키고 있었다.

익숙하게 뒷좌석에 앉아 이어폰을 귀에 꽂았다. 해외 토픽이 아나운서의 목소리를 타고 흘러나왔다. 표정 없이 창밖을 바라보며 쏟아지는 비를 응시했다.

그의 귓가에 엄마의 마지막 말이 맴돌았다.

'태준아, 오늘은 좀 일찍 와야 할 거야. 손님 모셔야 해서. 담임 선생님한텐 미리 말씀드렸으니까……'

1월 5일. 새해가 밝고, 왠지 모를 들뜸에 모두 묘한 설렘을 느끼는 그런 날이었다. 그러나 나는 회사에 출근하자마자 나를

상사뱀

보는 사람들의 시선이 달라졌음을 느꼈다. 그 룸에서 있었던 일은 전야제에 불과했다.

'관할법원에서 나왔습니다. 조사가 필요하니 잠시 협조 부탁드립니다.'

검은 양복을 입고 영업부에 등장한 회사 감찰부 뒤로 검사들이 들어왔다. 그리고 그 가운데에 어쩐지 묘하게 상황을 즐기는 듯 보이는 공태준이 있었다.

녀석은 애초에 어우동, 최진헌과 함께했던 일은 보복이라 생각하지도 않은 듯 자신의 일을 묵묵히 처리했다.

"어머, 이경 씨. 저 검사랑 아는 사이야? 친한가 봐, 이런 일에 직접 나서는 거 보면."

"아. 고등학교 동창이긴 한데……."

내 집에서 기생하고 있는 놈이기도 합니다. 뒷말을 쓰게 삼키며 공태준을 바라봤다.

"키에 얼굴에 직업까지 빠지는 게 없네. 세상에, 목소리는 또 어때. 석희 씨, 아까 들었어? '최이경 씨를 찾고 있는데…….' 나는 내가 이경 씨라고 할 뻔했잖아."

"아, 과장님도 참. 남편분 들으시면 어쩌시려고. 저 회계팀에 이르러 갑니다?"

옆 부서까지 놀러 온 사람들은 회사 일보다는 나와, 나를 알은척한 공 검사에게 더 관심이 많은 듯했다. 조용히 왔다 가면 좋았을 것을 녀석은 뭘 또 그리 확인하고 싶었는지 내가 있는 팀에까지 친히 등장해 온 사원들의 시선을 받게 했다.

"됐어, 서운은 무슨. 신경도 안 쓸 양반이야. 그나저나 저런 사람도 단점이 있기는 할까? 이경 씨, 어때? 뭐 아는 거 있어?"

"글쎄요. 성격이 좀 그렇긴 한데."

"왜? 좀 차가워 보이긴 하는데. 까칠한 스타일인가?"

아뇨, 좀 미친놈 스타일인데. 마음에 드시면 댁으로 가져가셔도 되는데…….

"좀 칼 같은 성격이긴 해요."

"아, 지난번에 석희 씨가 봤다던 이경 씨 남자 친구도 인물 좋다던데. 주위에 어쩜 그런 사람들만 있는 거야?"

"저 남자 친구 없는데."

"그래? 이상하네. 난 이경 씨 애인 있는 줄 알았는데. 그럼 저 친구 한번 꼬셔 봐. 동창이라며. 뭘 좋아하는지, 어떤 스타일인지 대충 알 거 아냐."

"아……."

청소에 집착이 강하고 흐트러지는 건 죽어도 못 보는 스타일인 건 알겠는데 꼬신다고 넘어올 애는 아니라서 원하는 것이 있으면 회유하는 게 더 빠를 듯합니다. 하지만 그럴 일은 없을 거예요. 지금 내기가 걸려 있어서 뭘 원하면 안 되거든요.

"그나저나 조 부장 말야, 설마 그런 사람일 거라곤 상상도 못 했네."

"그러니까요. 역시 사람은 겉모습만 보면 안 된다니까요. 하청 업체에서 돈 받아먹은 건 그렇다 쳐도 어떻게 자기 딸뻘인 직원을…… 흠, 그런데 겨우 다른 지사 발령이라니 어떻게 그래요?"

말없이 듣던 나는 고개를 들었다. 나도 뭔가 이상하다고 느낀 점이었다. 사임을 빙자한 해고나 권고사직으로 경질이 될 줄 알았건만 해외 지사 발령이 난 것이다.

그 뒤엔 왠지 모르게 공태준이 있는 것 같았다. 그럴 능력이 있다고 생각하는 건 아니었지만 녀석의 눈이 그랬다. 마치 안심하라는 듯, 다시는 조 부장과 마주치지 않아도 될 거라는 듯 나를 바라보는 녀석이었다. 녀석은 조 부장과 내가 우연히 마주칠 기회조차 없애려는 듯 보였다.

조 부장은 결국 베트남 지사로 발령이 났다.

"그래도 이경 씨한텐 그게 더 나을지도 모르죠. 앞으로 마주치지 않을 테니까."

사실 그게 좋지만은 않았다. 그에게 묻고 싶은 게 남아 있었다. 기왕 이렇게 됐으니 내가 기억하지 못하는 게 무엇인지, 내게서 얻으려고 했던 게 무엇인지 제대로 묻고 들으려 했다.

그런데 내가 그 이야기들을 채 묻기도 전에 조 부장은 사라져 버렸다.

"이경 씨."

나를 부르는 목소리에 고개를 돌리니 멀리서 김 대리님과 박 차장님이 걸어오고 있었다. 임원 회의에서 조 부장에 대한 처사를 듣고 오신 듯했다.

"어떻게 된 거야? 그런 일이 있었으면 나한테 제일 먼저 말했어야지."

"죄송합니다."

"그게 이경 씨가 죄송할 일은 아니지만."

박 차장님은 전에도 미리 조 부장에 대해 경고하지 않았느냐면서, 역시 그런 사람일 줄 알았다고 나보다 더 크게 화를 내셨다. 또 나의 바로 위 사수인 김 대리님은 팀 내에서 불미스러운 일이 벌어진 것에 대해 스스로 죄책감을 느끼시는 듯했다.

"걱정 마. 이건 이경 씨만의 문제가 아니야."

"대리님."

"그런 쓰레기 같은 자식을, 사수라는 사람이 그런 것도 모르고. 내가 이경 씨한테 부끄럽다."

내게는 강제 휴가가 내려졌다. 벌써 병가를 많이 쓴 나였건만 사내 특별 조치라며 며칠 출근하지 말고 쉬라는 통보를 받았다.

아무래도 회사에 소문이 잘못 난 듯했다. 영업부의 조 모 씨가 투자 관리부의 최 모 양을 어떻게 하려다 들켰다는 식으로. 공태준이 어떤 명목으로 조 부장을 처리했는지 가늠이 잡혔다. 어쨌거나 난 어딜 가든 유명세를 타고날 팔자인 게 확실했다.

그렇게 회사에 출근하자마자 다시 집으로 돌아오게 된 다음 날, 멍하니 집에 혼자 있으려니 점점 무료해졌다. 공태준은 내가 집에 홀로 있는 것에 왠지 모르게 흡족한 모습을 보였다. 나도 일단은 쉬는 것이 더 좋을지도 모르겠다고 생각했지만 왠지 모르게 그런 녀석을 보자 아니꼬운 것이, 성격이 꼬인 건 녀석이 아니라 나인 듯했다.

"먼저 출근할 테니까 집에 잘 붙어 있어."

"여기 내 집이야. 내가 집 지키는 개도 아니고."

"까불지, 또."

녀석은 꼭 내가 돌아다니기만 하면 사고를 치는 애처럼 말했다. 그러곤 내일이면 내기가 끝나니 마음의 준비를 하라며 미소를 지었다.

무엇이 녀석을 그렇게 자신만만하게 하는 걸까. 어쩐지 불안감이 몰려왔다. 반대로 이틀 뒤에 자신이 이 집을 떠나게 될 수도 있는데 녀석은 왜 그리 확신하는 걸까.

"최이경, 저녁에 외식할까?"

"외식?"

"둘이."

둘이라는 건 누가 들어도 녀석과 나였다. 최진헌이나 어우동은 들어올 수 없다고 울타리를 친 것이었다.

꺼림칙하긴 했지만 오늘은 어우동도 일이 있다고 했고 최진헌도 집에 가서 늦게 들어온다고 한 터였다. 녀석 없이 내가 혼자 저녁을 먹는 건 사실 시켜 먹어야 한다는 뜻이었으니 거절할 이유가 없었다.

"알았어. 몇 시에 나가면 되는데?"

"데리러 올 테니까 얌전히 기다리고 있어."

"또 나 집 지키는 개 취급하지."

"넌 어떻게 그런 쪽으로만 생각할까? 최이경 너도 하여튼 정상은 아니야."

녀석은 내 코끝을 손가락으로 튕기더니 늦었다며 빠르게 정장을 챙겼다.

"간다."

"잘 가. 수고해."

현관을 나서던 녀석은 문득 멈춰 서 나를 돌아봤다. 뭐 두고 간 것이라도 있나 뒤를 돌아보는데 다시 시선을 돌리니 녀석은 여전히 나를 응시하고 있었다.

"왜. 뭐 할 말 남았어?"

녀석은 멀뚱히 묻는 나를 말없이 바라보다가 짧은 한숨을 쉬곤 말했다.

"다음엔 '잘 가'가 아니라."

"……."

"잘 갔다 와, 이렇게 인사해야겠다고 생각해 보는 건 어때."

나는 녀석의 말에 잠시 할 말을 잃었다. 참 뒤끝 없이 깔끔한 녀석이라 생각했는데 여러모로 쓸데없는 것에 신경이 예민한 놈이었다.

"글쎄. 내일이면 네가 내 집에서 영원히 바이바이 할지도 모르는데 너야말로 위기의식을 좀 느끼는 게 어때? 너무 자신만만하면 나중에 후회할 텐데."

"그럴 일은 없을걸."

상사뱀

"믿는 구석이 있는가 보네."

"뭐, 그런 셈이지."

"힌트 좀 줘 봐. 피해 가게."

녀석이 뭘 믿고 저러는지는 모르겠으나 사실 나 또한 어떤 부탁도 하지 않을 자신은 있었다. 설사 그게 출국 금지와 같은 일일지라도 하루 이틀 못 참을 것은 아닐 터였다.

"저녁에 예쁘게 차려입고 나오든지. 그럼 힌트 좀 주고."

"치사하게 조건을 다냐."

"형량 두고 변호사랑 거래할 때도 이런 밑지는 조건 안 달아."

그래도 어쩐지 당당한 녀석을 보니 약간의 불안감은 몰려왔다. 그래, 너 참 잘났다 하고 지나치기엔 무언가 감춰 놓은 게 있는 듯했다.

잠깐 거실에서 졸은 것 같은데 오전 11시였다. 녀석은 잘 가니, 잘 갔다 와니 이상한 논쟁을 펼치다 끝내 지각을 예상하며 인상을 찌푸리고 집을 나섰다. 하여간 이상한 데 집착하는 건 알아줘야 했다.

"으아."

어딘가 간지러운 것 같기도, 몸이 떨리는 것 같기도 해서 두리번거리니 발끝에 바람이 와 닿는 게 느껴졌다. 그 바람을 따라 시선을 옮기니 거실 창문에 최진헌이 뚫어 놓은 구멍이 보였다. 판자와 테이프로 막아 놨던 것이었다.

저게 아직도 저 상태로 있었나. 아침부터 날이 흐리다 싶더니 비에 젖어 구멍이 생긴 듯했다. 당장 최진헌에게 저것부터 처리하라고 해야겠단 생각이 들었다.

"설마 몰래 들어올 비상용 문으로 만들어 놓은 건 아니겠지."

만약 그렇다면 일단 고치고 비용 청구라도 해야지. 그렇게 계획을 짜던 순간 전화가 울렸다. 역시 귀신같은 놈 아니랄까 봐 최진헌이었다.

ㅡ최이경, 어디야?

"집이지. 왜?"

ㅡ지금 안 바쁘면 오빠 부탁 하나만 들어줄래?

녀석은 일찍 나가면서 두고 갔는지 제 방에 있는 그림 하나를 꺼내 달라고 했다. 사람을 보낼 테니 그 사람에게 전해 주기만 하면 된다고.

나는 알겠다고 했다. 어려운 부탁이 아니었으니까.

ㅡ누구시죠?

"아, 저, 최진헌 씨 물건을 가지고 왔는데요…….."

낯선 동네, 낯선 집 앞. 현관문 초인종 앞에 멀뚱히 한참을 서 있었다.

최진헌의 집이었다. 가만 생각해 보니 나는 녀석에게 부탁이란 걸 받아 본 적이 없었다. 마침 녀석에게 할 말도 있고 해서 직접 그림을 가져왔다.

상사뱀

삑– 하는 기계음과 함께 대문이 열려 녀석의 집으로 천천히 들어서자 저절로 걸음이 멈춰졌다.

"와."

녀석의 부모님이 유명한 미술인인 건 알고 있었지만 이렇게 좋은 집에서 살고 있을 줄은 몰랐다.

공태준의 집과 내 집은 비교도 안 될 만큼 예쁘고 화려한 집이었다. 독특한 적색 지붕의 집은 마치 유럽에서 건물을 통째로 뽑아 온 것 같은 분위기를 띠고 있었다.

"안녕하세요, 저는 최진헌 씨 부탁을 받고……."

"어머, 네가 이경이구나? 세상에 어쩜, 그림이랑 똑같네. 예쁘게도 생겼지."

집 안에 들어서자 가장 먼저 나를 반긴 것은 커다란 개와, 물감이 묻은 앞치마를 두른 중년의 여자였다. 나는 빠르게 고개를 숙여 인사했다.

다시 고개를 들었을 땐 그녀가 흘러가듯 잡지와 TV에서 봤던 얼굴임을 알아봤다. 한국의 디에고 리베라와 프리다 칼로 부부라고 불리는 것을 어디선가 본 적이 있었다.

"아, 저는 이 그림 가져다 드리려고……."

"반갑다. 언젠가 만날 줄은 알았지만 이렇게 집에서 보게 될 줄은 몰랐네. 진헌이는 2층에 있을 거야. 아줌마가 간식 좀 해서 올려 보낼게. 먼저 가 있겠니?"

최근 영국의 도시 곳곳을 돌며 전시를 연 바쁜 스케줄에도 지친 기색은 없어 보였다. 수수한 듯 화려한 듯, 액세서리 하나 걸치지 않은 채 물감 묻은 옷을 입고 있음에도 어딘가 묘한 분위기가 흘렀다.

어색하게 인사한 후 2층으로 올라간 나는 제일 왼쪽에 있던 녀석의 방 앞에 서자 왠지 모르게 긴장이 됐다. 스무 살이 넘은 후로 남의 집에 온 것은 처음이었다. 그것이 최진헌의 집이라는 것 또한 상상하지 못했던 일이었다.

천천히 방문을 열고 들어서니 녀석은 바닥에 엎드려 그림을 그리고 있었다. 문기척에도 돌아보지 않을 만큼 열중하고 있는 듯했다. 녀석이 뭔가에 집중하는 모습은 처음이었다.

또 생각보다 방이 깔끔했다. 내 집에 있는 녀석의 방과는 사뭇 달랐다. 내가 기억하는 최진헌의 방은 태권도 도복이 벽에 자랑스레 걸려 있고, 주위엔 온통 아령이니 운동기구니 하는 것들이 옷과 함께 방에 너저분히 널려 있어 발 디딜 곳이라곤 침대 위가 유일했다.

그러나 눈앞의 방은 누군가가 매일 청소를 해 주는 듯 먼지 하나 없이 깔끔했다. 그래도 하나 공통점이 있다면 그림 그리는 사람 방답지 않게 한 점의 그림도 벽에 걸려 있지 않다는 것이었다.

"일할 땐 들어오지 말라고 했잖아요."

그때 녀석이 고개도 들지 않고 내게 말했다. 아니, 정확히 말하자면 내게 말한 것은 아니었다. 제 방문을 열고 들어온 것이 나라는 걸 모르는 듯했다.

녀석은 예나 지금이나 특이하게도 바닥에서 그림을 그렸다.

고등학생 때도 그랬다. 언젠가 어우동이 멀쩡한 의자를 두고 크레파스로 바닥에 낙서하는 아이처럼 그리는 것이 녀석의 특기라고 말해 준 적이 있었다.

"최진헌."

이름을 부르는 내 목소리에 천천히 고개를 든 녀석은 놀란 듯 붓을 든 손을 멈추고 나를 올려다보았다.

"……최이경?"

"안녕."

뜬금없는 인사가 조금 낯설겠지만 처음 방문한 친구의 집에 들어서서 처음으로 내뱉을 대사론 왠지 '안녕'이 제일 어울릴 듯했다.

"네가 어떻게 여기에……."

"아까 우리 집에 오셨던 분이 급한 일이 생기신 것 같아서. 그렇게 됐어."

"……."

"그림 그리고 있었나 보네."

녀석은 아직도 제 방에 있는 내가 믿기지 않는 듯 멍하니 눈을 깜빡였다.

"너 그림 그리는 거 예전에 학교 작업실에서 보고 처음이다. 그래도 네가 그림으로 먹고사는 애는 맞나 봐. 난 또 체육인으로 진로 전향한 줄 알았지."

들어와 앉으란 말이 없는 녀석 때문에 기약 없이 서 있으려니 녀석의 어머니와 마주친 것보다 더 어색한 기운이 돌았다.

평소였다면 녀석이 어디에서 뭘 하고 있건 상관하지 않고 하고 싶은 대로 했겠지만 지금은 예외였다.

"네 방 되게 좋은데?"

집에서 가져온 그림을 천천히 바닥에 내려놓자 녀석은 빠르게 일어서서 다가왔다. 이렇게 잘 먹고 잘 사는 놈이 왜 남의 집에 들어와 생활비 한 푼 안 내며 거실 창에 구멍이나 내는지, 순간 화를 내려다 내가 선 곳 바로 아래에 녀석의 어머니가 있다는 사실에 조용히 분을 삭였다.

녀석은 방을 둘러보는 나를 멍하니 바라보다 내가 무슨 생각을 하고 있는지 알아차린 듯 눈썹을 들썩이며 입을 뗐다.

"돈 많은 사람들이 엄마 아빠 그림을 엄청 좋아하거든."

"아……."

"비싼데 세금을 안 떼 가니까."

어느새 바깥에 부슬부슬 내리던 비는 세찬 빗방울로 바뀌었다. 녀석은 내가 손님인 것을 잊었는지 나보다 더 어색한 모습을 보이며 내 뒤를 졸졸 따라다녔다.

"최이경, 네가 이 방에 있으니까 기분이 이상해."

"왜."

"몰라. 그냥 여기가 막 간지러워."

녀석은 제 가슴팍을 긁적이며 옆에 다가와 섰다. 문득 코끝에 향수 냄새가 스쳤다. 평소 운동을 하는 녀석은 향수 뿌리는 것을 즐기지 않았다. 주위에 물감이 여기저기 퍼져 있기에 그 냄새가 어지러워 그런가 생각했다.

"어?"

그때 무언가 내 눈을 사로잡는 것이 있었다. 녀석의 방에서 처음 발견한 그림이었다. 하지만 처음 보는 그림은 아니었다. 거울을 보듯 익숙한 얼굴의 여자애였다. 수능을 보기 전 내게 선물하겠다면서 그린 작품이었다.

녀석은 그림을 보고 있는 내게로 달려와 앞을 막아섰다.

"최이경, 배고프지 않아? 뭐 먹으러 갈까?"

"잠깐 비켜 봐."

그려진 내 얼굴 밑에 붉은색 글귀가 쓰여 있었다. '최이경 나쁜 년'. 참 또박또박 궁서체로 잘도 썼다.

"지울 거야."

"왜 지워. 예쁘게 잘 썼네. 나중에 전시할 기회 있으면 꼭 걸어. 모델료는 따로 챙겨 줄 거지?"

그리고 보니 녀석의 어머니가 나를 알아본 것이 이 그림 덕분인 듯했다. 나쁜 년이라고 써져 있는 그림을 보셨음에도 웃으며 환대해 주신 녀석의 어머니에게 새삼 감사했다.

"사실 네가 이렇게 그림을 잘 그리는 줄 몰랐어. 어우동이 거짓말하는 줄 알았거든. 아령만 들던 너의 그 손이 이런 걸 만들어 낸다니 갑자기 달라 보이는 것 같기도 하다."

녀석은 내 말에 하하 웃으며 어우동 말은 콩으로 두유를 만든다 해도 믿기지 않을 거라 했다. 이어 천천히 내 옆에 선 녀석이 낮은 목소리로 말을 이었다.

"딱 스무 살이 되면 이 왼손 없애 버리려고 했는데. 사실 나한텐 쓸모없는 애거든. 신이 만들 때 졸았는지 이런 걸 달아 줬지 뭐야."

"……."

"그런데 네가 손을 내밀더라. 기억나? 우리 수능 날 네가 나한테 이렇게 손 내밀었잖아. 살면서 악수하자는 애는 별로 없었는데."

녀석은 제 손을 바라보다가 무언가 떠올리듯 내게 내밀었다.

나도 그날을 기억하고 있었다. 캐나다로 도망치기 전, 녀석에게 나름의 방식으로 이별을 고한 날. 꼭 녀석에게 나쁜 짓을 한 것 같은 날이었다.

그럴 마음이 없었다 해도 녀석에겐 상처로 기억된 날이라 했다. 나는 녀석을 볼 때마다 그게 늘 마음에 걸리곤 했다.

내가 말없이 제 손을 바라보기만 하자 녀석은 민망한 듯 뒷머리를 긁적이며 말을 이었다.

"다른 여자애들은 어찌나 이 오빠한테 한번 안겨 보려고 했는지, 하하. 지금도 그렇지만 예전에도 이 인기는 활화산처럼 폭발적이었지. 네가 손이 아니라 이 오빠 품에 안겼어야 했단 말이야."

"……."

"그랬으면 이 손으로 골탕 한번 시원하게 먹일 수 있었는데."

순간 어우동의 말이 떠올랐다. 녀석은 억지로 하고 싶지 않은 것을 하고, 가고 싶지 않은 길을 가고 있다고 했다.

나는 그 뒤에 녀석의 부모님이 있다는 걸 모르지 않았다. 내 엄마를 묻던 녀석의 눈, 내 아빠를 말하는 녀석의 눈이 제 부모를 말하는 것과는 많이 달랐으니까.

"그런데 만약 네가 돌아왔을 때, 떠났을 때처럼 손을 내밀면 잡아 줄 수가 없겠더라고."

"진헌아."

"어른이 돼서 만나자고 손을 내밀었는데 어른이 된 내가 잡아 줄 손이 없어서 네가 또 가 버리면 어떡해."

녀석의 가라앉은 눈이, 애처롭게 제 손을 바라보는 눈이 자꾸 가슴 언저리를 찔렀다. 내가 약속한 것이었다. 악수를 청하며 다시 만나자고. 단순한 인사였지만 녀석은 알겠다고 했다.

'잘 있어.'

'그래, 최이경. 너도 잘 있어.'

'응.'

'그리고 금방 다시 만나자.'

그러나 나는 약속을 지키지 못했고, 녀석은 그런 나를 기다렸다. 그것도 7년을. 나는 왜 그 마음을 아무렇지 않게 생각하고 있었을까. 하지만 지금 와서 녀석에게 다시 손을 내밀 순 없었다.

나는 녀석의 등을 치며 애써 웃는 얼굴을 만들었다.

"최진헌, 너 내 동정심 유발하는 거지?"

"맞을걸."

"수작 부리지 마. 그런 걸로 어필 안 돼."

"와, 피도 눈물도 없네. 나를 동정해 볼 생각은 없어?"

"이렇게 좋은 집에서 따뜻한 밥 먹고 잘 사는 놈을 내가 왜."

내가 해 줄 수 있는 것이라곤 이런 것뿐이었다. 어설프게 녀석을 동정할 수도, 투정을 받아 줄 수도 없었다. 그러기엔 녀석은 내게 너무 과한 놈이었다.

이제야 어렴풋이 녀석도 외롭게 컸구나 알아 버린 지금, 내가 할 수 있는 일이라곤 그저 웃으며 녀석 옆에 서 있는 것이었다. 의미 없이 내민 손에 마음 다쳤을 녀석을 고작 농담으로 넘기며 위로하는 것이 전부였다.

"최이경 겁나 치사해. 그리고 이게 내 집이냐? 우리 부모님 집이지."

"그래, 네 말대로 여긴 너희 부모님 계신 집이야. 네 부모님이 나 같은 여자 좋다고 하는 거 보시면 잘도 환영하시겠다."

"너 같은 여자가 어떤 여잔데?"

"너도 아니까 써 놓은 거잖아. 나쁜 년."

녀석은 내 말에 옆에 있던 천으로 그림을 덮으며 입술을 삐죽거렸다.

"글쎄. 내가 생각하기에 우리 부모님, 네가 최이경인 거 알면 쌍수 들고 환영할 것 같은데."

"세상 어느 부모가 제 아들이 부모 없이 자란 여자 만나는 걸 좋아하겠어. 아니, 부모가 있었다면 더 반대하셨을걸? 내가 누구 딸인지 알면 없던 혈압도 생겨서 쓰러지실 텐데."

상사뱀

녀석은 내 말에 무언가 생각났는지 문득 나를 바라봤다. 입가엔 여전히 미소가 걸쳐 있었다.

"넌 저 사람들이 어떤 사람인지 몰라."

"……."

"저 사람들은 그냥 그림에 미친 사람들이야. 가서 한번 말해봐. 내가 최이경이라고. 그럼 '아, 네가 최이경이란 애구나. 그래, 혹시 뭐 필요한 건 없니? 있으면 말하렴. 대신 여기서 같이 살래?' 그럴걸."

"그게 무슨 말이야?"

"내가 다시 그림을 그리는 게 네 덕분이라고 생각하니까. 생각보다 훨씬 더 좋아할걸? 내가 이렇게 1등 신랑감이다, 너. 우리 집에 시집와. 평생 어화둥둥 예쁜 내 며느리 소리 듣고 살 테니까."

어느새 제 침대에 누운 녀석은 천장을 바라보며 말을 이었다.

"그림을 그렇게 좋아하면서 나는 왜 낳았는지 몰라. 애가 필요했으면 애도 그냥 도화지에 그리지."

녀석의 시선을 따라 천장을 바라보니 이 방 벽에 붙어 있는 유일한 그림 한 장이 눈에 들어왔다.

꽤 오래돼 보이는, 아직은 솜씨가 서툰 어린아이가 그린 그림 같았다. 그림 속엔 수녀복을 입은 여자와 손을 잡고 있는 어린아이의 모습이 있었다.

문득 녀석이 고아원에서 잠깐 살았다는 것이 떠올랐다. 수녀복을 입고 있는 사람은 고아원의 원장인 듯했다.

가족사진이나 어린 시절의 추억이 있어야 할 방에 왜 녀석은 저 때의 그림을 천장에 붙여 놓은 걸까.

　"그렇게 싫었으면 안 하면 되잖아. 다른 게 하고 싶다고 말했어야지."

　"나도 그러고 싶었는데 잘 안 됐네."

　"싫다고 해. 그림 그리기 싫다고. 초반 설득이 어려울 것 같으면 잠시만 쉬겠다고 하고……."

　녀석은 어느새 침대에서 일어나 나를 바라보고 있었다. 헝클어진 머리카락이 유난히 녀석을 어려 보이게 하는 듯했다. 마치 내가 나의 부모님 얘기를 할 때마다 열다섯 살의 어린 시절로 돌아가 머물듯 녀석은 이 방에 오면 저 그림을 그린 어느 날의 어린 최진헌으로 돌아가는 것 같았다.

　"너도 알잖아."

　"……."

　"네가 누구 딸이 아니고 싶다고 해서 아닌 게 못 되듯이 나도 죽을 때까지 최현택, 이미성의 아들이라는 거. 호적 파면 달라지나? 손 잘라 내고 몸에 있는 피를 다 빼 버릴 때나 가능한 일일 텐데."

　"그래서 네가 얻는 건 뭔데. 네가 끌려다니는 이유는 뭔데?"

　세상에 자식 이기는 부모는 없다 했다. 마음먹으면 언제든 도망칠 수 있었다. 그런데 녀석은 왜 아직도 이 방에 스스로 갇혀 있는 걸까, 나는 그걸 묻는 거였다.

　벗어날 수 없는 부모라도 녀석이 원하지 않으면 끌려다니진 않을 수 있을 텐데 너는 무엇 때문에 울면서 웃는 얼굴을 해야 하는지.

"너."

"……."

"최이경이 갖고 싶으니까."

"최진헌."

"이용 좀 당하면 어떻고 자식 가지고 장사 좀 하면 어때."

"……."

"너를 가질 수 있을지도 모르는데."

잠시 침묵이 흘렀다. 창을 두드리는 빗방울이 우리 사이의 적막함을 채웠다. 녀석은 그 이유를 나라고 말하고 있었다. 그것이 나를 아무 말도 할 수 없게 만들었다. 그러나 녀석은 잠시 후 침대에서 벌떡 일어나 내게 다가왔고 이마를 툭 손끝으로 밀치며 다시 장난기 넘치는 얼굴을 보였다.

"하하, 뻥이야. 얼굴 풀어. 우리 부모님 그렇게 무서운 사람들은 아니다? 아들한테 막 '시키는 대로 하면 원하는 거 다 갖게 해 줄게' 하는 그런 사람들 아니라고. 너 그런 상상 하고 있었지? 내가 여러 그림 그려 주는 대신 너 데려다 달라고 하면 막 납치까지 해서 데려다주는. 야, 우리 부모님이 아무리 그림 빼고 보이는 게 없는 사람들이라고 해도 그런 몰상식한 수준까진 아니야."

"야."

"물론 그래 주면 몹시 고마울 것 같긴 하다."

녀석은 다시 천천히 바닥에 엎드렸다. 내가 오기 전에 작업하고 있었던 그림을 이어 그리려는 듯했다.

"너나 나나 유명한 부모 덕에 피곤한 인생 사는 건 매한가지잖아. 봐, 우리가 이렇게 또 천생연분이야. 궁합은 안 봐도 돼."

"……."

"또 우리 둘 다 원치 않게 부모한테 물려받은 것도 있고. 나는 이 거지 같은 손! 너는 허허, 가슴……? 아, 물론 바다와 같은 크고 포근한 가슴, 아니, 마음! 마음을 말한 거야."

"……최진헌 네가 죽을라고."

"버리려고 해도 버려지지 않는 것들이지."

나는 문득 바닥에 누운 녀석의 뒷모습을 보며 녀석이 내 곁에 남았던 것이 어떤 이유에서였는지 알 것 같았다.

고등학생 시절, 내게 말 한마디 걸기는커녕 눈도 마주치지 않던 내 짝꿍은 그렇게 나를 알아봤던 걸까. 너는 나한테서 널 알아봤던 걸까.

그래서 나와 친구가 되어 주고 말을 걸어 줬던 걸까. 사람들의 비난 속에서 겉으론 미친년, 나쁜 년인 척해도 사실은 외롭다고 속으로 울던 나를 넌 알아봤던 걸까. 그래서 너도 외로웠다고, 그런 아이라고 털어놓고 싶었던 걸까.

"우리 이경이도 그러니까 버리면 안 돼? 큰 가슴, 아니, 크고 넓은 마음 말이야."

"……."

"또 생각해 보면 괜찮은 거래일 수도 있어. 나를 만나면 덤으

상사뱀

로 그림 잘 그리는 부모도 딸려 오고, 또 잘하면 나중에 유산도 물려받을지도 몰라. 그것도 꽤 많이. 우리 이경이는 아직 아가라서 잘 모르겠지만 내가 운동도 되게 열심히 해서 다른 아줌마들이 부러워하는 남편이 될 텐데."

장난인 듯 농담인 듯 살랑거리는 녀석의 입가에 미소가 걸쳐 있었다. 그런데 녀석의 눈은 왜 그리 진지하기만 한지.

만약 녀석의 눈을 보고 있지 않았더라면 '이 변태 또라이 같은 놈을 봤나.' 하고 등을 팍 치며 돌아섰을지도 몰랐다. 그러나 안타깝게도 나는 나를 빤히 바라보며 눈도 깜빡이지 않는 녀석과 마주하고 있었다.

"그러니까 최이경, 나랑 살래?"

"……."

"싫어? 아니면 나랑 어디 멀리 도망갈까? 우리 알아보는 사람 아무도 없는 데로."

그 말에 순간 녀석이 진짜 바라고 있던 게 이런 건 아닐까 생각했다. 그 어느 날 내가 이 모든 게 꿈이었으면 하고 바라던 그 고통 속에서 결국 도망쳐 버렸듯 녀석 또한 지금 이 괴로운 세상에서 도망치고 싶은지 모른다고. 그리고 그 곁엔 내가 있기를 바라면서.

"진헌아."

"그래. 솔직히 돈이 뭐가 중요해. 부모도 부모 나름이지. 시부모가 부모야? 남이지. 우리 외국 어디 멀리 가서 나는 태권도 도장 차리고 넌 가끔 와서 애들 잘하나 구경해. 너 전에 삼촌이 농장 하신다고 했지? 가끔 놀러 가서 농장 일도 도와 드리고 그렇게 살자, 이경아."

"……."

"그러다 어떤 날엔 집에서 너를 그리지 뭐. 네가 원하면 훨씬 더 예쁘게 그려 줄게. 지금도 충분히 예쁘지만."

녀석의 꿈은 내가 꿨던 꿈과는 달랐지만 내 것보다 훨씬 예뻤다. 감히 나란 애가 그 꿈에 들어가면 안 될 만큼.

"그러다 우리에게 아기가 생기면 그 애는 정말 사랑만 받고 자랄 거야. 그렇지?"

"응. 아마 그렇겠지. 넌 좋은 아빠가 될 테니까."

"너랑 나랑은 그렇게 세상에서 제일 착하고 좋은 부모가 될 수 있을 텐데."

"하지만 넌 나랑 다르잖아. 최진헌 너는 훨씬 더 좋은……."

"그러니까 나랑 살아, 최이경."

"……."

"내가 전에 말했지. 졸업하고 태권도도 배우고, 그렇게 어른이 되면 너랑 결혼할 거라고. 그리고 네가 말했잖아. 손잡아 달라고. 어른이 되면 만나 줄 테니 미리 잡아 달라고 먼저 내밀었잖아. 이제 내가 내미는 거야. 그때 나도 잡아 줬으니까 너도 잡아. 다시 잡아 주겠다고 한 그 손, 지금 잡아 줘."

녀석은 내게 손을 내밀었다. 웃고 있지 않았다. 녀석의 까만 눈엔 그저 말없이 서 있는 내가 담겨 있었다.

말 없는 우리 둘 사이에 있는 건 지켜지지 않았던 약속이었고 녀석은 그 약속을 지키라고 눈으로 말하고 있었다.

창 너머로 여전히 비가 내리고 있었다. 비는 타닥타닥 창문을 치는 소리를 내며 어지러운 우리 둘 대신 방 안을 감싸고 있었다.

쉽게 그칠 비가 아닌 듯했다. 태준은 어느새 젖은 교복 바지 끝을 바라보다 천천히 교문으로 시선을 옮겼다. 하루가 남들과 같은 속도로 흘러갔을 텐데도 어쩐지 그에게는 빛보다 빠르게 지나간 듯했다.

저녁 9시, 아침에 교문을 들어서던 것이 방금 전 같은데 어느새 집에 갔어야 할 시간이 훌쩍 넘어 있었다. 학교를 돌아보니 불 꺼진 교실이 대부분이었다.

-태준아, 어디니? 손님들 와 계시는데. 아버지가 찾으시기 전에 와야 해.

태준은 여러 개 쌓여 있는 문자메시지를 천천히 읽어 내렸다. 이윽고 다시 울려 대는 핸드폰의 전원을 끄고 주머니에 감췄다.

몸이 안 좋다고 할까, 공부해야 할 것이 밀렸다고 할까. 수업 시간 내내 어떻게든 빠져나갈 궁리를 해 봤지만 특별한 날이었던지라 생각대로 되진 않을 듯했다. 고3이 되면 아프다는 핑계도 먹히지 않을 거였다.

태준은 천천히 비 오는 거리를 따라 목적 없이 걷기 시작했다. 집에 늦게 들어가기 위해 하는 것이 고작 모르는 길을 따라 거리를 걷는 것이었지만 태준에겐 유일한 탈선이었다.

그렇게 시간은 또 흘러 어느덧 10시를 가리키고 있었다. 태준은 꺼 놓았던 핸드폰을 다시 꺼내려다 이내 주머니에 넣었다. 아직 손님이 남아 있을 수도 있으니 그를 바로 찾아내진 않을 듯했다.

최근 아버지의 감시와 집착이 심해지고 있었다. 담임과의 진학 상담을 통해 물리학과를 지원한다는 것이 아버지 귀에 들어간 탓이었다. 집에는 알리지 말아 달라고 부탁까지 했건만 담임은 그의 편이 아니었다.

"아!"

"죄송합니다."

"거참! 학생, 앞 좀 똑바로 보고 다녀."

생각에 잠겨 걷다가 미처 앞을 보지 못했다. 들고 있던 우산은 어느새 손에서 멀어져 있었다. 태준과 부딪친 사람은 제 할 말만 하고 빠르게 사라졌다. 그러나 우산은 여전히 바닥을 뒹굴고 있었다.

태준은 생각했다. 지금 저 나뒹구는 우산이 어쩌면 자기일지도 모르겠다고. 비를 막아 내고 흙탕을 뒹굴어도 원래 그럴 목적으로 만들어진 것이니 아무도 불쌍하다 여기지 않겠지.

-태준아, 엄마야. 문자메시지 보면 전화 좀 해 주겠니? 아버지 많이 화나셨어. 어디니? 집에 오고 있는 거지?

태준은 이윽고 천천히 우산을 주워 들었다. 이미 온몸은 젖어 버렸지만 결국 집으로는 돌아가야 했다. 마지막으로 본 문자메시지는 그에게 되새김질되며 돌아갈 것을 종용했다. 누군가가 억지로 떠밀거나 끌려가는 것이 아니었다.

그 감옥 같은 곳이 유일하게 태준이 돌아가야 할 곳이었다. 평생 비가 오는 거리를 목적 없이 헤맬 순 없었다. 또 그럴 수 있다 해도, 결국은 끌려들어 갈 것이었다.

끌려가는 것보단 스스로 걸어 들어가는 편이 나을지 몰랐다. 어차피 도착하는 곳은 같으니까.

태준은 문득 생각했다. 지금 걸어가고 있는 길은 감옥이 아니라 지옥으로 가는 길일지도 모른다고. 스스로 지옥의 입구에 걸어 들어가고 있는 것일지도 모른다.

그리고 바랐다. 언젠가 그 누군가가 자신을 저 지옥에서 꺼내 주길. 자신은 빠져나갈 용기도, 힘도 없으니 어느 동화에 나오는 그런 멋진 용사 또는 기사 같은 사람이 자신을 꺼내 주길.

"하하."

그러나 그런 일은 일어나지 않을 것이었다. 태준은 제 어이없는 상상에 실소를 터트렸다.

제가 가시덩굴로 뒤덮인 성에 갇힌 것은 사실이나 그 안에 기다리고 있는 착한 왕자는 못 되었다. 단단하고 빛나는 검으로 용을 무찔러 줄 용감한 공주는 없을 것이었다. 그런 동화는 세상에 존재하지 않았다.

집으로 올라가는 길목은 어둡고 축축했다. 어떤 사람이 제집에 들어가며 이런 기분을 느낄까, 태준은 까마득하고 길기만 한 제 미래와 같은 길로 무거운 발을 옮기고 있었다.

더 도망칠 곳이 없었다. 실낱같은 희망인 대하 진학도 결국 아버지의 뜻대로 이뤄질 것이었다.

성인이 되면 멀리 도망칠 수 있을 줄 알았지만 그것도 헛된 기대였다. 어른이 되면 지금보다 더 숨 막힐 감옥 같은 생활이 이어질 것이었다. 판사가 되는 건 당연했지만 그건 수단이지, 목표는 아닐 터였다.

곧 당으로 들어간다는 아버지는 국회를 새 목표로 잡고 있었다. 그것이 태준이 가야 할 길이었다. 같은 수순을 밟고 그 길을 따라야 할 것이다.

"……."

어느덧 집 앞에 도착했다. 얕은 한숨이 터져 나왔다. 들어서는 순간 왜 이제 오느냐고 불벼락이 떨어질 것이었다. 감당해야 할 일이겠지만 억지로 행복한 척 낯선 사람들 가운데에 앉아 웃고 식사를 하는 것보단 나을 듯해 선택한 것이었다.

그러나 대문으로 들어서려는 태준은 무언가 이상함을 느꼈다. 집 안에 불이 켜져 있지 않았다. 늦은 시간이었지만 아직 그가 들어오지 않았기에 먼저 잠들 부모가 아니었다.

"……아."

상사뱀

심지어 대문이 열려 있었다. 누군가가 들어가는 길 혹은 나오는 길에 문을 잠그지 않았던 건가. 손님이 많이 오는 날이긴 했지만 어딘가 이상한 느낌이 들었다.

천천히 집 안으로 걸음을 옮겼다. 비에 젖은 돌계단이 운동화로 가려진 발에도 축축하게 느껴졌다.

그러다 문득 태준의 걸음이 멈췄다. 현관문이 열려 있었다. 부는 바람을 따라 빗방울이 새어 들어가고 있었다.

반짝이는 진실 1

"최이경. 내가 아주 잠깐 집 비운 사이에 둘이, 어? 막 그런 진도를 나갔다 이거지?"

"갑자기 무슨 진도."

"어디 외간 남녀가 밖에서 단둘이 밥을 먹냐고!"

생각지도 못한 복병이 생겼다. 최진헌은 공태준과 저녁 약속이 있다는 말에 누워 있던 그대로 내 바지 끝을 잡아챘다.

한두 번 둘이서 먹은 밥도 아니건만. 어이가 없어 실소가 터져 나왔다.

진지하게 제 얘기를 할 때까지만 해도 마음이 무겁고 미어졌는데 다시 본모습으로 복귀한 녀석 덕분에 제정신으로 돌아올 수 있었다.

"아니면 나도 데려가. 내가 공태준이랑 너랑 단둘이 밥 먹게

놔둘 것 같아?"

"너 오늘까지 저거 그려야 한다며."

"괜찮아, 도망치면 돼. 설마 죽이기야 하겠어."

사실 진도란 단어에 어울리는 걸 생각해 보면 외간 남녀가 한방에 있는 녀석과 내가 더 그럴듯했다.

그런데 녀석은 공태준과 겨우 저녁 한 끼 먹으러 가는 내 바짓가랑이를 잡고 진도니 외간 남녀니 하며 주절주절 말을 늘어놓고 있었다.

이어 바닥에 놓인 그림을 완성시켜야 한다더니, 바닥에 누워 내가 나가지 못하게 발을 구르며 떼를 써 댔다. 저걸 그냥 밟고 지나가면 이놈 비명 소리에 어머님이 올라오실까.

"너 아까는 억지로 그림이 뭐, 삶이 힘드니 뭐니……. 연기였냐? 어우동한테 연기 교습 받아?"

"그건 그거고."

녀석은 어느덧 바지 끝을 빼기 위해 앉은 내 앞으로 다가와 시선을 맞췄다.

"영국 한 바퀴 돌고 와서 그 약발로 몇 번 튕기는 건 봐줄걸? 그리고 나 정도면 양반이지. 겨우 손 한 번 잡아 주고 캐나다로 도망친 애도 있었는데."

"……야."

"이번에는 잡아 주지도 않고 도망칠 건가 봐? 것도 어떤 놈팽이랑."

"공태준, 취향 고상한 척하더니 먹자는 게 겨우 회야?"

"……제발 조용히 좀 하고 가면 안 될까."

결국 나는 최진헌이란 혹을 달고 공태준에게 가야 했다. 녀석이 내 약점을 틀어쥔 것이다.

녀석과의 약속을 지키지 못한 내게, 손을 잡아 달란 말에 그 손을 뿌리치지도 잡아 주지도 못한 내게 캐나다로 도망친 경력을 운운하면 내가 말을 잃는다는 걸 깨달은 듯했다.

그러곤 운전하는 내내 자기 입맛은 일식이 아니라느니, 외식이면 적어도 고기는 썰어 줘야 한다느니, 지금이라도 둘이 다른 곳을 가자느니……. 녀석이 운전대를 잡고 있지만 않았어도 조용히 하라고 입을 착 때리고 싶었다.

"이경아, 오빠는 다금바리 백 마리도 떠 줄 수 있어."

문득 다금바리는 됐고 제발 앞이나 보고 운전을 해 줬으면 좋겠단 생각이 들었다.

영국에서 몇 년 살았던 것도 아니면서 오른쪽에 운전석이 달린 차가 벌써 익숙해지기라도 한 듯 차에 타자마자 차선을 잘못 잡아 질겁하게 만든 놈이었다. 맞은편에 차가 없었기에 망정이지, 하마터면 외식길이 아닌 저승길로 갈 뻔했다.

"최이경."

"응."

운전 방향은 헷갈려도 음악은 들으며 가야 되지 않겠냐는 녀석은 라디오를 틀었고, 타이밍 좋게 음악이 흘러나왔다. 어디선가 들어 본 것 같았는데 제목은 떠오르지 않는 노래였다.

그때 녀석이 내 이름을 부르며 입을 뗐다. 옆을 돌아보니 녀석은 차창 밖으로 추적추적 내리는 비를 바라보고 있었다.

"나 너한테 바람이지?"

"……."

"한때 스쳐 지나가는 바람."

순간 닫혀 있는 차 안에 바람이 스치는 느낌이 들었다. 이어 무언가 떠올랐다. 녀석의 가라앉은 듯한 눈과 내리는 비, 차창 밖으로 부는 바람, 귓가를 아련히 울리는 노래와 함께 내 기억을 톡톡 건드리는 무언가.

"영화 대사 읊지 마."

"들켰네."

"소름 돋은 거 보이니?"

라디오에 흘러나오고 있는 노래 제목이 떠올랐다. 영화 OST였다. 어쩐지 기억이 날 듯 말 듯 하더니, 유명한 영화였는데 녀석은 바로 떠올렸나 보다.

주인공의 대사를 토씨 하나 안 틀리고 그대로 뱉어 준 덕분에, 또 분위기에 맞게 흘러나와 준 노래 덕에 기억을 떠올릴 수 있었다.

"그래도 이거 내가 제일 좋아하는 영화다? 사실 내용은 별로인데 결말이 좋거든."

생각해 보니 녀석과 나는 영화를 좋아했다. 독특한 녀석과 몇 가지 공통점을 꼽아 보면 그중 제일 먼저 꼽히는 것이기도 했다. 우리는 고등학생 때도 영화의 한 장면처럼 매 순간을 보내고 싶어 했다. 현실은 비록 거지 같을지라도.

"최이경아."

"또 왜."

"난 너한테 바람이기 싫다. 왔다가 스쳐 가는 그런 바람 같은 사람."

신호등이 멈추고 녀석은 어느새 나를 바라보고 있었다. 문득 녀석이 내게 자신 없어 하는 마음을 돌려 말하는 건 아닐까 생각했다.

공태준은 내게 필요 이상의 자신감을 보이면서 녀석과의 사이를 언짢아하긴 해도 의심하진 않는데 이 녀석은 뭐가 그리 불안해서 나와 공태준이 둘이서 밥 먹는 것조차 싫어하는 걸까.

"글쎄. 최진헌 네가 나한테 바람이었나."

"……."

"그런데 만약 네가 바람이라 해도 그냥 바람이겠니? 못해도 쓰나미 정도는 되겠지."

"진짜? 내가 그 정도야?"

인생에 너 같은 애가 다시없을 걸 아는 내가, 어떻게 널 스쳐 가는 바람이라 부를까.

"좋아하지 마. 칭찬 아니야."

곧이어 공태준이 예약해 놓은 일식집에 도착했다. 오는 내내 끝까지 투덜거리던 최진헌은 '자꾸 그러면 너 버리고 공태준이랑 둘만 후식 먹으러 간다'고 하자 입술을 댓 발 내밀더니 조용해졌다.

"저건 뭐야?"

그러나 이번엔 내 뒤로 따라 들어오는 최진헌의 모습을 본 공태준의 이마가 한껏 구겨지면서 눈썹이 물결치는 광경을 봐야 했다.

"최이경, 쟤 봐. 검사면 뭐하냐고. 사람보고 '저거'라 부르는 몰상식한 놈을."

엊그제까지만 해도 합심해선 적의 적은 동지니 뭐니 하던 녀석들은 어느새 다시 철천지원을 가진 놈들이 된 듯 굴었다. 어차피 오래갈 거라 생각은 안 했던 터라 태연히 자리에 앉았다. '그렇게 됐어.' 하고 덧붙인 내 말에 결국 공태준도 못마땅한 얼굴을 그리며 자리에 앉았다.

"예약을 둘로 잡아 놔서 딱 2인분만 나올 텐데."

"식당 한번 지같이 이기적인 데로 잡아 놨네. 여긴 추가분도 인정도 없냐?"

앉자마자 서로 으르렁대는 녀석들이었다. 그래도 전에는 한집에 살며 서로 봐도 모르는 척, 없는 사람 취급하던 놈들이 이제는 대화라는 걸 하고 있기는 했다. 그 내용이 썩 유쾌하지만은 않았지만.

"둘 다 그만해. 이미 이렇게 된 걸 어떻게 해. 좀 나눠 먹으면 되지."

상사뱀

"싫은데."

"나도 싫은데?"

그리고 어쩐지 둘이 닮아 가는 것도 같았다. 점점 유치해져
가는 공태준이나, 남의 말 상관 없이 저 하고 싶은 말부터 하는
최진헌이나.

"왼쪽에서 오른쪽 순서로 드시면 됩니다."

잠시 후 조용해질 수 있었던 건 빠르게 준비된 식사 덕이었
다. 공태준의 말론 예약한 식사 외 추가 주문은 어렵다 했지만
아직 나오지 않은 코스도 있었고 이미 나온 것들만 먹어도 충
분할 듯했다.

"맛있겠다. 잘 먹을게."

나는 점원이 가르쳐 준 순서대로 회를 집어 들었다. 입에 넣
자마자 사르르 녹아 버리는 식감에 절로 감탄이 튀어나왔다.
공태준이 미식가라 그런지 확실히 식당 고르는 센스가 남다른
듯했다.

녀석은 그런 나를 보며 흡족한 미소를 짓고 있었다. 제 선택
에 만족스러운 듯했다. 그러나 그런 나와 공태준을 번갈아 보
던 최진헌은 뭔가 또 못마땅한 듯 인상을 찌푸렸다.

"최이경, 내일은 내가 아는 집으로 가자."

"그러든지."

"우리 퐁뒤 먹으러 가, 퐁뒤."

따뜻한 국물 덕분에 몸이 녹을 듯했다. 밖에 내리는 비가 이

걸 먹기 위해 내리고 있었나 싶을 만큼 어울렸다.

"그래, 그것도 맛있겠네."

때문에 최진헌의 말이 귀를 살짝 스치곤 머릿속까지 들어오진 않았다. 지금 사케를 시키면 딱일 것 같은데. 둘 다 차를 가져왔으니 나 혼자 마셔야 하나 고민이 됐다.

"그거 알아? 퐁뒤 먹다가 여자가 냄비에 음식을 흘리면 오른쪽 남자한테 키스해야 하는 거."

"음, 그렇구나."

"내일 나 네 오른쪽에 앉을 거다."

"그래, 그럼. 근데 너 차 가지고 와서 술은 못 하지?"

공태준이야 원래 술을 즐기지 않는 놈이고. 대리운전 부르면 될까.

이런저런 계산을 하는데 최진헌은 그런 내가 불만인지 눈썹을 푹 꺼트리곤 나를 노려봤다.

"모르나 보네, 최진헌."

그때 잠자코 있던 공태준이 입을 열었다. 이에 이미 신경이 날카로워져 있던 최진헌은 녀석에게 날이 선 시선을 옮기며 물었다.

"내가 뭘 모르는데."

"너 없었을 때 우리 둘 무슨 일 있었는지. 네가 내일 앉고 싶어 하는 그 자리가 우리 둘 사이엔 이미 지난 강이라는 거."

"뭐?"

순간 사레가 들려 입을 막고 콜록거렸다. 최진헌은 공태준을 노려보는 와중에도 내게 물 잔을 건네곤 다른 손으로 등을 쳐주었다. 그러나 나는 그 손길이 어쩐지 답을 재촉하는 손길 같아 쉽게 기침을 가라앉힐 수 없었다.

공태준은 설마 내가 아팠던 그날 새벽을 얘기하고 싶은 걸까. 순간 회고 뭐고 녀석의 입부터 틀어막아야겠단 생각이 들었다. 하지만 공태준은 그래 줄 생각이 전혀 없는 듯했다.

"저게 증거야. 아무 일도 없었으면 최이경이 괜히 저러진 않겠지."

"……진짜야? 최이경, 진짜 공태준이랑 키스했어?"

키스. 꽤 익숙한 단어건만 왜 오늘따라 이렇게 적나라하게 들리는 걸까. 녀석은 마치 외도의 현장에서 아내를 찾아낸 남편처럼 나를 추궁했다.

나는 딱히 변명해야 할 만한 입장도 아니건만 왠지 모르게 식은땀이 흐르기 시작했다. 그러나 공태준은 그런 내가 보이지 않는지 끓어오르는 기름에 성냥을 집어 던지려 했다.

"다 큰 성인들이 겨우 키스 가지고 이러는 거 우습지 않나."

그 별거 아닌 듯 말하는 녀석의 태도가 최진헌을 더 열받게 하는 것 같았다. 문득 어찌하여 회 한 점 맘 편히 못 먹고 이러고 있는가 회의감이 들었다.

그러나 얼굴을 붉히며 화를 낼 거라 생각했던 최진헌은 의외로 천천히 물을 따라 내 앞에 놓으며 침착하게 말을 이었다.

"뭐, 그래. 어쨌든 내가 고양이에게 생선을 맡긴 꼴이었으니 그거까진 인정."

"……."

"네놈 말대로 다 큰 성인인데 입 좀 맞추면 뭐 어때. 내가 생각하기에 아마 최이경 의도는 아니었을걸? 네가 좀 미친놈이어야지. 우리 이경이가 그런 널 나 없이 버텨 내기 힘들었겠지."

녀석은 어느새 안정된 얼굴로 공태준을 비웃고 있었다. 이어 한쪽 입꼬리를 쓰윽 들어 올리는 것이 뭔가 불안했다.

"그리고 너야말로 모르는 게 있단 말이지."

"그게 무슨 소리야?"

"네가 아무리 그래도 최이경의 첫 키스는 나라는 거. 우린 열아홉 살, 그러니까 성인도 되기 전에 학교 창고에서 벌써 얼레리 꼴레리 했거든."

이것은 배틀인가. 녀석들이 나를 두고 유치한 전쟁을 시작한 건가. 어쩐지 폭탄 발언들이 연이어 터지고 있는 현장에 덩그러니 놓인 기분이었다. 하나 그 폭탄의 시발점이 나였고, 기폭제도 나였고, 터지는 폭탄에 머리가 어지러운 것도 나였다.

공태준은 내가 최진헌과 고등학교 때 무슨 일이 있었다는 것에 당황한 듯 멈칫하며 나를 바라봤다. 그러나 어느새 승리감에 젖은 최진헌 얼굴에 시선을 돌리며 픽, 웃음을 짓곤 녀석의 말을 정정했다.

"아닐걸. 너야말로 내가 전에도 최이경이랑 같이 살았던 거 잊었나 보네."

"……."

"쟤는 기억 못 해도 내가 처음일 텐데."

공태준의 얼굴에도 이유 모를 여유가 흘렀다. 애초 평온한 식사 시간을 기대한 건 아니었지만 이런 대화가 얽힐 거라곤 예상하진 못했다.

어느새 정신을 차리고 보니 공태준과 최진헌은 서로가 내 첫 키스 상대라며 의미 없는 논쟁을 벌이고 있었다.

"최이경! 네가 말해. 너 나랑 첫 키스지? 그렇지?"

"웃기지 마. 네가 그런다고 해서 있던 사실이 바뀌진 않아."

"너 정확히 몇 월 며칠에 했는데! 몇 시에 했는데!"

나는 말없이 녀석들을 바라봤다. 녀석들의 싸움 주제에 왜 내가 있어야 하는지 이 상황이 그저 피곤하고 유감스러웠다.

누가 들으면 마치 한 여자를 두고 싸우는 두 남자의 모습 덕분에 복에 겨운 상황이라 할 수도 있겠지만 그건 저 또라이와 미친놈을 모르고 하는 말일 터였다.

나는 이 싸움도 아닌 싸움을 멈춰야 하는 것이 나라는 것을 깨달았다. 어쨌든 식사는 다 마치고 싶었는데 그것도 참 어려울 듯했다.

결국 입을 꾹 다문 채 한심하게 녀석들을 바라보던 시선을 거두고 천천히 입을 뗐다.

"뜬금없이 왜 이런 얘기가 나온 건지는 모르겠지만…… 둘 다 아닌데."

"뭐?"

"그게 무슨 소리야?"

녀석들은 순간 다른 반응을 보이며 서로 노려보던 눈을 내게로 돌렸다.

"지금 첫 키스 상대 가지고 싸우는 거면 나 중학교 때 했는데. 교회 오빠랑."

왜 세상 모든 여자애들에게 교회 오빠가 절 오빠보다 더 위험한지 알 것 같은 대목이었다. 나 또한 그랬으니까.

"……."

잠시의 침묵이 흘렀다. 아니, 잠시라고 하기엔 체감상 1시간은 된 것 같은 그런 적막감이 방 안을 감쌌다. 사실 열아홉 살 때 만난 녀석들은 빠르다면 빠르고, 늦다면 늦은 때였다.

다들 첫사랑은 사춘기쯤 겪지 않나……. 어쨌든 녀석들의 유치한 첫 키스 논쟁은 이렇게 끝이 날 것 같았다.

그러나 어쩐 일인지 멍하니 '교회 오빠'를 중얼거리는 최진헌이나 눈도 깜빡이지 않고 나를 노려보는 공태준은 배신감 비슷한 걸 느끼고 있는 듯했다.

왠지 내가 녀석들에게 무슨 불장난이라도 치고 도망간 스무살 적 옛날 남자 친구가 된 것 같은 기분이 들었다.

"아니야. 우리 이경이가 그럴 리 없어. 나 말고 다른 오빠가 있었다니, 말도 안 돼."

침묵을 깨고 입을 연 것은 최진헌이었다. 녀석의 첫 반응은 현실 부정이었다.

"최진헌, 네가 나한테 오빠였던 적이 없는데 또 무슨 헛소리를……."

"최이경, 내 눈 보고 똑바로 말해. 진짜 내가 네 첫 키스가 아

상사뱀

니라고."

이어 내 말을 잘라 먹고 낮게 목소리를 깔며 말을 이은 것은 공태준이었다.

"공태준, 넌 또 왜……."

대체 나는 이 녀석들에게 무슨 환상 속의 요정이라도 됐나. 전부 디즈니랜드에 가서 신데렐라 혹은 백설공주와 사랑놀이나 할 것이지.

이참에 녀석들에게 현실도 일깨워 주고 아직 남았을 나에 대한 이상과 환상을 부숴 줘야겠단 생각이 스쳤다.

"이참에 말하는데, 나 캐나다에 있을 때 남자 친구도 있었어."

"……."

"설마 7년 동안 내가 아무도 안 만났을 거라고 생각한 건 아니지?"

그러나 이어진 녀석들의 반응은 깨져 버린 환상에 대한 분노가 아닌 치정극에나 나올 법한 절망의 모습이었다.

방금 전까지만 해도 나를 지켜 준다 해 놓곤 배신한 구남친 보듯 하더니 어느새 지금은 불륜을 저지른 아침 드라마의 집 나간 아내 보듯 노려보고 있었다.

그래도 영화였다면, 아까는 멜로였는데 지금은 막장 로맨스 장르를 탄 듯해 어쩐지 기분이 언짢아졌다.

"왜 그렇게 보는데. 사지 멀쩡하고, 내가 누군지도 모르는 땅에서, 거기다 예쁘기까지 한데. 홀로 그 아까운 청춘을 다 보냈어야 했단 뜻이야?"

"최이경."

"……."

"아니지?"

특히 공태준의 반응은 가히 당장이라도 캐나다로 날아가 내가 사귀었던 사람의 신상을 캘 듯했다. 교제 한 번 했단 사실에 이런 반응이라니. 내가 사람을 죽였어도 저런 눈을 보이진 않았을 텐데.

순간 진짜 죄를 지은 건가. 책임져야 했던 일이 있었나. 나는 녀석들에게 해선 안 될 짓을 했던 건가 하고 기억의 오류가 생기려 했다. 그러나 이내 심기를 다잡으며 젓가락을 내려놓고 말을 이었다.

"너희 무슨 영화 찍어? 첫사랑이니 첫 키스니 무슨 낯간지러운 소리야. 인생은 실전이고 경험이야. 누가 보면 내가 너희를 상대로 혼인 빙자 사기라도 친 줄 알겠다."

설마 공태준이 진짜 내게 그런 죄목을 뒤집어씌우는 건 아니겠지.

"……최이경이. 최이경이."

여전히 무어라 중얼거리던 최진헌은 억울한 마음이라도 울컥 치솟았는지 소리쳤다.

"그거 사기 맞아! 네가 어떻게 나한테 그래! 난 네가 처음이었는데!"

"그래서 뭐, 고등학생 때 한 뽀뽀 때문에 책임이라도 지라는 거야?"

"……나쁜 년."

아까는 아니라더니 다시 나쁜 년이 되었다. 보통 이럴 때 책임을 지라고 하는 건 나, 난색을 표하는 건 녀석이어야 할 것 같은데 참 삶이 이리 드라마틱하지가 못하다.

"최이경. 너 지금 나 손 떨리는 거 보여, 안 보여?"

"당뇨 있나 보네. 병원 가 봐."

"최이경, 너 이……! 넌 정말 나쁜 여자야! 병보다 무서운 여자라고!"

"알아."

언제는 바람 같은 존재로 남고 싶진 않다더니, 내가 제 인생에 봄 같은 사람이라 노래를 부르더니 이제는 병이란다. 제 손 떨리게 하는 병. 참, 세상은 오래 살아 보고 얘기할 일이다.

오늘 외식은 이렇게 파해야 할 듯했다. 아직 사케도 시키지 못했고 남은 회도 이렇게 많은데.

"최이경, 이 나쁜 년! 내 인생에 당뇨 같은 계집애!"

……아, 그래도 비싼 곳으로 보이는데 포장은 해 주겠지.

언제나 그랬듯 비 내리는 밤은 고요했다. 늦은 시간, 거리에 사람은 없고 오로지 내리는 빗소리만이 적막한 밤공기를 채워 갔다.

천천히 열려 있던 문을 닫은 태준은 이미 흠뻑 젖어 무거운 교복 타이를 내리며 적요한 집 안에 들어섰다.

"다녀왔습니다."

젖은 신발을 벗고 천천히 안으로 들어서던 태준은 집 안이 이상하리만큼 조용하다는 것을 깨달았다. 거실로 이어지는 복도는 캄캄하고 고요했다.

한 걸음 한 걸음 느린 걸음을 옮기던 태준은 메고 있던 가방을 내려놓고 거실 중앙으로 나아갔다.

"……."

거실 창으로 들어오는 달빛에 그림자 진 가구들이 태준의 시선을 잡았다. 그러나 문득 불을 키려던 태준의 손이 멈췄다. 그 그림자들의 끝, 그림자를 흉내 내고 있던 작고 검붉은 원형들이 그림자가 아니란 것을 깨달았기 때문이다.

팔을 뻗으면 손가락 끝에 닿을 그것은 그림자가 아닌 핏자국이었다. 영화나 책에 나오던, 누군가의 몸에서 바닥으로 떨어진 흔적.

태준은 숨을 죽이고 천천히 주위를 둘러보았다. 열려 있던 문은 누군가 침입했던 자취일까. 천천히 걸음을 옮겨 떨어진 자국을 따라 걸었다.

"……엄마."

어두운 거실을 가로질러 조심스럽게 안방으로 다가가는 태준의 목소리가 가늘게 떨렸다. 긴장해 저절로 꼭 쥐어지는 주먹을 애써 피려고 했다. 그러나 이내 걸음이 빨라졌다.

동공이 흔들리며 호흡이 거칠어지기 시작했다. 방으로 들어

가는 문 앞에 누군가의 손끝이 보였다. 태준은 그것이 제 엄마의 손이라는 것을 단번에 알아차렸다.

손에 끼워진 그녀의 결혼반지가 순간 번쩍인 번개와 함께 빛났다.

❖

"식사는 맛있게 하셨나요?"

다행히 언쟁은 더 커지지 않았다. 어물쩍 넘어가니 어느새 본식이 끝나고 후식이 나왔다. 친절한 종업원은 우리 앞에 세 잔의 따뜻한 차를 내어 주었다.

결국 사케는 마시지 못했다. 때를 봐서 혼자라도 마실까 했지만 테이블 위에 감도는 묘한 신경전에, 잘못 말을 꺼냈다간 사케를 마시기는커녕 식사도 마치기 힘들 것 같았다.

후식으론 냉동 홍시 두 개가 나왔는데 둘 다 먹지 않을 것 같기에 조용히 내 앞으로 접시를 옮겼다.

"와, 나 감 별로 안 좋아하는데 이건 진짜 맛있다."

"……."

"……."

물론 여전히 대화에 협조하고 싶지 않아 보이는 녀석들이었다. 어차피 며칠 뒤면 까맣게 잊어버릴 거면서 왜 쓸데없는 것에 에너지 소비를 하는지…….

그냥 이것도 신경 쓰지 않기로 했다.

그러나 조용히 숟가락질하는 나를 어딘가 묘한 표정으로 바라보고 있던 공태준이 입을 뗐다.

"넌 궁금하지 않은가 봐."

"뭐가?"

"내일이면 끝날 우리 내기의 결말."

숟가락을 들고 있던 손이 멈췄다. 우리의 내기. 궁금하지 않을 리 없었다. 아침 식사 때의 대화 주제도 내기였는데, 이제 시간이 얼마 남지 않았다.

"뭐야, 무슨 소리야. 내기라니?"

그때 불쑥 테이블 위로 고개를 내민 최진헌이 물었다. 녀석은 내가 공태준과 지금 내기 중이란 것을 모르고 있었다.

"아, 그게……."

"곧 너도 알게 되겠지. 성급해하지 마. 네가 우리 내기와 전혀 관계없는 건 아니니까."

최진헌에게 내기에 대해 말해도 될까 잠시 고민을 하던 찰나, 공태준이 빠르게 말을 가로챘다.

문득 우리가 함께 새해를 맞이한 밤, 강가에서 했던 녀석의 말이 떠올랐다. 우리의 내기로 인해 나는 친구를, 녀석은 적을, 최진헌은 모두를 잃을 것이라 했다. 우리 내기엔 처음부터 최진헌도 함께였다는 것을 의미하는 말이었다.

"최이경, 저게 무슨 말이야?"

최진헌은 눈썹을 찡그리며 이해되지 않는다는 듯 공태준을 노려보다 이내 물었다. 사실 나도 공태준의 의도를 오롯이 다

읽어 낸 적이 없어 딱히 덧붙여 설명할 말은 없었다. 그러나 확실히 알 수 있는 것은 공태준은 이 장난처럼 시작한 내기에 꽤 위험한 결과를 초래할 생각인 듯했다.

"무시해. 어차피 내기는 내일이면 끝이고 내가 이길 거니까."

공태준은 내 말에 어깨를 들썩이며 마음대로 생각하라는 듯 미소를 지었다. 나는 그런 녀석과 최진헌을 이어 보며 빠르게 말을 이었다.

"내가 이기면 공태준부터 내 집에서 내쫓을 거고."

최진헌은 그 말에 공태준과 내가 한 내기를 유추하려는 듯 눈을 굴렸다. 잠시 생각이 깊어진 듯 입을 다물고 있던 녀석은 박수를 치며 환호하기 시작했다.

"역시 최이경! 오빠가 응원한다. 내기가 뭐였건, 또 언제 했건 그게 뭐가 중요해. 결과가 좋으면 장땡이지. 오빠 찬스 필요하면 언제든 써! 난 언제든 스탠바이니까."

"공태준 내쫓으면 다음은 넌데."

"음, That's no no. 그건 아닌데."

내가 이 내기로 인해 잃을 건 매일 아침 맛있는 밥을 차려 주던 얄미운 고양이와, 매일 오후 나를 귀찮게 따라다니며 제 복근을 자랑하던 멍청한 개였다.

공태준이 잃을 것은 적이 아니라 방 한 칸일 테고 최진헌이 잃는 것 또한 그럴 것이다.

"아니긴 뭐가 아니야. 최진헌 너도 얼른 짐 쌀 준비나 해. 먼저 마당에 있는 그 기구들 용역 업체 불러서 미리 빼고."

"와, 최이경. 내 의사는 묻지도 않고 사전에 공지도 없이!"

"그래서 지금 공지하잖아. 귀하께선 빠른 시일 내에 용역 업체를 통해 본인의 운동 관련 물품을 제 집에서 모두 빼 주시길 바랍니다."

"아, 죄송하지만 저는 전혀 그럴 생각이 없습니다만."

"네 생각 물어본 적은 없으니까 너는……."

그냥 짐이나 빼 주면 된다고 말하려던 순간 테이블 위에 올려놓았던 핸드폰이 울렸다.

자꾸 징징거리는 최진헌을 밀치고 전화를 들어 발신자를 확인하니 삼촌이었다.

"아, 잠깐 비켜 봐. 여보세요?"

─어, 이경 씨. 삼촌입니다.

바깥공기는 꽤 쌀쌀했다. 확실히 비에 젖은 겨울바람은 다른 날보다 더 차갑고 시렸다.

핸드폰을 들고 식당 밖으로 나오니 새삼 한적한 동네임이 눈에 들어왔다. 막히는 시간이 아니라 빨리 온 느낌이 들었나?

생각보다 외진 곳이라 주위는 간간이 지나가는 차를 제외하곤 소음 하나 없이 조용했다.

"아, 삼촌은 밥 먹었어?"

─그럼. 지금 여기 시간 어떤지 알고 묻는 거지, 우리 이경이?

"아, 맞다. 미안. 하도 정신없게 구는 놈들 상대하다 보니 나도 오락가락하네."

시계를 보니 삼촌이 있는 프린스 조지는 지금쯤 새벽 4시였다. 방금 전까지만 해도 녀석들과 아득한 과거 얘기를 했던 터라 삼촌이 있는 곳과의 시차를 떠올리지 못했다.

삼촌은 이 시간에 깨 있는 걸 보니 또 초저녁부터 술을 드신 듯했다. 꼭 술을 드신 날이면 새벽 일찍 눈이 떠진다는 삼촌이었다.

—놈들이라. 이경이 근처에 어떤 놈들이 생기긴 생겼나 보네?

"아니야, 그런 거."

—아니긴. 누군데? 삼촌도 소개시켜 줘. 거기다 한 명이 아닌 것 같은데 돌아가면서 면담 좀 해 볼까?

"면담은 무슨. 삼촌이야말로 잠도 안 주무시고 나한테 전화나 하는 거 보면 주위에 여자 없나 봐?"

—은근히 삼촌 욕하면서 말을 돌리네. 어째 더 수상해진다, 최이경.

"삼촌이야말로 수상해. 거기에 새 연구소 생겼다고 농장 일도 제치고 자문해 주러 간 분이 피곤하지도 않으신가 봐요, 이 새벽에? 어제 또 사람들이랑 술 마셨지?"

—오, 우리 이경이 삼촌 집에 몰래 CCTV 설치했나? 어쩐지 요새 뒤통수가 따갑더라니.

뒤통수만 따가웠을까, 삼촌의 말에 사실 베개 밑에 도청기도 넣어 놨다고 대구하려 하는데, 순간 내리는 비 너머로 번개가 번쩍거렸다.

"……."

눈이 따갑게 번쩍거린 짧은 빛. 오랜만에 본 밤하늘의 섬광이었다. 처마 밑에 있던 나는 삼촌과 통화를 하고 있다는 것도 잊고 지나간 찰나의 순간에 정신이 빼앗긴 것처럼 멍하니 서 있었다.

곧이어 갑작스러울 만큼 큰 천둥소리가 주위를 울렸다.

모락모락 열기를 피우며 잔을 채우고 있던 차는 어느새 차게 잠들었다. 이경이 전화를 받기 위해 자리에서 일어나고, 이어 발걸음 소리마저 희미해지자 진헌이 제 앞에 앉은 태준과 천천히 눈을 맞추며 입을 뗐다.

"내기란 게 뭐야."

"……."

"나 없는 사이에 최이경한테 무슨 장난쳤어?"

태준은 진헌의 말에 한쪽 입꼬리를 올리며 이미 식은 차를 느릿하게 흔들었다. 이경이 사라지자마자 어느새 눈빛부터 달라지는 진헌의 모습에 웃음이 나오는 그였다.

"글쎄. 말 그대로 내기야. 결과에 꽤 좋은 보상을 하나 걸고 게임을 했지."

"게임?"

"쉽게 설명하면 그냥 오목 한 판 두는 거라 생각하면 돼."

"……"

"그게 되게 간단하면서 묘한 게임이거든."

태준은 저를 경계하는 눈빛의 진헌을 빤히 바라보다 말을 이었다.

"바둑알 다섯 개를 게임 판에 먼저 일렬로 까는 사람이 이기는 게임."

"……"

"그런데 사실 게임은 네 번째 바둑알이 놓이는 순간 끝이지."

바둑알을 놓듯 테이블 위로 손가락을 움직이던 태준은 연이어 그 위를 톡톡 쳐 내렸다.

"이미 막을 수가 없거든. 되돌릴 수도."

"공태준. 하려고 하는 말이 뭐야?"

"내가 최이경 집에 들어갔을 때 이미 첫 번째 바둑알이 올라갔고, 내기를 하자 했던 순간 두 번째, 첫 번째 부탁이 이뤄졌을 때 세 번째, 그리고 두 번째 내기가 인정된 날 네 번째 바둑알이 올라갔어."

"……"

"게임 오버."

"공태준!"

"다섯 번째 알을 언제 올리느냐의 문제지. 이미 승부는 정해진 거야. 그리고 그게 나한테 명분을 주겠지. 최이경한테 내가 어떠한 존재가 될 수 있는 명분."

명분이란 단어에 진헌의 눈이 차갑게 내려앉았다. 태준은 그런 진헌을 보다가 앞에 놓인 차를 들어 짧게 나눠 마셨다.

"왜 재판 때 판사나 검사가 법복을 입는 줄 알아?"

"뭐?"

"그게 명분을 주거든. 죄인을 감옥에 넣으려고 할 때 필요한 거 말이야. 증거, 자백 그런 것보다 훨씬 더 중요한."

"⋯⋯."

"세상에 명분 없이 돌아가는 건 없어. 전쟁이나 정치, 경제나 법이나 불리하든 편협적이든 사람들은 그게 다 우연이겠거니, 운명이었겠거니 하고 받아들이지. 그런데 그것도 다 명분이 있기 때문에 받아들여지는 거거든. 최이경은 결국 자기도 모르게 받아들이게 될 거야."

천천히 찻잔을 내려놓은 태준은 말없이 저를 노려보는 진헌과 눈을 마주하며 빠르게 말을 이었다.

"사실 마음만 먹으면 언제든 내 옆에 묶어 둘 수도 있었지. 그렇게 하지 않았던 건 나한테 그럴 만한 명분이 없었기 때문이고. 전엔 그 명분이 있는 줄 알았는데 착각이었더라. 도망가 버렸어. 그래서 이젠 그 애도 모르게 내가 명분을 가져 보려고. 그리고 나한테 그 명분이 생기면."

"⋯⋯."

"넌 최이경 옆에 못 있어."

순간 테이블 위로 긴장과 침묵이 흘렀다. 여유로운 듯 찻잔 손잡이를 매만지는 태준의 손과는 다르게 단호한 말과 눈에 진헌이 입술을 물었다.

상사뱀

"내가 그걸 보고만 있을 것 같냐?"

"……그러게. 사실 네가 생각보다 큰 변수가 됐긴 해. 그저 안전 범위 안에서 최이경한테 끌려는 가지만 더 가까이는 못 가고 주위만 뱅뱅 도는 달 같은 애인 줄 알았는데 점점 그 길을 벗어나려 해서."

"하, 길을 벗어난다라."

"최이경도 이제는 알았겠지. 나나 너나 이미 정상적인 길에서 벗어났기 때문에 저한테 친구 같은 건 되어 줄 수 없다는 것. 이미 그 선이며 욕심이 넘어섰다는 거."

"……."

"그래서 아마 도망치려 할 거야. 어쩌면 벌써 그럴 계획을 세우고 있는지도 모르지."

문득 태준의 시선이 문가에 닿았다.

"누구한테 상처 주는 거, 또 상처받는 거 못 견디는 애니까."

—여보세요? 이경아?

얼마의 시간이 지났을까. 멍하니 빗속을 바라보고 있는데 전화 너머로 익숙한 목소리가 들리기 시작했다.

"어, 삼촌……."

—무슨 소리야. 무슨 일 생긴 거야?

"아, 아냐. 천둥소리였어. 번쩍하더니 소리가 나서 놀랐나 봐."

─하여간……. 그런 거에 놀라는 거 보면 아직 애라니까. 삼촌이 요새 허리가 안 좋긴 하지만 언제 오면 업어 주기라도 해야겠다.

평소에도 비는 자주 내리지만 이렇게 바깥에서 번개가 치는 모습을 직접 눈앞에서 보고 천둥소리를 듣는 것은 흔치 않은 일이었다.

문득 머리가 아파지고 속이 울렁거렸다. 내가 천둥소리를 무서워했나. 그렇다고 생각해 본 적 없었는데.

"……삼촌."

─응. 듣고 있어.

"사실 나 할 말 있어. 삼촌이 전화 안 했어도 내가 먼저 하려고 했거든."

그러나 지금은 천둥소리 따위에 신경을 쓸 때가 아니었다. 내가 이 결정을 하기까지 얼마나 많은 고민을 하고 선택의 기로에 섰던가. 마음을 진정시키기 위해 숨을 크게 들이쉬고 내뱉었다.

"삼촌이 그랬지. 정말 힘들면, 견디고 또 견디다가 그래도 힘들면 다시 오라고."

─그랬지.

일을 쉬게 된 것도, 한국에 온 지 몇 달 되지도 않아 다시 벼락같은 소문의 주인공이 되어 남의 입에 오르락내리락하게 된 것도 어쩌면 모두 운명 같은 일일지도 몰랐다.

운명적으로 나는 이곳에 있으면 안 되는 사람이라서 결국 나와 내 주위를 모두 힘들게만 만들 거라고 암시하고 있는 걸지도 몰랐다.

"그래서 나 다시 캐나다 돌아가려고."

―이경아.

"겨우 몇 달 됐다고 그러냐면서 타박하고 그러면 안 돼. 나 진짜 많이 생각하고, 또 생각하고…… 그러고서 결정한 거야."

결국 내 결정은 다시 떠나는 것이었다. 처음엔 망설이기도 했다. 이 정도에 무너지고 도망쳐 버리면 다른 건 어쩌면 다시 시도하지 못할지도 몰라. 또 겁쟁이처럼 도망치고 나면 다시 되돌리기 힘든 길을 걸어야 할지도 몰라.

그러나 한 해가 바뀌던 마지막 날, 어우동과 최진헌, 공태준의 다신 없을 그 협동 작전에 마음이 굳혀졌다.

'그러니까 왜 우리 애를 건드리셨어요.'

'설마 그것도 저 자식 짓이야?'

'네 기억을 훔치려고 했던 것에 대한 대가라고 해.'

그렇게 문득 깨달았다. 따로따로였던 녀석들이 나를 위해 하나가 되던 그때야 알았다.

내 욕심이 커지면 커질수록, 녀석들과의 관계가 더 깊어지면 질수록 결국 다칠 것은 녀석들이라는 것을.

어쩌면 녀석들에겐 가벼운 장난이었을지도 모르지만 그리 간단하지만은 않았을 터였다. 나 하나 때문에 여러 사람이 굳이 하지 않아도 되는 일을 감당하고 있는 걸지도 몰랐다. 특히 조 부장 사건은 결국 내 부모와 관련된 일이었고 그 일은 그 아이들이 아니라 온전히 내가 해결했어야 하는 일이었다.

"내가 누군가에게 부담스럽고 무거운 기억이 돼야 한다는 게 싫고 무서워."

―하지만……

"그건 내가 제일 잘 알잖아. 많이 겪어 봤으니까. 또 그동안 나 진짜 양심 없이 군 거 알아? 편했나 봐. 어쩌면 진짜 한집에서 정말 평화롭게, 진짜 친구처럼 오랫동안 살 수 있지 않을까 그렇게 믿었는지도 몰라. 그런데 아니었을 거야. 내가 이기적으로 구는 바람에 더 상처만 크게 남기게 될지도 몰라."

언젠가 이 선택을 후회할지도 모른다. 왜 이런 선택을 해야만 했나 하고. 그러나 미련은 남지 않을 거였다.

만약 내가 이 선택을 하지 않는다면 언젠가 모두 제 갈 길을 걷게 될 녀석들이 그때가 되어 내게 왜 그렇게 이기적이었냐, 왜 네 생각만 했냐면서 따지고 떠나 버린다면…….

지금 이렇게 상상하는 것만으로도 숨이 막히게 무서운데 진짜 그런 순간이 다가오면 나도 감당할 수 없을 것이었다. 주저 앉아 울기밖에 할 수 없을 것이었다.

"그래도 되지? 나 삼촌한테 가도 되지?"

처음부터 한국엔 다시 오지 말았어야 했는데 어쩌면 일은 핑계였는지도 몰랐다. 그냥 내가 돌아오고 싶어 했는지도 몰랐다. 평생을 이곳에서 살았는데 내 부모님이 묻힌 곳에 오려고, 어쩌면 내가 발버둥 쳐 여기까지 오게 됐는지도.

상사뱀

또 어쩌면 공태준, 최진헌, 어우동 그 녀석들을 다시 만나게 될지도 모른다고, 우연히 스치다가 볼지도 모른다고 믿었는지도 모른다.

다시는 보지 않겠다고 겉으론 우격다짐했으면서도 생애 가장 괴로운 순간을 공유한 녀석들이었기에 보고 싶었는지도 모른다.

막상 그 소원 같았던 생각이 이루어진 지금에서야 그게 얼마나 이기적인 것이었는지 알게 됐지만.

삼촌은 내 말에 한동안 말없이 고민하는 듯하다 이내 짧은 한숨을 쉬고 말을 이었다.

―그게 네 결정이라면, 그래서 후회 안 하겠다면 삼촌은 좋아. 사실 삼촌도 우리 이경이 보고 싶어서 매일 울면서 잤거든.

"치, 거짓말하지 마. 머리만 대면 주무시는 분이."

―진짜라니까? 진짜 매일 이경이랑 문자메시지 하면서 울다 잠들었어. 삼촌이 캐나다에서 제일 감수성 풍부한 남자인 거 알지?

싸늘한 밤공기와 달리 따뜻하기만 한 삼촌의 농담에 나는 웃으며 곧 가겠다고 답했지만 마음이 무거웠다.

어우동의 말대로 이왕이면 결정은 빠르게, 행동은 주저 없이 해야 했다. 내게 정말 감당하기 어려운 미래가 닥쳐오기 전에 그냥 이대로 지금의 인연도, 조 부장도, 내 과거와 부모도 다 묻어 버리고 떠나는 게 나을지도 몰랐다.

"그런데 삼촌. 한 명 더 같이 갈 사람이 있는데……."

"넌 네가 똑똑한 것 같지?"

방 안이 희미한 빗소리와 가라앉은 두 사람의 숨소리로 채워졌다. 진헌은 조용히 숙이고 있던 고개를 들며 말을 이었다.

"그래서 네가 최이경을 다 아는 것 같지? 너만 최이경을 이해하고 지킬 수 있을 것 같지? 그 같잖은 용서 때문에."

"……같잖은 용서?"

"왜. 열받아? 감히 너 같은 검사님이 아버지 일과 상관없이 최이경을 용서도 하고 사랑도 해 주겠다는데 그게 마음대로 안 돼서? 뭣 같은 내가 너의 그 용서를 같잖다고 말해서?"

테이블 위를 맴돌던 진헌의 눈이 날카롭게 태준을 향해 꽂혀 멈췄다.

"상처 주는 게 싫고 상처받는 게 싫어서 도망치면 그게 뭐 어때서. 너같이 자기 위에 뭐 올리고 산 적 없는 놈이 도망이 어떤 건지나 알아? 그 애가 왜 도망쳐야 하는지, 도망갈 데가 진짜 있기는 한 건지, 몸은 가는데 머릿속은 온통 돌아갈 곳 없이 헤매고 있는 건 아닌지 너야말로 알고 떠드는 거냐?"

"최이경이랑 나에 대해 너 따위가 뭘 안다고."

"몰라. 그런데 그건 알지. 최이경한테 넌 평생 갚아야 할 짐이라는 거. 차라리 네가 그 애를 미워하기라도 했으면 그 애가 죄책감이라도 덜어 낼 텐데 그러지도 못한다는 거. 그래서 네가 하는 말을 완전히 저버릴 수 없다는 것도, 자기 인생에 너를 짊어지고 가려 하는 것도 알아."

"……."

"또 내가 더 알아야 할 게 있다면 앞으로 계속 알아 갈 생각이야. 내 옆에 두고."

태준이 진헌의 말에 실소를 터트렸다. 그러나 눈은 여전히 차갑게 굳어 있었다.

제대로 대화 한 번 해 본 적도 없던 녀석과 어느새 소리 높여 언쟁을 하고 있었다. 그럴 가치도 없다고 생각한 사람이었다.

진헌은 그런 태준의 생각을 읽은 듯 빠르게 말을 이었다.

"넌 항상 최이경을 다 아는 것처럼 말했지?"

"……."

"그래, 뭘 알고 있으니 그러겠지. 내가 모르는, 어쩌면 최이경도 모르는 뭔가를 넌 알고 있는 거겠지. 그렇게 생각했어. 그런데 그거 아냐?"

"……."

"볼 때마다 느끼지만 네 눈은 꼭 뭔가를 숨기고 있는 것 같거든. 근데 사람은 보통 숨기는 게 있으면 불안하고 들킬까 봐 조마조마하고 그래. 특히 그게 좋아하는 사람한테 절대 걸리면 안 되는 것일수록 더욱. 그런데 넌 아냐. 꼭 약점을 쥔 사람처럼 여유가 있어. 언제든 그 애가 도망치면 다시 잡아 올 목줄을 가지고 있는 사람처럼."

굳은 눈으로 조용히 진헌의 말을 듣던 태준은 이내 만지고 있던 찻잔에서 천천히 손을 뗐다.

"······멍청한 줄 알았는데 생각보다 머리가 좋네."

"그리고 난 아직 그게 뭔지는 몰라. 그래도 그게 뭐든 상관은 없어. 왜인 줄 알아?"

다시 두 사람 사이로 묘한 침묵이 흘렀다. 진헌의 말을 기다리는 태준과, 그런 태준을 말없이 바라보던 진헌은 담담하게 눈을 감았다 뜨며 말을 이었다.

"최이경이 가끔 악몽을 꾼 다음 날이면 네 방문을 봐. 나는 그게 뭘 의미하는지 알거든."

"······."

"넌 평생 걔한테 악몽, 지우고 싶은 기억이라는 거."

―같이 올 사람이라니?

뜬금없는 말일 터였다. 혼자 아무것도 없이 한국에 온 내가, 도망치듯 다시 돌아가겠다고 말한 내게 채 몇 달도 지나지 않아 데려갈 사람이 생겼다는 것. 삼촌도 그런 내가 당황스러울 것이었다.

그러나 하루아침에 생각을 바꾸고 결정한 것은 아니었다. 어쩌면 나는 오래전에 내렸던 결정을 계속 미루고 있었는지도 몰랐다.

"응······. 같이 갈까 해."

―오! 우리 이경이 남자 데려오는 거야?

상사뱀

어느새 빗줄기가 더 강해지고 있었다. 다행히 천둥 번개는 가라앉았지만 쉬이 그칠 비가 아닌 듯했다. 나는 처마 밑에 선 채 밖으로 손을 뻗었다.

"좀 또라이 같은 앤데 삼촌이 감당할 수 있을까 모르겠다. 면담은 그때 가서 한번 해 봐."

―뭐 하는 애인데? 응? 어떤 남자인데.

나는 삼촌의 물음에 잠시 입을 다물었다. 녀석을 어떤 사람이라 설명해야 할까 잠시 고민이 됐다.

너는 어떤 사람일까. 나는 변하지 못하고 있었는데 그런 나를 기다려 주었던 사람이라 해야 할까. 아니, 그보다 먼저 내 선택에 허락도 없이 너를 넣어도 되는 걸까.

―궁금하네, 우리 이경이가 데려올 놈이 진짜 어떤 놈일지.

"……있어. 나 되게 섹시하다고 노래 부르는 남자."

―아, 그런 놈은 좀 위험한데?

"알아. 그냥 위험한 게 아니라 완전 위험할 거야. 약간 광견병 걸린 멍멍이 같은 애거든. 사실 지금도 나도 모르게 그 애의 꼬임에 넘어가 버렸나 싶기도 해."

최진헌, 그 녀석에겐 내가 정말 필요할지도 모른단 생각이 들었다. 도망치고 싶어 하는 그 애에게 내가 유일한 길이 되어 줄 수 있을지도 몰랐다.

붓을 놓고 손을 잡고 싶어 하는 그 애에겐 대신 그 손을 잡아 줄 사람이 필요할지도 몰랐다.

"그래도 되지? 나 그 애랑 삼촌한테 가도 되지?"

나는 처마 밖으로 뻗어 타닥타닥 소리와 함께 비에 젖어 가는 내 손바닥을 말없이 바라봤다.

이 손을 녀석에게 다시 건네도 되는 걸까. 그때는 미안했다, 그 언젠가 녀석에게 내밀었던 손을 다시 건네도 괜찮은 걸까. 여전히 머릿속이 복잡했다.

그리고 또 하나, 마음속에 크게 자리 잡은 채 아직도 무겁고 불안하게 내 손을 막아서는 것이 있었다. 공태준. 그 집착 강한 놈이 내 선택을 받아들일 수 있을지가 미지수였다.

하지만 태준은 나 없이도 잘 살 수 있고, 또 내가 없어져야만 앞으로 나아갈 수 있는 애이기도 했다.

그 애에게 나는 잊혀야 할 과거였다. 내가 온전히 사라져야만 그 끔찍했던 과거에서 깨끗이 벗어날 수 있었다.

"그렇게 되면 우리는 다 괜찮아질 수 있지 않을까……."

세찬 바람이 비와 함께 창을 흔들었다. 진헌은 태준에게 더 하고 싶은 말이 없는 듯 빠르게 방 밖으로 나섰고, 어느덧 홀로 남은 태준은 말없이 창문을 응시했다.

그는 곧 가늘게 떨리던 주먹으로 테이블을 내리쳤다. 진헌이 방을 나가기 전까지 애써 이를 물고 참던 감정이었다. '악몽'과 '지우고 싶은 기억'. 진헌은 이경에게 태준이 그런 존재라 했다.

문득 쓴웃음을 지으며 고개를 떨궜다.

너는 모를 테지. 최이경한테 난 지우고 싶은 기억이 아니라 그런 기억을 지워 주는 사람이라는 걸.

태준은 턱이 각지게 이를 물며 눈을 감았다. 그의 귓가에 진헌의 목소리가 따갑게 맴돌았다.

'공태준, 넌 최이경한테 결국 과거를 되풀이하게 만드는 애야. 그건 아마 평생 변하지 않겠지. 최이경이 최이경이고, 네가 공태준인 것이 변하지 않듯이.'

"……변하지 않는다고."

'또, 최이경이 진짜 다시 도망친다고 하면 그 이유는 너 때문일 걸. 그때도 지금도 넌 그 애를 도망치게만 하는 존재니까. 너 때문에 떠올리고 싶지 않은 기억도 기억해야 되니까.'

"나 때문이라고."

오늘 아침, 태준이 사무실에서 보던 신문 밑단에는 비슷하지만 다른 말이 있었다. 태준의 아버지 사건을 설명하며 위와 같이 끔찍한 사건이 되풀이되지 않기 위해선 엄격한 법의 심판과 함께 왜 이러한 사건이 일어나야만 했는지에 대한 배경, 사회 풍토를 기억해야 한다고 했다.

그러나 진헌은 되새김질하며 기억해야 하는 것 때문에 도망칠 수밖에 없다고 말하고 있었다.

"그래. 네 말이 맞을지도 모르지."

태준은 허탈한 듯 한숨 섞인 웃음을 뱉었다. 진헌과의 대화에 말을 잃을 거라곤 생각하지 못했다.

공과 사, 명과 암을 구분 짓고 묻고 따져 상대의 입을 닫게 하는 것이 직업인 태준이었다. 그러나 틀린 말이 없었다.

태준은 그 사실에 뒤통수를 맞은 듯 말을 잇지 못했다.

"……떠올리고 싶지 않은 기억."

그러나 태준은 생각했다. 떠올리고 싶지 않은 기억을 떠올려야 하는 사람이 이경은 아닐 것이라고. 그 기억을 대신 갖고 있어 주는 사람이 존재함을 모르고 있을 뿐이라고.

순간 창밖으로 번쩍이며 번개가 내리쳤다. 이어 잠시의 정적 후 천둥소리가 건물에 울려 퍼졌다.

태준은 천천히 고개를 들어 창밖을 바라보았다. 굳이 떠올리고 싶지 않은 그날 밤에도 억수로 퍼붓던 비와 함께 섬광이 번뜩였다.

말없이 내리던 비가 어느덧 번쩍이는 섬광과 함께 우레를 치며 존재감을 돋보였다.

어두운 밤하늘이 순간 온 주위를 밝혔다가 다시 어둠으로 재우고 있었다. 거실에 희미한 스탠드 조명 하나가 태준을 비추었다.

상사뱀

태준은 마른 수건으로 바닥을 닦아 내고 있었다. 흰색의 수건은 어느덧 붉게 얼룩졌다.

턱 밑으로 흐르는 것이 태준의 땀인지, 온몸이 젖도록 맞은 빗방울인지 분간되지 않았다. 태준은 그저 손등으로 목과 턱을 훑어 내고 바닥을 닦는 데 열중했다.

"……하."

그러다 문득 바닥을 닦던 태준이 고개를 들었다. 거실 소파엔 이미 동공이 풀려 허공을 바라보고 있는 그의 아버지가 있었다.

이미 싸늘하게 식어 마르고 딱딱한 손이 바닥과 맞붙어 있었다. 태준은 그런 제 아버지를 빤히 바라보다 느릿하게 고개를 기울며 입을 뗐다.

"한때는 당신도 누군가의 자랑이고 우상이었을 텐데…… 왜 그렇게 되셨을까요."

나의 아버지. 작은 마을에서 신동으로 이름을 날리면서 유명했던 당신도, 한때는 청렴하고 정의로운 판사를 꿈꾸던 사람이었을 텐데. 무엇이 당신을 무섭도록 완벽한 사람으로 만들었을까.

돈이었을까. 권력이었을까. 그것도 아니면 갇혀 있던 본성이 당신을 깨운 걸까. 당신도 어느 시절엔 누군가의 우상이고 바람이었을 텐데 어쩌다 이런 괴물이 되었을까.

"그래도 너무 서운해하지 마세요. 당신이 늘 가르쳐 주셨던 대로 깨끗이, 또 완벽하게 할 테니까요. 한 치의 실수도 오차도 없이요."

태준은 천천히 눈을 감았다. 5분 뒤쯤이면 경찰이 올 것이었다. 이미 돌이킬 수 없는 강을 건넌 제 부모를 실을 구급차와 함께. 그전에 모든 것을 치워 놓아야 했다.

만약 누군가가 지금의 자신을 보면 피도 눈물도 없는 괴물 같은 놈이라 생각할 터였다. 그러나 그는 다시 눈을 뜨면서 생각했다. 아니, 어쩌면 이미 자신은 괴물이 되어 있는지도 모른다고.

"아버지, 그렇다면…… 벌써 괴물이 된 제 미래는 결국 정해져 있는 걸까요."

점점 더 높은, 더 완고한 성을 쌓기 위한 당신의 노력은 무엇을 위해서였을까. 이렇게 허무하게 죽을 인간의 몸으로 당신은 왜 완벽함을 꿈꿨던 걸까. 왜 날 이렇게까지 되게 만들었던 걸까. 대체 무엇을 위해.

"사실 조금 무서워요. 당신과 같은 길을 걸어가게 될까 봐."

그래도 걱정은 마세요, 아버지. 당신은 그만 쉬어도 돼요. 지금 이 순간이 지나면 나는 이 기억을 평생 끌어안고 살아야 할 테지만, 그래도 당신은 편히 눈감으세요. 이제부터 나는 내가 한 선택으로 내 삶을 만들어 갈 테니까요. 당신과 또 다른 길을 걷기 위해 발버둥 칠 거니까요.

"또 어쩌면 말이에요."

벌써 그렇게 되었다 해도, 결국 당신을 따라가게 된다 해도, 나는 같이 있어 줄 사람을 찾았으니까 괜찮을 겁니다.

상사뱀

그러니 죽는 순간까지 혼자고, 또 그 순간까지도 홀로 성을 지키려던 당신은 마지막 길이라도 나의 배웅을 받고 편안히 떠나요. 그게 내가 해 줄 수 있는 마지막 사랑입니다. 마지막은 혼자가 아니에요.

안녕히 가세요. 나의 아버지, 나의 우상, 나의 괴물.

Take My Hand or Take My Breath Away

새벽 1시. 눈이 제대로 떠지지 않았다. 꿈인지 현실인지 분간되지 않는 순간, 어디선가 오리 울음소리가 들려왔다.

"꽥꽥아! 문 열어! 형아 왔어……."

비몽사몽 방 밖으로 뛰쳐나가니 팔짱을 끼고 서 있는 공태준이 인상을 찌푸린 채 어딘가 바라보고 있었다.

잠시 후, 최진헌까지 뒤늦게 어기적거리며 등장했다. 녀석은 잠이 덜 깬 듯 반쯤 감긴 눈으로 맨가슴을 긁적이며 걸어오고 있었다.

"미친놈. 방황하는 청소년도 아니고 어떻게 부모님 여행 가시자마자 탈출이냐, 탈출이."

한밤중 이게 무슨 황당한 봉변인가 싶었더니 역시나. 어떻게 된 건가 했더니 유일하게 녀석을 매어 놓던 목줄이 풀린 모양이었다.

그런데 왜 하필 이 집이 녀석의 첫 번째 목적지가 되었을까.

"꽥꽥아!"

한숨이 터져 나왔다. 좀 늦은 시간이긴 하지만 종종 놀러 오던 놈이니 큰 문제는 아니었다.

다만 머리가 지끈거리고 한숨이 나오는 것은 적어도 두 발로 걸어 들어왔어야 했단 것이다. 사실 문은 진작 열려 있었다. 내가 녀석 목소리에 놀라 뛰쳐나오자마자 현관문부터 열었기 때문이다. 그러나 그 문 앞엔 아무도 없었다.

녀석은 최진헌이 뚫고 내가 막아 놓은 집 거실 구멍에 끼어 문을 열어 달라 소리를 질러 대고 있었다.

어쩐지, 밖이라고 치기엔 집 안을 쩌렁쩌렁 울리게 목소리가 들리더라니.

"쟤 저기서 뭐 하는 거래."

"구멍에 꼈나 본데."

공태준은 내 물음에 한숨 섞인 답을 내놓곤 어우동의 행동을 이해하지 못하는 듯 고개를 저으며 조용히 제 방으로 들어갔다.

최진헌은 어느새 어우동 곁에 다가가 녀석을 꺼내기 위해 팔을 잡아당기고 있었다.

"미친놈이 뭘 처먹고 살이 쪘나, 왜 안 나와!"

그동안 운동을 한 것은 저런 돌발 사태를 해결하기 위해서였나. 동네가 떠나가라 소리를 지르고 있는 두 녀석이었다.

상사뱀

"나아⋯⋯."

"정신이 좀 드니?"

아침이 되자 북엇국 냄새가 집 안에 풍겼다. 친구는 아니라 생각해도 정은 들었나, 어우동을 위해 국을 끓여 놓고 간 공태준이었다.

어제저녁 내내 내리던 비도 다행히 새벽쯤 멈춘 듯했다. 9시가 넘어가자 어우동이 끙끙 앓는 소리와 함께 눈을 떴다.

"뭐야, 최이경⋯⋯? 너 왜 우리 집에 있냐."

"눈 똑바로 뜨고 봐, 여기가 누구 집인지."

녀석은 비몽사몽, 아직도 제가 처한 상황이 믿기지 않는지 눈을 굴리며 주위를 둘러보기 시작했다.

"아으, 머리야. 뒷골 땅겨. 나 왜 여기 있냐?"

"그건 내가 묻고 싶은 말이고."

소파에 늘어져 간신히 이불로 발끝만 가리고 누워 있던 녀석은 제 머리를 매만지다 별안간 제 몸을 훑어보더니 벌떡 일어서 몸을 부들부들 떨며 내게 손가락질하기 시작했다.

"최이경 너, 너 나한테 무슨 짓 한 거야? 어? 나 어제 이 옷 안 입고 있었는데, 너 설마!"

"⋯⋯."

"나 그렇게 쉬운 남자 아니다. 네가 아무리 이런 식으로 날 어떻게 해 보려 해도⋯⋯."

녀석은 기억하지 못하는 듯했다. 녀석의 옷은 새벽 2차 봉변 때 희생되었다.

갑자기 최진헌의 비명이 들리기에 뛰어 들어가니, 최진헌의 바지와 녀석의 윗도리에 어젯밤 녀석이 무엇을 먹었는지 확인할 수 있는 흔적이 있었다. 그때의 최진헌의 표정이 아직도 생생했다.

"닥치고 밥이나 먹으러 와."

그래도 친구라고, 녀석을 씻기고 옷을 갈아입힌 것은 최진헌이었다. 어우동은 두 손으로 제 가슴팍을 가리며 나를 마치 지하철 치한 보듯 올려다봤다.

그러나 나는 그런 녀석을 향해 조용히 혀를 차며 거실 유리창 구멍을 가리켰다. 그곳엔 아직도 녀석의 가방이 끼어 있었다. 슬슬 얼굴이 구겨지는 것을 보니 어젯밤 일이 기억나는 듯했다.

천천히 부엌으로 가 한참 끓이고 있던 북엇국을 끄고 식탁을 차렸다. 죽이지 못할 놈, 미운 놈 떡 하나 더 주자 하는 마음이었다.

"……애들은?"

"하나는 출근, 하나는 집."

조심스레 식탁에 앉은 녀석은 슬금슬금 내 눈치를 보며 이 집에 부재인 녀석들을 찾았다. 아무렴, 양심이 있으면 그래야지. 녀석은 슬며시 숟가락을 들어 국을 뜨다 이내 그릇째 들고 흡입하기 시작했다.

그렇게 어느 정도 식사가 진행됐을까, 나는 자연스레 어제 삼촌에게 전했던 내 생각을 꺼냈다. 어떻게 보면 당사자보다 항상 먼저 이런 얘기를 듣는 녀석이었다.

"컥, 뭐? 누굴 뭘 해?"

"……밥풀 튀었어."

"그래서 최진헌이라고?"

"응."

"공태준이 아니라 최진헌? 진짜 최진헌?"

"그래."

국을 뜨던 숟가락 그대로 굳어서는 끝내 결정한 내 선택을 듣던 녀석은 못 믿겠다는 듯 제 볼을 꼬집다 사랑니 빠진 애처럼 볼을 부여잡았다. 이어 캐나다로 갈 계획까지 들은 녀석은 씹던 밥알이 목에 걸리기라도 했는지 컥컥거리다 한참이 지나서야 진정했다.

"뭐야, 그 반응은. 넌 내가 다른 선택을 할 거라고 예상했나 보다?"

"뭐, 굳이 상상의 나래를 펼쳤다면 그랬지. 난 결국 상처받을 놈이 최진헌일 줄 알았거든. 그래서 그놈이랑 위로 겸 디즈니 랜드도 가려고 했는데."

"네 욕망에 그 애 이용하지 마라."

"생각해 봐. 공태준이랑 디즈니랜드를 갈 순 없잖아. 미키마 우스 머리띠도 해야 하는데."

아직 숙취가 만연한지 제 윗배를 부여잡으면서도 미키마우스의 머리띠를 나머지 손으로 그려 대는 녀석은 문득 공태준과 함께할 제 모습을 상상했는지 화들짝 놀라며 혼자 모노드라마를 연출했다.

"최진헌이 아니라 공태준을 네 꿈의 파트너로 넣어 줘 참 유감이다."

"망했어. 내 디즈니, 내 꿈, 내 미키마우스."

그러나 그런 순간도 잠시, 말없는 젓가락질이 우리 둘 사이를 채웠고 어느 순간 녀석은 나를 지그시 바라보고 있었다.

무언가 망설이는 듯 한참을 입을 달싹이던 녀석은 이내 천천히 말을 이었다.

"그런데 왜 최진헌이야?"

"왜라니. 그게 무슨 뜻이지?"

"그냥. 최진헌인 이유가 있을 거 아냐. 걔가 너한테 헌신적인 애이긴 하지만 그게 네 선택의 전부이진 않을 테니까."

"……."

"혹시 그 애가 불쌍하다거나 그런 이유라면……."

"공 검사님."

하루 전만 해도 무서울 정도로 비가 퍼부었건만 아침이 되자 그 기세가 무색하게 날이 맑았다.

오전 11시 30분. 사무실에 앉아 있던 태준은 저도 모르게 흥얼거리다 노크 소리에 고개를 들었다.

내기의 마지막 날이었다. 아침 일찍 일어나 북엇국을 끓이면서도 피식, 바람 같은 웃음이 새어 나왔다. 제게 황당한 마지막 부탁을 할 이경의 얼굴이 그려졌기 때문이었다.

저를 부르는 소리에 고개를 든 태준은 사무실 안으로 들어서는 사무계장을 바라봤다. 어쩐지 제 눈을 바로 마주하지 못하고 안절부절못해 보이는 듯한 그의 모습에 직감적으로 그가 할 말을 알아차린 태준이었다.

"최이경 일이군요."

"예."

이미 예상했던 일이었다. 태준은 듣지 않아도 이경이 어디론가 떠날 준비를 하고 있음을 알았다.

연말부터 많이 불안해 보이던 이경이었다. 아무렇지 않은 척해도 신체적으로 정신적으로 많이 지쳤을 터였다. 그러나 그것은 곧 괜찮아질 것이었다. 조 부장이란 예상치 못한 사람과 엮여 하마터면 비밀까지 드러날 뻔했지만 그것도 막았다.

어쩐지 이경의 회사에서 본 조 부장의 이름이 어딘가 낯이 익다고 생각했다. 처음엔 단순히 그녀에게 지저분하게 달라붙은 사람이라 생각했지만, 낯설게 떠오른 몇몇의 기억들과 어우동의 언질 덕에 미리 선수를 칠 수 있었다.

"그런데 검사님……."

물론 조 부장과는 따로 거래를 해야 했다. 이경에게서 어떤 기억을 얻어 내려 했다는 것. 태준은 그것이 무엇을 의미하는지 알고 있었다. 어떤 목적에서건 이경에 관해 알고 있는 사람이 아직 남아 있다는 것이었다.

크리스마스 날, 이경에게 약을 써 그녀의 본심을 들으려 했다는 것도 실토했다. 그러나 그 뒤에 누가 있는지는 알아내지 못했다. 조 부장은 그저 따로 돈을 받는 조건으로 입을 다물고 사라져 준 것뿐이었다.

"말씀하세요."

이제는 둘의 문제였다. 조 부장은 결국 이경에게서 알아낸 것이 없었기에 그 위에 있는 사람도 더 관심 갖지 않을 것이라 했다. 아직 긴장을 놓을 순 없었지만 이제 이경과 제게 있어 위협이 될 만한 사람은 없었다.

"오늘 아침 최이경 씨의 출국 예정 기록이 잡혔습니다. 삼 주일 뒤입니다."

"그렇군요."

이경이 떠나려 하는 것도 문제 되지 않았다. 오늘 저녁, 내기가 끝나면 제 부탁을 들어줘야 할 테니까.

쓸데없을 정도로 책임감이 강한 이경은 특히 제 말을 더 거절할 수 없을 것이다. 계획은 늘 그렇듯 그의 뜻대로 완벽하게 흘러가고 있었다.

"……그런데."

"예."

"한 명이 더 있습니다."

그 순간 태준은 서류철을 집은 채 움직임을 멈춰야 했다.

이어 생각했다. 내가 뭔가 중요한 것을 잊고 있었던가.

예상치 못한 전개가 그의 눈앞에 펼쳐지려 하고 있었다.

"우동아."

"어, 왜."

"나 어제 최진헌 집에 갔었다?"

"최진헌 집?"

어느새 시간은 흘러 오전과 오후를 나누는 곳에 시곗바늘이 있었다. 나는 어우동 앞에 차를 주며 소파에 마주 앉았다.

"무지 좋더라. 그냥 그 애만 보면 상상할 수 없을 곳이었어. 난 그 집에도 운동기구 가득하고 난장판 같을 줄 알았거든. 너도 저기 있는 최진헌 방 들어가 봐서 알지? 난 내 집에 쓰레기 소각장 생긴 줄 알았잖아. 아니면 걔가 폐지 같은 거 모아서 투잡이라도 뛰거나."

"알지. 나도 깔끔한 성격은 아닌데 걘 좀 심해."

"그런데 그 애 부모님 계신 집은 그렇지가 않더라."

"……."

"그 집엔 최진헌의 흔적이 없었어. 지금 우리 집 거실에도 있는 최진헌 태권도 상장이라든가, 걔 방에 있는 비싸다던 로봇이나 미니카도. 그 흔한 가족사진도 없더라, 그 집엔."

지금 내가 어우동과 앉아 있는, 비워 두고 공사도 했던 이 집에도 이미 없은 지 오래된 나의 엄마와 아빠의 흔적이 남아 있는데 왜 쭉 살았다던 녀석의 집엔 녀석이 없었을까.

어젯밤 녀석과 함께 공태준을 만나러 가던 차 안, 그것이 신경 쓰여서 가는 내내 다른 것엔 집중할 수 없었다.

"그 애한텐 집이 없었어. 그래서 나는 그 애한테 집이 되어 주고 싶고."

"이경아."

"불쌍해서 그렇다고 하면, 동정이면 그게 나쁜 건가. 그러면 안 되는 건가. 내가 누군가를 연민한다고 해서 그 사람들 모두에게 집이 되어 주고 싶은 건 아니잖아. 내가 누구도 아닌 최진헌이 안타깝고, 그래서 집이 되어 주고 싶다는 건데 그게 중요한 거 아닌가."

"……."

"또 네가 전에 그랬지. 받아 줄 수 없으면 주지도 말라고."

'최이경.'

'응.'

'네가 어떤 결정을 내리든 그거 하나는 기억해. 최진헌 개한테 마음 줄 거 아니면 손도 내밀지 마. 그놈은 한번 손 내밀면 다 주는 멍청한 새끼라 너한테 자기 전부를 주려고 할지도 몰라.'

"우동아. 내가 그땐 미처 생각 못 했는데 나 벌써 손을 내밀었더라고, 그 애한테."

상사뱀

"⋯⋯."

"알지, 너도? 최진헌 부모님이 얼마나 유명한 분들이신지."

"⋯⋯알지."

"왜 걔는 있는 부모도 없다고 말했을까. 나는 이젠 보고 싶어도 볼 수 없는 사람들을 걔는 왜 자꾸 외면하려고 하는 걸까 궁금했던 적이 있어."

'사실 나도 고아거든. 그래서 막 관심이 가네?'

'미안하지만 난 아직 고아가 아니라서. 그리고 내가 알기론 너도 고아 아니고.'

'맞는데.'

학교에서 처음 최진헌과 대화하던 날, 녀석이 말했다. 자기는 고아라고. 학교 어느 구석에 가 나를 욕하는 무리와 홀로 맞서야 했을 때 그것을 뒤에서 구경하고 있던 녀석은 처음으로 말을 걸었고 처음 한 말이 제가 고아라는 것이었다.

그러나 나는 그 애의 말을 아무렇지 않게 넘겼다. 놀리려는 건가, 엄마도 없고 살인자 이름으로 도망자 신세인 아버지 딸을 비꼬려는 건가.

'나 고아원에서 살았단 말이야. 진짠데. 나 머리 나빠서 거짓말 못 하는데.'

책에도 나오는 유명한 부모였기에 당연하게 녀석도 그런 삶에 익숙했을 거라 생각했다. 부유하고 편안한, 그러나 어디에서나 쉽게 가십거리가 됐을 그 삶을 그 애는 이미 받아들였을 거라고.

　그런데 생각해 보면 사실 나도 다르지 않은 상황이었다. 유명한 아버지 덕에 언제 어느 곳에서나 사람들에게 편견이 한 꺼풀 덮인 시선을 받아야 했다. 나는 그 상황이 아무리 반복돼도 익숙해지지 않았다.

　애써 무뎌진 척해도 외로웠다. 내 주위 아무리 많은 사람이 있었어도 그중 나를 이해할 수 있는 사람은 단 한 사람도 없었으니까.

　"그 애가 나를 먼저 알아본 거야. 자기랑 비슷한 사람이라는 거. 세상에는 아무리 해도 이해되지 않는 게 있잖아. 겪어 보지 않은 가정사, 받아 보지 못한 시선, 겪어 보지 않은 외로움. 그런 건 아무리 책으로 배워도 알 수 없는 것들이니까."

　"……."

　"내가 이미 손을 내밀었잖아. 어떻게 하겠어. 책임져야지."

　"진짜 최이경 넌……."

　"그 애가 네 말대로 내게 전부를 준다 하면 나는 그 녀석한테 집이 되어 그 녀석이 준 걸 다 보관해 주지, 뭐. 그 녀석 방에 하나씩 놔두고 그 애가 외로워하지도 않고, 스스로를 잃고 살지도 않게 하면 되지."

　"……."

"그런 표정 짓지 마. 내가 있어서 그 애가 행복해지면 어쩐지 나도 행복해질 것 같아서 선택한 거니까. 너도 알다시피 내가 좀 이기적이고 나쁜 년이냐? 순전히 나를 위한 거야. 나도 어딘가 정착해서 집이 되고 싶으니까, 행복해지고 싶으니까, 그 애 곁에서 내가 행복해지려고. 진짜 최진헌이 불쌍하기만 해서 그렇다 하면 나 어디 아프리카 봉사 갔다 와서 희대의 카사노바 되게?"

나도 이제 겉으로 웃는 것 말고, 진짜 나를 위해 주는 사람과 행복하게 웃어도 되는 거 아닐까. 그리고 그 웃음을 이해해 줄 수 있는 사람과 함께하면 다 행복해지지 않을까 생각했다.

그때 어우동이 툭 내뱉듯 말을 던졌다.

"그럼 공태준은?"

녀석의 말에 순간 말문이 막혔다. 왜 최진헌을 선택하냐는 것은 스스로도 많이 물었던 질문이지만 공태준은 어떻게 되는 것에 대한 답은 생각해 본 적이 없었다.

사실 어우동에겐 말할 수 없지만 내 선택에 가장 영향을 끼친 것은 어쩌면 최진헌보다 공태준일지도 몰랐다.

"……태준이."

녀석은 내기에서 내가 지면 최진헌이 모두 잃을 것이라 했다. 그래, 그제야 알았다. 단순히 말장난처럼 진행된 우리의 약속에 공태준 너는 많은 것을 담아 넣었구나. 그리고 그 많은 것에는 감히 내가 생각지도 못했던 진심이 담겨 있겠구나.

두 번째 내기가 얼토당토않게 지나가고 나서야 애초 난 빠져

나갈 수 없는 거미줄에 스스로 걸려들었다는 것을 알았다. 내기는 그저 녀석이 핑계를 대기 위한 이유에 불과했고, 결국 녀석은 예전 그때처럼 내 주위에 아무도 없게 만들려 할 것이었다. 결국 우리는 처음으로 돌아갈 것이다.

"사실 비슷한 걸로 치면 최진헌이랑 나보다는 공태준과 내가 더 닮았겠지."

우리는 완전하지 못한 가족에게서 물려받지 말아야 할 것들을 받았다. 나는 어려울 때마다 현실에서 도망치는 법을, 최진헌은 자신을 포기하는 방식을, 공태준은 강박증처럼 주변과 자신을 통제하는 것을. 우리는 그렇게 각자의 공허함을 저마다의 방식으로 채우려 했다.

그중 가장 위험한 것은 공태준이었다. 녀석은 통제권을 잃는 순간 누군가에게 상처를 주고 또 스스로 상처 입곤 했다. 나는 그 순간이 무서웠다.

만약 상처를 받는 사람이 최진헌이 되고 그 상처를 준 사람이 공태준이 된다면 나는 그 어떤 사람에게도 용서를 구할 수 없는 사람이 될 터였다. 우리는 모두 최악의 끝을 달리게 될 것이다.

"그래서 공태준한텐 뭐라고 할 생각인데?"

"……글쎄. 일단 오늘 저녁에 만나기로 했어. 아직 뭐라고 해야 할지는 모르겠지만."

금방 알아차릴 것이다. 어젯밤 이미 비행기 표도 예매했다. 시간을 더 끌어 봤자 내게 남는 건 미련밖에 없음을 알고 있었기 때문이다.

저녁에 공태준을 만나러 가기 전엔 사표도 제출해야 했다. 결국 한국에 와서 한 것이라곤 숱한 소문만 뿌려 둔 게 다였으니 처리해야 할 일은 생각보다 많지 않을 터였다.

어우동은 그런 내 계획을 천천히 듣고 난 뒤 나만큼 생각이 복잡해진 듯했다. 얼굴을 쓸어내리며 한숨을 쉬었다.

"아, 나도 모르겠다. 공태준 그놈이 어떻게 할지 머리에 안 그려져."

"어쩌면 7년이 그 애에겐 모자란 시간이었는지도 몰라. 머리가 너무 좋고 똑똑해서 잊기엔 시간이 모자랐던 거지. 내가 너무 성급하게 그 애 앞에 나타난 건지도 몰라. 그래서 주려고, 그 시간. 시간이 좀 더 지나면 그 애도 그 애만의 인생을 살지 않을까?"

"시간이 필요한 거라……. 그래, 그럴지도 모르지."

"……."

"그랬으면 좋겠다. 네 말이 맞았으면 좋겠다."

녀석은 어딘가 모르게 불안한 미소를 짓고 있었다. 녀석은 공태준이 내 선택을 쉽게 받아들이지 않을 거라 생각하는 듯했다. 나 또한 그리 쉽진 않을 것이라 생각했다.

그래도 내 집 앞을 7년이나 서성인 놈도 있는데 최진헌을 설득하는 것보다야 쉽겠지. 공태준은 나보다, 또 최진헌보다 훨씬 강한 애니까.

"아무튼 최이경 네가 알아서 해. 난 이제 손 뗄 거니까. 더 신경 쓰면 나 머리 터져."

문득 녀석의 말에 고개를 들었다. 담담하게 나를 대하고 있는 녀석이 사실은 갑자기 제 곁의 두 사람이나 떠나보내야 할 사람일지도 모른다고 깨달았기 때문이다. 특히 오랜 세월을 함께한 최진헌을 녀석에게서 데려가는 걸지도 몰랐다.

생각해 보면 위로와 걱정을 받아야 할 사람은 내가 아니었다. 그러나 그런 것에 대해 전혀 내색하지 않는 녀석이었다.

"어우동 넌 괜찮겠어? 내가 최진헌이랑 같이 가도?"

"당연히 안 괜찮지. 걔 없으면 내 꼬봉은 누가 해?"

"장난하지 말고."

녀석은 진지한 내 얼굴이 그저 웃기게만 보이는지 내 이마를 툭, 손가락으로 치며 말을 이었다.

"뭐, 네가 그 애 버리고 혼자 가 버리는 것보단 나으니까."

"……."

"우리 허니는 이런 내 맘 모르겠지만 어쨌든 난 그래. 걔가 네 그림이나 그리며 질질 짜면서 찌질하게 구는 모습 볼 바엔 그냥 아예 안 보고 사는 게 속 편하니까."

녀석은 제 손으로 내 얼굴을 폭 감싸 안고는 시집보내는 딸을 위해 사위에게 당부하듯 허니를 울리지 말아 달라느니, 운동에 미쳐 살아도 구박은 하지 말아 달라느니, 그래도 혹시 걔가 사고 치거나 하면 당장 저에게 이르라느니 말을 늘어놓았다. 나는 그런 녀석이 그저 고마웠다.

"우동아, 혹시 내가 너한테 이 말 했나?"

"뭐."

"고맙다고. 그리고 미안하다고…….."

"갑자기 뭐냐, 닭살 돋게."

"그냥 너한텐 그래. 자주 연락할 테니까 놀러 와. 오면 언제든 최진헌 빌려줄게."

"하하. 그놈 동의도 없이 막 우리끼리 이런 거래해도 되냐?"

공태준이나 최진헌이 내게 아프기만 한 손가락이라면 너는 언제나 따뜻한 햇살 같은 놈이었다. 너는 알까, 한국을 떠나기 전에 네가 선물해 줬던 보석함이 내 보물 1호라는 거.

아무 거리낌 없이 나를 당당히 제 친구라 말해 주는 유일한 사람이 넌데 나는 그런 너한테 해 준 게 없어 그저 미안할 뿐이었다.

네가 말하지 않아도, 이렇게 내게 든든한 지원자인 듯 보여도 최진헌이 걱정될 텐데 내게 그런 모습 보여 주지 않아서 고맙고 미안하고. 그런 날 녀석은 모를 터였다.

"그나저나 최이경, 그럼 나는 이제부터 완전히 아닌 거지?"

"그게 무슨…….."

"나도 이제 슬슬 사각관계에서 빠져야 하는 건가."

아……. 녀석이 걱정하던 게 최진헌이나 공태준이 아니었던 건가. 담담한 척 말하던 모습은 그저 어떻게 사각관계를 정리해야 하나 고민하는 모습이었나.

"네가 뭐, 그럴 게 있다면야."

"나 좀 울어도 되냐?"

그래. 하긴 끝까지 이래야 어우동이지. 네 진심만큼 진지함이 오래갔다면 어우동이 아니라 논개지. 하지만 그럼에도 정 울고 싶다면…….

"화장실은 저쪽이야. 수도는 틀지 말고."

"큽, 진짜 나쁜 년. 나도 한때는……."

"혼잣말도 저기 가서."

"와, 매정한 계집 같으니라고."

　시간은 어느덧 오후 1시를 가리키고 있었다. 공태준과 했던 내기의 마지막 날, 앞으로 반나절 정도가 지나면 녀석과 나는 어쩌면 평생 마주치지 못할 길을 걷게 될지도 몰랐다.

　바라는 것이 하나 있다면 그저 그 시간이 빠르게 흘러 지금 이 순간까지도 한낮의 꿈처럼 생각되길. 앞으로 힘들 시간도 그저 그런 흐릿한 꿈처럼 잠시 멍했다 잊히는 그런 순간이 되길 바랄 뿐이었다.

　누구에게나 공평하게 흐르는 시간은 늘 그렇듯 내게도 흘러갔다.

　오후 7시. 겨울이라 그런지 금세 날이 어두워지고 어느새 녀석과의 약속 시간이 되었다.

　쌀쌀한 날씨에 코트와 목도리를 단단히 두르니 하얀 입김이 눈앞을 가렸다. 어쩐지 이렇게 만나러 가는 것도 얼마 남지 않앉단 생각이 드니 기분이 이상했다.

"최이경!"

막 대문을 잠그던 중 익숙한 목소리에 고개를 돌리니 골목 끝에서 팔을 흔들며 뛰어오는 최진헌이 보였다.

"너 오늘 집에 간 거 아니었어?"

"아, 오늘은 그냥 쉰다 했지. 넌 어디 나가려고?"

녀석에게 안 그래도 밖에서 따로 보자고 하려던 참이었다. 그게 오늘은 아니었지만.

나는 무심코 공태준을 만나러 가는 중이라고 말하려다 입을 다물었다. 녀석이라면 공태준을 만나러 가는 자리에 또 따라가 겠다고 우길 게 분명했다.

"아, 그냥 잠깐 회사에 일이 있어서."

거짓말이 별로 능숙하지 않은 나는 고개를 숙이며 최대한 녀석의 눈을 피해 아무렇지 않은 듯 말을 이었다. 슬쩍 녀석을 보니 고개를 끄덕이는 것을 보아 의심하지 않는 눈치였다.

"아, 맞다. 최이경, 너 혹시 어우동이랑 싸웠어?"

"그게 무슨 소리야?"

"아니, 어우동 그놈이 아까 나한테 전화해서 쳐울잖아. 중간에 네 이름이 들리긴 한 거 같은데. 아, 이 미친놈이 설마 내 옷에 토한 거 선수 치려고 그랬나?"

"……아."

"아오! 그런다고 그냥 넘어갈 줄 아나. 만나기만 해 봐. 죽여 버려야지. 무슨 디즈니가 어쩌고저쩌고 헛소리하면서 통곡을 하던데. 귀 아파 죽는 줄 알았네."

"하하⋯⋯. 뭐 걔도 나름의 사정이 있었겠지."

하여간 어우동 이놈은 입은 무거운데 감정이 가볍다. 예술 하는 놈이라 그런가, 그 감성을 작품에 쏟으면 희대의 예술가 가 될 텐데.

고개를 저으며 혀를 차고 있으니 최진헌은 내게 다가와 대충 뒤로 넘겨 두른 목도리를 다시 꼼꼼하게 매듭지어 옷깃 안으로 정리해 주었다.

"데려다줄까?"

"아니. 먼저 들어가. 춥다."

나는 닫았던 대문을 다시 딴 다음 재빨리 녀석을 밀어 넣었 다. 혹시 진짜 데려다준다고 나설지도 몰랐다.

"최이경, 너 괜찮냐?"

"뭐가?"

"그냥, 너 오늘따라 되게 불안해 보이네. 회사에 혼나러 가는 거야?"

"아니. 그런 거 아니야."

"그래? 진짜 괜찮은 거 맞아?"

녀석은 이 짧은 찰나에도 내 얼굴에 불안이 숨겨져 있음을 읽은 걸까. 늘 그랬던 녀석이었지만 어쩐지 오늘따라 더 촉이 서는 듯했다. 운동, 그림 외엔 아무것도 모르는 둔한 녀석이 왜 내게는 그리 예민한 사람이 되는 걸까.

문득 이런 녀석을 왜 그렇게 오래 괴롭혔나 싶어 씁쓸한 미소가 나왔다. 녀석은 그런 내가 이상한지 고개를 기울며 눈썹을 푹 내려뜨리곤 입술을 내밀었다.

"왜. 뭔데 그래?"

"최진헌."

"응."

"나 사실 너한테 할 말 있거든?"

"뭔데, 그게?"

"나 지금 갔다 오면, 갔다가 다시 오면 말이야……."

"일찍 왔나 보네."

퇴근 시간과 겹쳐 늦을까 했는데 다행히 차는 막히지 않았다. 택시에 앉아 차창 밖으로 비치는 서울 야경에 빠져 있다가 어느새 정신을 차리니 녀석과의 약속 장소에 다다라 있었다.

가게 안으로 들어서자 제일 끝자리 테이블에 앉아 있는 녀석이 눈에 들어왔다.

"뭐야, 공태준. 너 술 마셨어?"

테이블 위 이미 비워진 술병이 여럿 있었다. 웬만해선 밖에서 흐트러진 모습을 보이는 녀석이 아니었는데 잠시 당황해 주춤대니 녀석이 느릿한 속도로 나를 올려다봤다.

"……최이경이네."

"설마 너 혼자 이걸 다 마신 건 아니지?"

녀석이 오라고 한 곳이 술집인 것 같아 웬일인가 했지만 설마 이렇게 취해 있으리라곤 생각도 하지 못했다.

　와인이나 칵테일 한두 잔과 함께 얘기하게 되는 건가 싶었는데 녀석의 손에 들린 잔은 도수 높은 독한 술들이었다.

　"하하, 최이경이 내 걱정을 다 해 주네."

　"……공태준?"

　"앉아. 앉아서 얘기해."

　이미 풀린 눈과 제대로 발음되지 않는 말을 보니 그냥 마신 정도가 아니었다. 술을 좋아하진 않지만 그렇다고 쉽게 취할 정도로 주량이 약한 녀석이 아니었다.

　대체 얼마나 마셨기에 이렇게 앉아 있는 몸도 가누지 못하고 있는 건지.

　나는 앉자마자 녀석의 술잔을 빼앗아 내 입안으로 털어 넣었다. 술을 마시고 싶고 취해서 제정신이 아니고 싶은 건 난데 왜 네가 술을 마시고 있는 거야.

　"공태준, 너 왜……."

　"쉿."

　"……."

　"내가 먼저……. 내가 먼저 얘기해."

　녀석은 나를 보며 웃는 듯 우는 듯 얼굴을 찌푸리곤 느린 말투로 말을 이었다.

　"너 모르지?"

　"……."

"네가 캐나다에 있을 때 널 보러 간 적이 있었는데."

"뭐?"

"데려오려고. 더는 내가 못 기다리겠으니까……. 그래서 널 데리러 갔었어."

잠시 정적이 흘렀다. 순간 내가 무슨 말을 들은 건가 의심돼 멍하니 녀석을 바라봤다. 내가 캐나다로 떠난 걸 넌 언제부터 알고 있었던 걸까. 너도 떠난 나를 찾아다녔던 걸까.

갑자기 누가 머릿속을 헤집어 놓은 것처럼 뒤엉켰다. 그러나 제 고개도 가누지 못하고 자꾸 옆으로 쓰러지려는 녀석을 일단 부축해야겠다 싶어 자리를 옮겨 옆에 앉았다.

"너 취했어. 일단 집에 가고 다음에 얘기하자."

"……놔."

"공태준."

"얘기 들어."

옆에 앉으니 강한 술 냄새가 어지럽게 코끝을 찔러 왔다. 설마 눈에 보이는 술병들을 다 혼자 마신 건 아니겠지 했는데 녀석의 상태를 보니 충분히 그러고도 남았을 법했다.

"네가 다닌다는 학교에 찾아갔지. 좋아 보이더라."

"……."

"나는 힘들고 외로운데 넌 행복해 보여서, 아무렇지 않게 학교를 다니고 사람들을 만나는 너를 끌고 와 다시 옆에 두려고 했어. 너는 그러면 안 되니까. 다른 사람도 아닌 넌 나한테 그러면 안 되는 거니까."

녀석은 허공을 바라보며 마치 그때를 떠올리는 것처럼 말을 이었다.

"그날 너를 하루 종일 따라다녔어. 근데 말이야. 그렇게 밝게 떠들고 웃고 다니던 애가 집으로 들어가는데…… 막상 집 앞에 가니 그냥 서 있더라. 한참을 아무 표정도 없이."

"……."

"그러다 초인종을 누르고 누가 나오니까 다시 웃으면서 아무 일도 없었다는 듯이 들어가는 거야."

떠올랐다. 녀석의 말대로 나는 캐나다에서 삼촌과 함께 지내며 학교를 다니고 끊임없이 사람들과 어울렸다. 그러나 다시 집 앞에 서면 무서웠다.

집에 아무도 없을까 봐. 내가 삼촌보다 먼저 집에 도착했을까 봐. 일부러 동네 이곳저곳을 돌아다니며 시간을 보내다 늦게 들어가곤 했다.

"그때 알았지. 아직 아니구나."

"태준아."

"아직 멀쩡하진 않구나. 너는 나보다 더 두꺼운 가면을 쓰고 더 독하게 연기를 하고 있구나."

녀석은 그 모습이 내가 아직 아버지의 그늘에서 나오지 못했다고 생각한 듯했다.

"지금은 어때? 아직도 한국이, 우리를 알아보는 사람들이 힘들어? 네가 그렇다고만 하면."

"……."

"난 언제든 떠날 수 있는데."

하지만 아니었다. 내가 그 멀리 떨어진 땅에서 유일한 가족과 함께 살면서도 집에 가기 꺼려 했던 이유는 녀석 때문이었다. 공태준, 녀석과의 시간 때문이었다.

녀석과 함께 살며 무섭게 녀석에게 익숙해진 탓이었다. 수업이 끝나면 함께 집으로 들어가고, 함께 밥을 먹고, TV를 보며 이런저런 얘기를 나누고…….

누군가와 다시 한집에서 함께 살았던 그 기억이 나를 다시 혼자 서게 하는 데 오랜 시간을 걸리게 했다. 아무도 없는 집에 들어가는 걸 무섭다고 느끼게 했다. 외롭다고 느끼게 했다.

"다시 캐나다로 가든 어디 멀리로 가든…… 네가 원하는 데로 가자."

아빠의 죽음이 녀석의 탓이 아님을 알면서도 녀석을 보면 아빠가 떠올랐고 그게 힘들어서 도망쳤다. 그러나 도망친 곳에서 아이러니하게도 녀석이 그리웠다. 그 바보 같은 짓을 7년이나 했다.

나는 또다시 녀석과 사는 것이 익숙해져 버리기 전에 도망쳐야 했다. 순간의 안락함 때문에 평생을 긴 외로움을 끌어안고 살 순 없었다.

나는 녀석의 말에 꾹 다물고 있던 입을 천천히 떼야 했다.

"안 되는 거 알잖아."

나는 말하고 싶었다. 태준아, 나는 똑같은 실수를 두 번이나 할 수 없어. 너 때문에 아빠를 마음대로 미워할 수도 그리워할 수도 없는 내가 싫고, 나 때문에 주인도 없는 집을 오랫동안 다시 지키고 있을 그 녀석도 볼 수 없어.

"왜."

"……."

"왜 나는 안 되는데."

"태준아."

"곧 같이 떠날 사람이 내가 아니라 최진헌이라서?"

"어우동."

"왜."

"어우동아."

"어, 왜."

"나 좀 꼬집어 봐."

소파에 앉아 있다 일어나기를 여러 번, 부엌과 거실을 종종 걸음으로 배회하길 수십 번. 진헌은 결국 이경의 집에서 나와 우동을 찾아갔다.

가만히 앉아 있기엔 심장이 요동쳐 금방이라도 쓰러질 듯했다. 차라리 퀴퀴한 석고와 구리 냄새가 가득한 우동의 작업실이 그의 마음을 편안케 했다.

"악!"

"허니, 왜 그래! 너 드디어 정신 놓은 거야?"

진헌의 부탁 아닌 부탁으로 있는 힘껏 진헌의 볼을 잡아당긴 우동의 표정이 불안하기 그지없었다. 제 친구의 넋 나간 얼굴이 꼴사납긴 해도 흔한 일은 아니기 때문이었다.

"이거 꿈 아니지?"

"아마 그럴걸. 갑자기 지나가는 거북이가 말을 걸거나 비너스가 손을 내밀지 않으면."

"아."

"뭐야. 왜 그러는 거야. 나 지금 좀 무서워지려고 한다. 왜 그러는 건데?"

진헌은 얼얼한 제 볼을 만지다 천천히 고개를 숙이며 말을 이었다.

"최이경이…… 최이경이 말이야."

"응."

"인사하자고 그랬어."

"인사? Hey, Hi 하는 인사? 아니면 Bye, See you 하는 다른 인사?"

한적한 동네에 자리한 작업실이었다. 흔한 차 지나가는 소리도 없는 적막한 거리, 손을 내밀며 인사의 모습을 취하던 우동은 그저 허공만 보며 인사를 중얼거리는 진헌에 민망한 듯 제 손을 마주 잡았다.

그러나 그런 우동에 아랑곳없던 진헌은 여전히 어느 세계에 갇혀 멍하니 앉아 있었다. 이어 무언가 정신이 번쩍 든 듯 인상을 찌푸리던 그는 제 머리를 잡으며 빠르게 말을 이었다.

"최이경이 삼촌님께 인사하러 가자고."

"……"

"둘이 같이."

우동은 드디어 올 것이 왔다는 얼굴을 보이며 천천히 고개를 내저었다. 진헌은 이내 초조한 얼굴로 돌아와 작업실 안을 휘저어 걷기 시작했다.

"그리고 묻더라."

"뭘."

"인사 가서 인사하고…… 인사가 끝나면."

"……"

"안 돌아와도 상관없냐고. 나중에 후회한대도 자긴 책임 없다면서."

무언가 믿기지 않는 듯 손톱을 물어뜯던 진헌은 제 뒷머리를 헝클어트리며 우동을 바라봤다. 우동은 그런 진헌에게 한숨을 내쉬며 빠르게 입을 떼야 했다.

"와, 최이경. 그래, 알고는 있었지만 진짜 나쁜 여자네. 네 의사는 물어보지도 않고 자기 멋대로 다 결정해 버린 거잖아. 또 선택은 해도 책임은 피하겠다, 그거 아냐."

"그렇지. 나쁜 여자지."

"세상에 참 우리 허니만큼 괜찮은 놈이 어디 있다고. 사실 지금 와서 말하는 거지만 최이경 걔 진짜 양심 없는 거야. 걔가 애교가 있기를 하나, 뭐 여자다운 구석이 있기를 하나? 아깐 나한테 막 닥치라고 욕도 하더라니까? 자기가 왕이야, 뭐야.

지가 입 다물라 하면 다물고 따라오라 하면 다 따라가야 하나?"

"그러니까. 적어도 나한테 시간은 줘야 할 거 아냐."

"그럼, 그럼. 행여 따라가 준다 해도 너도 생각할 시간이……."

"삼촌이 뭘 좋아하시는지, 어떤 선물을 사 가야 하는 건지 생각할 시간도 안 주고. 하……."

"……."

우동은 제 앞을 빠르게 지나치며 '뭐부터 준비해야 하지.' 하고 진지하게 눈을 빛내며 중얼거리는 진헌을 말없이 바라봤다.

그래. 네놈 수준이 딱 그렇지 뭐.

우동은 그저 불쌍한 중생을 바라보듯 혀를 찼다. 그러나 어쩔 수 없는 듯 점점 올라가는 입꼬리를 애써 매만지는 진헌의 모습에 한숨을 쉬며 그를 앉혀 진정시켜야 했다.

일단 앉아 천천히 앞으로 어떻게 해야 할지 생각해 보라고, 그리 태평하게 선물이나 고를 때가 아니라고 충고를 전했다. 또 잘 생각해야 한다며 이경이 정말 이기적인 여자임을 어필했다. 그렇게 하자는 대로 다 따라 주면 나중엔 다 자기 멋대로 할 거라고.

그러나 우동의 손에 의해 앉혀진 진헌은 그의 말에 더 확신을 얻은 듯 손가락을 치며 입을 뗐다.

"그러니 역시 내 여자지."

"야."

"추진력 있어. 완전 리더 타입. 멋져. 그러니 내가 7년을 기다렸지."

"야, 이 팔불출 새끼야. 적당히 해라?"

"솔직히 딱 3년 더 채워서 10년은 기다려 보려고 했거든? 와, 근데 우리 이경이가 역시 마음이 약해서 그렇게까진 기다리지 않게 배려하는 거 봐. 천생 여자."

"야!"

고요한 밤공기를 두 남자의 흥분 어린 목소리가 날카롭게 채웠다.

"네가 그걸 어떻게……."

희미해졌다. 주변의 말소리와 잔이 부딪치는 소리 모두 누군가 줄여 놓은 것처럼 주변이 고요해졌다.

아니, 사실 조용해진 것은 주변이 아니라 내 머릿속일 것이다. 녀석의 말에 아무 생각도 들지 않았으니까.

공태준은 늘 내 생각보다 앞선 곳에 있었다. 그것이 항상 놀라게 했다.

"네 이름으로 23일 비행기 티켓이 하나 떴어."

"……."

"최진헌도 같이 가는 거겠지."

순간 머릿속이 멍해졌다. 하루 종일 생각했던, 어떤 말을 어디서부터 어떻게 꺼내야 할지에 대한 고민은 이미 봄비에 눈 녹듯 사라졌다. 하루도 지나지 않은 걸 대체 넌 어떻게 당연한 듯 알고 있는 걸까.

"아침만 해도 그 앤 아직 모르는 눈치던데."

"……"

"그럼 온전히 네 결정이라는 거잖아. 최진헌이 아니라."

녀석은 제 앞에 놓인 술을 따르며 내가 아무것도 하지 못하는 사이 연거푸 잔을 비워 냈다.

"기다린 대가가 이런 거였다면 기다리지 않았을 텐데. 내 아버진 적어도 당신이 원하는 걸 내가 해냈을 때 보상이라도 해 줬지."

"……"

"재미없다, 이런 거."

나는 다시 채우고 있는 녀석의 술잔을 손으로 막아 세웠다.

"공태준 너, 아직도 완벽한 가족 만드는 거에 집착하는구나. 그렇지?"

"……"

"나는 네가 원하는 그런 사람이 되어 줄 수 없다고 했잖아. 우린 그렇게 될 수 없어. 그건 네가 제일 잘 알잖아."

"왜."

"공태준."

"네 아버지가 내 부모를 죽여서? 네가 가해자 자식이고 난 피해자 자식이라? 세상 사람들이 생각하고 떠드는 게 무서워? 내가 상관없다는데 왜 아니래. 왜 내가 아니라 그 자식인데."

나는 막아 세웠던 녀석의 술을 다시 빠르게 삼켰다. 곧 텁텁

하던 입안과 목이 뜨거워졌다. 나는 그렇게 하고 싶은 말을 술과 함께 삼켜 넣었다.

내가 안 되기 때문이 아니라 너 때문이었다. 세상 사람들은 나를 욕하는 게 아니라 네 부모를 죽인 사람의 딸과 함께하는 너를 손가락질할 것이었다.

나는 그걸 보고 견딜 자신이 없었다. 무엇보다 나를 필요로 하는 사람이 있는 내가 그 손을 뿌리치면서까지 너를 택할 자신이 없었다.

"최진헌, 그 애 많이 외로운 애야. 네가 그러지 않아도 충분히 힘들고 가여운 애라고. 겉으론 어떨지 몰라도 속은 다른 사람 눈치 보며 사는 애."

"……."

"걔가 그랬어. 자기는 자기 부모한테 끌려다니는 거라고. 그런데 세상 어느 바보 같은 놈이 자기를 끌고다니는 사람한테 관심받고 싶어 하고 안부를 궁금해해?"

싫은데 억지로 끌려다닌다는 애가, 싫은 건 죽어도 안 하는 애가 싫다 외롭다 하면서도 자기 부모를 찾아가는 이유. 나는 그게 뭔지 알고 있었다.

외로우니까. 저에게 주는 관심이 온전한 자기를 향한 관심이 아닌 걸 알면서도 놓을 수 없는 거니까. 사람들이 살인자 딸이라 손가락질하는 게 없는 사람처럼 무시당하거나 병균처럼 자신을 피하는 것보다 나은 걸 아니까.

나 하나만큼은 그 애에게 온전한 관심을 주면 서로에게 기댈 수 있는 사이가 되지 않을까 했다.

　그러나 말을 듣고 있던 공태준은 픽, 바람 새는 웃음을 지으며 말을 이었다.

"그 애가 불쌍해서 택했다는 소리로 들리네."

"하고 싶은 대로 해석해. 달라질 건 없으니까."

"그럼 난."

"……."

"그럼 나는."

　태준이 쥐고 있던 술잔이 가늘게 떨려 왔다. 이어 허공을 바라보고 있던 녀석의 눈이 내게 옮겨 왔다.

"그럼 나는 얼마나 더 바닥을 쳐야 나한테 와 줄 건데?"

"……."

"네가 뭔데. 넌 뭔데 내가 받기만 하라는데도 간다는 건데? 뭘 달라 한 적 없었잖아. 내가 다 해 주겠다잖아. 내가 너 원하는 대로 다 맞춰 주겠다고 하잖아."

　나는 그 눈을 피하지 않았다. 아니, 피할 수 없었다. 더는 이런 순간을 미루기만 할 순 없었다.

"나 걔한테 지켜야 할 게 있었어. 그 애한테 약속한 게……."

"약속? 네가 그런 걸 중요하게 생각하기는 해? 그럼 왜 나랑 한 약속은 지키지 않는 건데."

　그 말에 나는 천천히, 그러나 한 글자 한 글자 놓치지 않고 녀석에게 내 마음을 전해야 했다.

"공태준. 나는 네가 꼭 행복했으면 좋겠어. 나 같은 거 때문에 과거에 발목 잡히지 말고 이상한 일에 휘말리지도 말고 그냥 네가 너답게 살았으면 좋겠어. 내가 평생 내 아버지 대신 너한테 진 죄 갚으며 살 테니까 너는……."

그러나 녀석은 별안간 내 말에 웃음을 터트렸다. 여전히 눈은 차게 내려앉아 있었지만 마치 실성한 사람처럼 큭큭거리며 제 이마를 짚고 웃기 시작했다.

이어 문득 웃음을 멈추곤 낮은 목소리로 말을 이었다.

"최이경, 그게 네 아버지 죄이기만 할까?"

"뭐?"

"진짜 내 부모를 아무 연관도 없는 네 아버지가 아무 이유도 없이 죽였다고 생각해?"

"……그게 무슨 말이야."

"그날 우리 집에 찾아온 사람이 네 아버지뿐이었을까?"

"지금 무슨 소리 하는 거냐고 묻잖아!"

"조 부장은, 아니, 조 부장을 통해 너한테 접근한 사람은 궁금했을 거야. 어떻게 자기들이 남겨 놓았던 흔적이 감쪽같이 사라졌는지. 왜 자기들한테는 아무런 얘기가 오가지 않는지. 공소시효가 끝나기 전까진 아마 두 발 뻗고 잠 못 자겠지."

"지금 그 말……."

말을 이을 수 없었다. 녀석이 뱉은 말이 내 입을 움직이지 못하게 했다.

순간 모든 게 혼란스러워졌다. 인사불성으로 취한 녀석이 괜히 나를 어지럽게 하기 위해 말을 지어내고 있는 건 아닐까, 아니면 내가 늘 꿈꿔 오던 이야기를 녀석이 읽어 내고 그대로 말해 주고 있는 건 아닐까.

아무 생각도 판단도 들지 않았다. 그저 굳은 채 녀석이 다음 말을 이어 주길 기다리는 것 외에 할 수 있는 것은 아무것도 없었다.

"먼저 게임의 룰을 깬 건 너야."

녀석은 그런 내 반응을 예상한 듯 한쪽 입꼬리를 올리곤 들고 있던 잔을 천천히 제 입안으로 털어 넣었다.

"자, 어때. 이제 판이 달라졌잖아."

"……공태준."

"그럼 지금부터 진짜 마지막 내기를 시작해 볼까?"

차폐 기억

언젠가 그런 상상을 한 적이 있었다.

어쩌면 바보 같을 정도로 착한 아버지가 어느 영화나 만화에서처럼 못된 악당의 계략에 넘어가 억울하게 누명을 쓰고 대신 살인죄를 뒤집어쓴 건 아닐까.

'그날 우리 집에 찾아온 사람이 네 아버지뿐이었을까?'

왜 내 아버지는 연고도 없는 사람 집에 발을 들여 이유도 없이 무고한 사람들을 죽이고 달아났을까.

나는 아무도 답해 주지 않는 그 질문을 스스로에게 수십, 수백 번을 물어 왔다. 그럴 때마다 나는 그를 대신해 하나씩 변명을 늘어놓기 시작했다.

어쩌면 내가 모르는 이유가 있었는지도 모른다. 가령 경찰도 밝혀내지 못한, 아주 오래전 아버지와의 원한 관계가 있었는지도 모른다. 혹은 진짜 범인은 따로 있는데 우연히 그곳을 지나치던 아버지가 함정에 빠진 걸지도 모른다.

"최이경, 네가 전에 물었지. 네가 기억하지 못하는 것, 또 내가 알고 있는 게 뭐냐고."

"그게 지금……."

"최이경 네가 기억 못하는 건 있지."

멀쩡하다고 하기엔 흐려지는 발음이며 휘청거리는 몸이 공태준이 제정신에 하는 말이라고 단언하지 못하게 했다.

그러나 술에 취해 헛소리를 하는 거라고 하기엔 나를 보는 녀석의 눈엔 망설임이나 흔들림이 없었다.

"……네 기억에서 사라진 나."

"……."

"그리고 너."

"너 지금 무슨 소리 하는 거야."

녀석은 느릿하게 눈을 끔뻑이다 제 얼굴을 손으로 덮으며 말을 이었다.

"네 꿈에 내가 나온 적 있다 그랬잖아. 넌 그게 죄책감 때문인 것 같다고 했고."

"공태준."

"그게 네 기억의 일부란 생각은 안 해 봤겠지."

"뭐?"

"내가 너였다면 조 부장의 말을 그렇게 쉽게 흘려버리지 않았을 텐데. 내가 잊고 있는 기억이 뭔지, 내가 뭘 잃어버렸는지, 또 공태준은 왜 그걸 감추려 하는 건지."

"내 아버지가 진짜 범인이 아니라는 거야?"

"……."

"넌 어떻게 그걸 알고 있으면서 여태……."

나는 의심하며 살았다. 인생의 모든 순간들을 의심과 불안으로 감싸며 살아왔다. 아버지 사건에 내가 모르는 음모가 있지 않을까 그렇게 의심하면서 아버지의 자백이 거짓이길, 사람들이 아는 진실이 다가 아니길 그렇게 상상하고 믿었다.

그러나 그 모든 상상과 의심 끝엔 결국 나를 떠난 아버지와 허무함만이 남았다.

어느 순간엔 아버지를 미워하고 그리워하는 그마저도 지쳐 포기하고 모든 것을 내려놓고 살고 싶었다. 그 과정을 숱하게 거쳐 지금까지 왔다.

"사실 평생 알려 주지 않으려고 했는데."

"공태준!"

"마음이 바뀌었거든. 다른 것만으로도 충분히 내기에서 이길 수 있었는데 마지막 바둑알을 두려 하는 순간 판을 뒤엎으려 하잖아."

"……."

"누가 진짜 범인인지, 누가 네 아버지를 그렇게 만들었는지 알고 싶지 않아?"

"너 정말."

"나는 오늘이 아니면 그걸 말해 줄 생각이 없는데. 어때, 꽤 괜찮은 내기가 된 것 같은데."

괜찮은 내기. 녀석에게 이 일이 괜찮은 내기의 하나인 걸까.

멍멍한 귀에 더 이상 가게 음악소리도 들리지 않았다. 손끝이 점점 차가워지고 있었다.

나는 녀석에게 어떻게 그 사실을 여태껏 묻고 살 수 있었냐, 그 일을 어떻게 숨기고 아무렇지 않게 나를 대하고 웃을 수 있었냐고 따져 묻고 싶었다.

그러나 아무 말도 할 수 없었다. 온몸에 힘이 빠져 비명은커녕 신음조차 나오지 못했다.

"표정 보니까 내가 제대로 된 돌을 올리긴 했나 보네."

"……."

"맞지? 내가 우리 내기에서 이긴 거잖아."

녀석은 천천히 고개를 들어 나를 빤히 바라보기 시작했다.

"……그런데 왜 내 기분이 이럴까. 꼭 공들인 게임에서 진 것처럼."

혼란스러움은 결국 내 마지막 한계까지 드러내려 하고 있었다. 아버진 그 사건의 진범이 아니고, 어떻게 된 일인지 녀석은 그 사실을 알고 있는 듯했다. 그리고 또 하나, 나 또한 그것을 알고 있다고 했다.

그러나 내가 기억하지 못하는 사실이었다. 왜 그 사실을 기억하지 못하는 걸까. 왜 녀석은 내가 그 기억을 가지고 있지 않다는 것 또한 알고 있는 걸까.

갑자기 숨이 가빠지고 현기증이 몰려왔다. 녀석의 올라간 입꼬리와는 반대로 금방이라도 울 것 같은 눈이 나를 더 어지럽게 했다.

오히려 울고 싶은 건 난데, 쓰러져 버릴 것 같은 사람은 난데 정작 툭 치면 모래처럼 바스러질 것 같은 사람은 녀석 같아 보였다.

마른침을 삼키며 나를 보는 녀석과 천천히 눈을 마주했다.

"넌 왜 그걸 지금에서야……."

"……."

"어떻게 그 사실을 7년을 넘게 품고 있었니."

백번 생각해도 이해할 수 없는 너였다. 늘 무슨 생각을 하고 사는지, 무슨 말을 하고 싶은 건지 알 수 없던 너였다.

"이제 내가 다 처리할 수 있으니까."

"처리?"

"진실을 은폐하려는 사람들. 네 아버지에게 모든 걸 떠안기고 언론의 힘을 빌려 단두대에 올리고 너까지 난도질한 놈들. 내가 다 잡아넣을 수 있어."

순간 녀석의 눈이 단 한 번도 보지 못했던 모습으로 빛을 냈다. 대체 넌 언제부터 무엇을, 왜 그리 집착하며 끌고 오려 했던 걸까. 그렇게 네가 오랫동안 준비하던 것은 대체 무엇을, 어떤 것을 위해.

나는 문득 그것이 만약 나를 위해서였다라고 녀석이 말한다면, 미안하게도 안타까움보단 웃음이 날 것 같단 생각이 들었다. 내가 그렇게 되돌리고 싶어 했던 건 그게 아니었으니까.

"……그럼 뭐가 달라지는데."

"최이경."

"소용없잖아, 이젠."

눈을 질끈 감고 허탈하게 터져 나오려는 웃음를 막았다.

"그렇게 해도 우리 아빠는 다시 살아 돌아오지 못할 텐데."

"……"

"다시 시간이 돌아가 아무것도 없었던 일이 될 수 있어? 받았던 상처나 외로움, 그런 게 없던 일이 될 수 있어?"

"없던 일이 되진 않지만 아닌 일로 만들 순 있어. 내가 그걸 해 주겠다고."

아니. 아니다. 없던 일이 되지도, 아닌 일이 되지도 않을 것이다. 우리는 이미 돌이킬 수 없는 강을 아주 멀리 건너와 버렸다. 그저 내가 지금 이 순간 가슴이 막혀 숨을 토해 내고 싶은 이유는 억울한 세월과 억울한 누명 때문이 아니었다.

"네가 진작 말을 해 줬다면 적어도 우리가 이렇게까지 오진 않았을 텐데."

"……"

"넌 그 말을 지금이 아니라 7년 전에 했어야 해."

무죄가 되지 않는다 해도, 누명이 벗겨지지 않는다 해도 나는 아빠를 믿었을 테고 네가 진작 그 말을 해 줬더라면…… 적어도 헛된 원망은 하지 않았을 텐데.

상사뱀

왜 항상 후회는 덧없이 늦고 돌이킬 수 있는 건 단 하나도 없는 걸까.

"아니, 최이경. 내가 7년 전에 이 말을 했다면 달라지는 것 없이 더 나빠졌을 거야."

"……."

"그땐 아무도 힘이 없었으니까. 우릴 지킬 수 있는 사람이 단한 사람도 없었으니까. 네 아버지도 그걸 알고 너를 지키기 위해 유일한 길을 선택한 거니까."

녀석은 아직 모르고 있는 듯했다. 아버지가 저지른 일과 또 아버지의 갑작스러운 부재로 인해 고통스러웠던 건 사실 아버지의 죄나 사람들의 시선 때문만은 아니었다는 것을.

내가 가장 후회하고 어떻게든 여기서 벗어나 잊고 싶어 했던 것은 내 아버지가 아니라…….

"아니. 알았다면 적어도 난, 적어도 나는……."

명확한 증거와 자백, 뚜렷한 동기가 없다는 것을 제외하곤 모든 것이 그를 사건의 진범으로 지목하고 있었다.

그는 자신의 죄를 인정했고 그저 빠르게 이 긴 시간들이 지나가길 바랐다.

"아빠."

"이경아."

"……아니잖아요."

그러나 그의 딸에겐 쉽게 받아들여지지 못했다. 한 가닥의 희망과 미련이 그녀의 발목을 잡고 제 아버지를 붙잡게 했다. 투명한 판을 사이에 두고 미결수용자 신분인 제 아버지와 마주한 딸은 현실이 곧 지옥이고 믿기지 않는 꿈이었다.

"아니잖아."

"이경아, 아빠 말 잘 들어."

"…… ."

"아빠 없어도 밥 꼭 잘 챙겨 먹고. 자기 전에 문 잘 잠갔는지 확인하고."

"아빠."

"이제 누구 도움 없이 사는 법을 배워야 돼. 할 수 있지?"

구치소 접견실, 벽 구석에 작게 박힌 글씨가 그녀에게 현실을 일깨워 주고 있었다. 이경은 여전히 자신을 걱정하는 아버지가 누군가에게 상처를 입혔단 사실을 믿지 못했다.

"이경아."

"난 아빠가 한 일이 아니란 거 믿어. 아니잖아. 아빠가 그럴 사람이라니 말도 안 돼. 세상 사람들 다 안 믿어도 나는 믿어. 걱정하지 마, 내가 꼭 구해 줄게. 아빠가 진짜 범인이 아니란 거 내가 꼭 밝혀낼 거야."

"이경아, 그러지 마."

"삼촌한테 연락할게. 좋은 변호사를 구하면, 그러면……."

툭툭, 이어져 떨어지는 눈물이 그녀의 옷 끝자락을 적셔 갔다. 그는 닦아 주지 못하는 그 눈물을 말없이 바라보고 있었다. 그녀의 말에 부정도 변명도 하지 않는 그의 모습이 그녀를 점점 나락으로 밀어 넣고 있었다.

"진짜 아빠가 그랬어?"

"이경아."

"왜?"

"……."

"왜 그 사람들을 죽였어? 왜?"

"아빠가…… 미안해."

그가 할 수 있는 말은 하나였다. '미안하다'고, 차마 눈도 마주하지 못한 채 힘겹게 딸에게 전했다.

"이럴 거면 나는 왜 낳았어."

"이경아."

"왜 엄마를 혼자 뒀어. 왜 엄마가 죽어 갈 땐 오지 않았어. 내가 아빠를 얼마나 기다렸는데."

"……."

"엄마도 혼자 두고 이젠 나도 혼자 두고……. 내가 어떻게 아빠를 용서하라고. 대체 내가 어떻게……."

이경은 결국 애써 누르던 원망을 터트렸다. 차라리 아니라고, 제가 한 짓이 아니라고 말했다면 이경은 구할 수 없는 제 아버지를 향해 마음 편히 억울한 눈물을 흘렸을 거였다. 그러나 아버진 그저 미안하단 말을 반복할 뿐이었다.

"미워. 아빠가 너무 미워."

이경은 이제 오롯이 혼자가 되었음을 느껴야 했다. 아무리 텔레비전과 사람들이 제 아버지를 욕하고 손가락질해도 끝까지 아닐 거라 하던 믿음이 아버지의 담담한 말투 안에 와르르 무너져 내렸다.

사람들과 함께 아버지를 욕할 수도, 그 사람들의 돌을 막아 내며 아버지의 억울함을 소리칠 수도 없었다. 모든 걸 체념한 듯 고개를 숙인 아버지 앞에 그저 스스로의 슬픔을 다독여야 했다.

"됐어."

"이경아."

"차라리 나도 엄마 따라 죽어 버렸으면 좋겠어. 그럼 이렇게 괴롭지 않을 텐데."

"제발, 이경아. 그러지 마. 아빠가 잘못했어."

"사람들이 아빠가 죽인 사람이 판사라서 아주 높은 사람이라 평생 나오지 못할 수도 있대. 평생 감옥에서 살 수도 있대."

"……."

"그럼 난 평생 엄마도 없고 아빠도 없는 애가 되는 거잖아."

잠시 둘 사이에 무거운 침묵이 흘러 들어왔다. 그는 제 딸의 상처 어린 독백에 고개를 숙였다. 그녀의 마른 목소리가 그의 가슴에 차갑게 내려앉았다.

이경은 그런 제 아버지를 한참을 말없이 바라봤다. 살면서와 보리라곤 상상도 못했던 곳에서 아버지의 가장 초라한 모습을 보고 있었다.

그 사실이 어린 이경에겐 감당되지 않았다.

"차라리…… 차라리 내가 처음부터 고아였으면 나았을 텐데."

"하."

언제 어디서 다시 들춰도 나는 최악이었다.

아버지를 마지막으로 보면서 한 말이 고작 고아였어야 했다는 말이라니. 그 후에 얼마나 많이 후회했는지, 아빠에게 남긴 상처가 고스란히 돌아와 매일 밤 울다 잠든 것을 아버지는 모를 터였다.

그저 상처만 안고 못난 딸에게 미안해만 하다 가셨을 텐데. 내가 적어도 공태준이 한 말을 그때 들었더라면 그렇게 냉정하고 무자비한 말을 내뱉지 않았을 거였다.

믿었을 텐데, 아버지가 뭐라 하고 사람들이 뭐라 해도 나는 끝까지 믿었을 텐데.

"네가 적어도 그 말을 7년 전에 해 줬더라면 나는……."

나는 아버지가 아니라 나를 견딜 수 없던 거였다. 믿고 싶었던 아버지와의 마지막을 내가 망쳐 버렸다는 것.

그렇게 말하지 않았더라면 아버지가 나를 한 번은 더 찾았을 텐데. 그 잔인한 말을 하지 않았더라면 아버지가 그렇게 극단적인 선택을 하지 않았을 수도 있는데.

혹시 내가 차라리 고아였으면 좋겠다고 한 말이 아버지에게 상처가 되어, 그래서 그런 선택을 하게 한 걸까. 나는 스스로를 용서하지 못했다.

"그게 마지막일 줄 알았으면 나는……."

이렇게 후회하진 않았을 텐데. 어차피 결국 이렇게 될 거였으면 나는 아버지에게 마지막까지 사랑한다고, 너무 고맙다고, 나는 아빠 딸로 태어나 세상에서 제일 행복한 아이였다고, 그렇게 말해 줬을 텐데.

하지만 아버지는 제 죄를 자백했고, 2차 공판 날 아버지를 태우고 가던 수송 차량이 사고가 나면서 아버지는 사라졌다. 살인자에서 도망자가 되었다.

사실 그것이 더 믿기지 않았다. 내가 아는 아버지는 그럴 사람이 못되었다. 진짜 죄를 저질렀든 저지르지 않았든 그렇게 사라지고 도망칠 사람이 아니었다.

그러나 애초에 믿을 수 없는 일은 이미 벌어져 있었고 더 내가 받아들이지 못할 일은 없었다.

"왜 아빠는 나한테도 솔직하게 말하지 않았을까."

"……."

"아니라고, 아빠가 한 일이 아니라고. 왜 나한테까지도 말하지 않았을까?"

결국 누군가 희생되어야 하고 그 희생자가 당신이 됐음을 알고 있었던 걸까. 녀석의 말대로 결국 자신을 지키지 못할 것을 알고 그리 빨리 인정해 버린 걸까. 체념하고 나마저 그렇게 속인 걸까.

상사뱀

끊이지 않는 물음이 머릿속에 쏟아져 내렸다.

그러나 그 꿈같은 일들은 모두 현실이고 이미 지난 과거가 되어 있었다. 방황은 이미 오래전 끝났고 엇갈린 길이었든 올바른 길이었든 나는 이미 그 길들을 전부 지나와 버렸다.

녀석은 내 손목을 잡으며 입을 뗐다.

"그 사람들은 네가 자기들을 기억해 낼까 봐 늘 무서워하고 있어."

"그만."

"걱정하지 마. 기억할 필요 없으니까. 내가 널 지킬 거니까. 내가 대신 그 더러운 판에 뛰어 뒹굴 테니까 넌⋯⋯."

"⋯⋯."

"넌 그냥 내 옆에 있기만 하면 돼."

"그만해, 공태준."

"내가 그 사람들, 너 힘들게 한 사람들 다 잡아 줄게."

나는 그런 녀석의 손을 뿌리쳤다.

"네가 뭔데⋯⋯. 네가 왜!"

"최이경 너를 좋아하니까."

"뭐?"

"나한텐 모든 게 다 네가 처음이니까. 나를 구해 준 사람도, 내 옆에 있어 준 사람도, 내 이름을 아무 목적 없이 불러 준 사람도 다 너니까. 최이경이니까."

"⋯⋯."

"나한테 두 번째는 없어. 네가 처음이고 마지막일 테니까."

다시 나를 엄습해 오는 죄책감을 피하기 위해 녀석에게 소리를 쳤다.

　네가 뭔데 왜 그 일을 다시 꺼내 이렇게 힘들게 하는 건데. 그렇게 해도 아빠는 다시 살아오지 못하는데, 아빠에게 미안하다고 말할 기회가 오는 것도 아닌데.

　"싫었으면 처음부터 내 앞에 나타나지 말았어야지. 나를 구한다고 내 손을 잡지 말았어야지."

　"공태준."

　"이렇게까지 되고 싶지 않았으면 왜 나한테 웃어 줬어? 왜 내 미래에 너를 넣게 만들었어? 왜 아플 때 옆에 있어 주고, 왜 나를 떠나고, 왜 너를 기다리게 만들었는데."

　나는 입을 닫았고 너는 그런 나를 말없이 바라봤다. 문득 너는 사실 잘못이 없단 생각이 들었다. 문제는 네가 아니었다.

　다시 한국에 돌아온 게 결국 우리를 이렇게까지 몰아세운 걸까. 아니면 내가 처음 네가 다니던 학교에 전학을 갔던 그 순간부터 잘못됐던 걸까.

　화가 난 듯 말을 잇는 너는 내게 진짜 이유를 묻는 것이 아니었다. 이 시끄러운 곳에서 녀석은 채근하고 있었다. 왜 그런 잘못과 죄를 저질러 놓고 아무 벌도, 아무런 책임도 지지 않고 다른 사람에게 가려 하냐. 그렇게 묻고 따지고 있었다.

　"너를 좋아해. 이 말보다 더 나를 감당할 수 있는 말이 있다 해도 나는 못 해."

　"……"

"네가 감당 못 할 테니까."

고해하듯 말을 잇는 녀석으로 인해 목과 가슴 한구석이 송곳으로 찔리듯 따끔거려 왔다.

"그러니까 나는 그냥 너를 좋아하는 걸로 하자. 벌이 꽃을 따르고 물고기가 물을 좋아하는 것처럼."

"……."

"좋아하는 걸로 해."

내가 뭐라고, 나 같은 사람이 뭐가 대단하다고 너는 왜 그런 나를 놓지 못하고 있었을까. 그깟 처음이 뭐라고, 옆에 있어 준 게 뭐 그리 대단하다고 내가 무서워하는 것들에게서 나를 지켜 준다고 하는 거야.

공태준, 세상에서 제일 똑똑하고 잘났을 것 같은 네가 왜 이렇게 멍청하게 구는 거니.

"그러니까. 그렇게 할 테니까."

"태준아."

"최진헌한테 가지 마."

"……."

"내 옆에 있어, 최이경."

❖

하루하루, 내가 잡거나 보내지 않아도 시간은 흘러갔다. 문득 정신을 차리니 공태준에게서 아버지에 대한 이야기를 들은

지 일주일이 지난 후였다.

그동안 녀석은 집에 들어오지 않았다. 어쩌면 내게 선택할 시간을 주고 있는지도 몰랐다. 이미 더 얻을 것도 잃을 것도 없지만 아버지에 대한 진실을 캐낼 수 있는 마지막 기회.

내가 이미 진실을 밝히기엔 늦었다고 말했음에도 녀석은 알고 있는 듯했다. 지금이 사람들과 세상에 아버지의 무고함을 밝힐 수 있는 마지막이자 유일한 기회라는 것을. 또한 그것을 밝혀낼 수 있는 유일한 사람이 녀석이라는 것을.

나는 이미 되돌릴 수 없음을 알면서도, 녀석에겐 달라질 것이 없을 거라 말해 놓고도 사실은 흔들렸다. 내가 아니면 세상 사람 그 누구도 아버지의 진실을 알지 못할 것이었다. 아버지는 끝내 그런 사람으로 남는 것이었다.

만약 반대로 내가 누명을 쓰고 억울하게 죽었다면 내 아버지는 어떻게 했을까. 소용없는 일이라며 그냥 그대로 있었을까.

"……."

알고 있었다. 아버지라면 당신이 어떤 걸 감수하고서라도 나의 무고함을 밝히기 위해 평생을 바칠 분이었다.

그러나 단순히 쉽게 결정할 수 있는 일이 아니었다.

만약 내가 결국 공태준 옆에 남아 아버지 일에 진실을 밝혀낸다면 공태준과 나는 어떻게 되는 걸까. 나를 좋아한다고, 옆에 있어 달라는 녀석의 고백을 받아들이게 되면 우리는 어떻게 되는 걸까.

나는 끝내 녀석에게 아무 답도 주지 못했다. 만에 하나 이렇게 녀석의 곁에 남게 된다 해도 지치고 길어질 싸움에 결국 서로를 할퀴다 바닥만 보이게 될 우리였다. 우리는 결국 그렇게 될 것이었다.

'최진헌한테 가지 마.'

차라리 예전처럼 무서운 눈으로 혼자가 되라고 그렇게 겁을 줬더라면…….

'내 옆에 있어, 최이경.'

차라리 또 도망칠 생각을 하는 나를 그저 욕하고 원망했더라면 이렇게 마음이 무겁지 않았을 텐데. 왜 녀석은 그런 눈으로 그런 말을 했던 걸까.

나는 지금 흔들리는 것이 아버지 때문인지 녀석 때문인지 몰랐다. 그저 가슴 한구석이 답답했다.

"최이경!"

그때 갑자기 소파에 앉아 있는 나의 눈앞에 손바닥 하나가 아래위로 흔들렸다. 고개를 돌리니 어느새 등 뒤까지 어우동이 와 있었다.

"아, 언제 왔어?"

"한참 전에. 무슨 생각을 하고 있으면 누가 온 줄도 몰라?"

"……그러게. 넌 이 시간에 어쩐 일이야? 오늘은 작업 없어?"

"없긴. 있는데 다 팽개치고 여기 왔지. 그 자식이 자기 짐 좀 대신 정리해 달라고 해서."

녀석의 말에 뒤를 돌아보니 그제야 녀석 등 뒤로 최진헌 물건이 쌓여 있는 것이 보였다. 대부분 운동기구와 그림 도구였다. 당분간 녀석의 작업실에 맡아 두었다가 하나씩 처분한다고 했다.

"걘 지금 정신없이 바쁜가 봐. 뭐, 오죽하시겠어."

"왜 바쁜데?"

"왜라니요. 최이경 네가 물어볼 말은 아닌 것 같습니다만?"

녀석은 눈썹을 치켜세우며 되물었다. 하지만 나는 왜 녀석이 바쁜지 진짜 몰라서 묻는 거였다.

"나 진짜 몰라서 묻는 건데."

"와 ,진짜 넌 아무리 그래도 좀 심하다. 어디 6박 7일 여행 가는 것도 아니고 아주 영영 갈 준비를 해야 하는데 달랑 몇 주 남겨 놓고 통보하면 걘 뭐, 몸만 달랑 가면 되냐?"

"몸 말고 또 뭐가 가야 하는데?"

"너 최진헌을 진짜 모르는구나?"

녀석은 어느새 소파에 앉아 나를 노려보기 시작했다.

"걔가 퍽이나 가서 너한테 손 벌리고 기대고 하겠다. 걔가 아무리 찌질하게 굴어도 지도 남자라고 너 책임지려고 할 텐데 그놈 자존심에 그런 게 허락이 되겠냐?"

"아……."

생각해 보니 참 나나 최진헌에 대해 모르는 것이 없는 어우동이었다.

그러나 나는 한 가지 의문이 들었다.

"최진헌이 나를 어떻게 책임지겠다고? 걔가 돈을 모아 놓았을 만한 성격은 아닌 것 같은데."

"글쎄. 모아 놓은 돈은 없지만 모아 둔 돈이 어디 있는지는 알걸? 걔네 엄마 화랑에서 그림 몇 점 훔쳐 팔면……."

"뭐?"

"하하. 아니, 그냥 그럴 수도 있다 이거지. 설마 최진헌이 그렇게까지 패륜아이려고."

하지만 녀석도 모르는 것이 하나 있는 듯했다. 나는 천천히 몸을 일으켜 녀석에게 다가갔다.

"우동아."

"응?"

"최진헌이 자기 엄마 물건엔 손을 안 댈지도 모르겠지만."

그래, 녀석은 적어도 패륜아는 아니었다.

"네가 작년에 만들었다던 브론즈 형상은 어제 입시 미술 학원에서 파는 것 같더라."

"뭐? 이 미친놈이!"

친구를 배신하는 배신자면 몰라도.

어느덧 오후 3시. 어우동과 간단히 점심을 먹고 미리 짐을 보내기 위해 우체국을 찾았다. 짐이라고 해 봤자 옷 몇 벌과 최진헌이 꼭 가져가야 한다던 운동기구 세트 몇, 태권도 대회 상장이 다였다.

나는 자꾸 흩어지는 마음과 상관없이 이리저리 이사 준비를 해 나가고 있었다.

"최이경, 너 진짜 이것들만 보내면 돼?"

녀석은 내 조촐한 짐을 보더니 대놓고 혀를 차기 시작했다.

"뭐, 딱히 더 챙겨야 할 건 없는데."

"무슨 여자애 짐이 최진헌 속옷 컬렉션 가방보다 못하냐."

"아, 최진헌 속옷……."

그러고 보니 우리가 고3이었을 때도 최진헌은 관심사가 한결같았다. 내가 공태준의 생일 선물을 산다고 한 날 몰래 따라붙었을 때 이런저런 속옷에 대해 제 의견을 피력한 것을 보면 취향이 참 일관성 있었다.

"기다려 봐."

"왜. 어디 가게?"

"사실 선물은 공항에서 주고 싶었는데 갖고 가기 불편할 거 아냐. 미리 짐 부칠 때 부쳐야지. 이 오빠가 큰맘 먹고 좋은 거 사 올 테니까 넌 가서 쭈쭈바나 사 먹고 있든가."

얼떨결에 30분을 동네 편의점 테이블에 앉아 있게 됐다. 어우동은 결국 내 선물을 꼭 사 줘야겠다며 길을 나섰다.

하여간 생각하는 즉시 행동으로 옮기는 데 일가견이 있는 녀석이었다.

나는 캔 커피를 하나 손에 쥐고 동네를 살폈다. 돌아온 지 얼마 되지도 않았는데 다시 또 가야 한다니, 보면 나도 참 한곳에 오래 살 팔자가 못 되는 듯했다.

그때 문득 주머니에서 진동이 느껴졌다. 하루 내내 연락이 되지 않았던 최진헌이었다.

"여보세요?"

—우리 예쁜 이경이 밥 먹었어?

"넌 또 어디야? 진짜 혼자 바쁜 척은 다 하고 다닌다."

—바쁜 척이 아니라 오빠가 진짜 좀 바쁘다.

녀석의 목소리가 꽤 밝았다. 주변이 기합 소리가 섞여 들리는 것을 보아 아마 태권도 도장에 있는 듯했다.

인사를 하러 간 건가 물어보려다 조용히 입을 다물었다. 무작정 같이 가자 손을 내민 주제에 괜히 마음 아프거나 속상해할지 모를 문제까지 건드리고 싶지 않았다.

"아, 맞다. 최진헌 너 혹시 어머님 작품에 손대고 그러는 거 아니지?

—누가 그래? 어우동 그 자식이 그래?

"아니면 됐어. 난 또 네 부모님이 너 가는 거 아시면……."

순간 말을 이으려다 아차 했다.

녀석이 나와 떠나는 것을 부모님께는 어떻게 알릴 건지 미처 물어보지 못했다. 먼저 물어보기도 전에 다른 건 다 제가 알아서 할 테니 그저 삼촌께 소개만 잘 전해 달라 안심시키던 녀석이었다.

녀석은 갑자기 입을 다문 내가 무슨 생각을 하는지 알아차린 듯 천천히 말을 이었다.

　—나 벌써 말했어. 걱정하지 마.

　"아…… 그랬어?"

　알아서 정리한다 했어도 녀석에게 그리 쉬운 일이 아니었을 터였다.

　"그래서 어머님은 뭐라고 하셔?"

　—그냥.

　"……."

　—요새 엄마가 한국에서 뭐 준비하고 있는 게 있거든. 바쁜가 봐. 나 별로 신경 쓰는 눈치 아니던데. 아버진 아직 런던에 계시고.

　"아."

　—오히려 엄마 비서 누나가 걱정하더라. 혹시 어디 오래 갔다 오려 하냐고. 근데 너랑 간다고 하니까 잘됐다고 했어. 진심으로 축하한다고. 엄청 착한 누나지?

　"……그러게."

　—아, 너 오해하지 마라? 그 누나 남자 친구 있어. 나랑 진짜 아무 사이 아니야. 오빠 그렇게 헤픈 남자 아니잖아.

　녀석은 아무렇지 않은 척 한 톤 높인 목소리로 말했다. 그러나 나는 그게 녀석의 진짜 마음이 아닌 것을 알았다.

　그동안 눈치가 없었던 건진 모르지만 지금 보니 녀석은 목소리가 가장 밝을 때 애써 무언가 버티려 하는 게 있곤 했다.

　나는 굳이 녀석이 알리고 싶지 않아 하는 것을 물어보지 않기로 했다.

상사뱀

"최진헌, 나한테 할 말 없어?"

—뭘?

"……너도 나한테 물어보고 싶은 거 많잖아."

나는 녀석이 알리고 싶진 않지만 알고 싶은 것이 있다는 건 알았다. 내가 왜 자신과 함께 떠나려고 하는지, 왜 공태준은 일주일째 집에 들어오고 있지 않은 건지. 녀석은 아무것도 묻지 않았다.

그러나 녀석은 먼저 그 말을 꺼낸 내가 그동안 많이 고민했는지 이해한다는 듯 천천히 말을 이었다.

—으이구, 우리 이경이. 오빠가 막 안 물어보니까 오히려 걱정됐어요?

"……."

—사실 나 되게 궁금한 거 많은 애긴 한데 이제 우리한테는 남은 시간이 더 많으니까. 우리 전에 다시 만났을 때 내가 올림픽 본 거랑 군대 갔다 온 얘기, 효리 누나 결혼했단 얘기 할 때 네가 그랬잖아.

"……."

—어디 안 갈 테니 그러지 않아도 된다고. 천천히 얘기해도 된다고.

"응."

—이제 너 아무 데도 안 갈 거잖아. 내 옆에 있을 거잖아. 그러니까 천천히 얘기해도 돼.

녀석은 덤덤히 제 생각을 말했다. 그러나 녀석의 아무 데도 안 가지 않을 거냐는 말에 이상하게 가슴이 답답했다.

문득 항상 어린애 같던 녀석이 나보다 먼저 어른이 되어 가고 있는 건 아닐까 하는 생각도 들었다.

늘 애처럼 남아 있을 것 같은 녀석이 나보다 먼저 커지고 있는 듯했다. 나는 아직도 이렇게 불안하고 흔들리는데 녀석은 그저 그런 내 뒤에 묵묵히 자리를 지키고 있었다.

얼마의 시간이 흘렀을까, 제 사부가 부른다던 녀석은 이따 저녁에 보자는 말과 함께 급히 전화를 끊었다. 나는 다시 동네를 구경하며 무료하게 시간을 보내게 되었다. 그러나 그것도 10분이 지나가자 점점 지루해져 갔다.

결국 나는 어우동에게 다시 전화를 걸었다. 선물보단 같이 있는 시간이 더 소중했다.

"어우동, 너 대체 언제까지 날 기다리게 하려고……."

—보채긴. 나 지금 편의점 사거리 앞이다. 넌 어딘데?

"어 ,나도 근처야. 나 횡단보도 앞에 있는데……."

주위를 둘러보니 먼저 나를 발견한 녀석이 한 팔 가득 무언가를 들고 손을 흔들고 있었다.

"최이경!"

대체 뭘 샀기에 부피가 저런 걸까. 저 박스 안에는 또 뭐가 들어 있으려나.

나는 녀석에게 고등학교 때 받았던 보석함을 떠올렸다. 작업실에 다녀온 건가. 또 직접 만든 선물을 준비한 걸까.

"거기 있어!"

녀석은 내게 자리에 있어라 소리치며 신호가 바뀌길 기다렸다. 신호등이 곧 초록색으로 바뀌고 녀석은 빠른 걸음으로 나를 향해 오기 시작했다.

상사뱀

"어우동, 너 또 뭘 주려고······."

그러나 채 말을 다 잇기 전, 녀석을 향해 빠르게 차 한 대가 달려오고 있는 것이 보였다. 이어 내가 어떤 말을 꺼내기도 전에 녀석을 향해 돌진하던 차가 귀가 따가울 정도로 소음을 내며 브레이크를 밟았다.

순간적으로 들고 있던 가방을 떨어트리고 얼굴을 감쌌다.

"······."

잠시의 적막이 영겁의 시간처럼 흘렀다. 주변 공기가 달라졌다. 멍해진 귓가에 점점 사람들의 웅성거리는 소리가 들려왔다.

"이봐요! 괜찮아요?"

심장이 밖으로 튀어나올 것처럼 울리기 시작했다. 눈을 가린 손이 얼굴에서 떨어지지 않았다.

나는 그 순간 멍청하게도 아무것도 하지 않은 채 서 있었다. 그저 눈을 꼭 감고, 그 자리에 발이 붙어 버린 사람처럼 멍하니 서 있었다. 지금 녀석은 어떤지, 어떻게 되어 가고 있는지 확인할 수도 없었다.

❖

병원에 도착하기까지 무슨 정신이었는지, 나는 응급실에 들어서자마자 바닥에 주저앉았다.

다행히 녀석은 크게 다치지 않은 듯했다. 겨우 눈을 떼고 바라봤을 때 녀석은 바닥에 앉아 제 까진 팔꿈치를 바라보고 있었다. 실제로도 가벼운 타박상과 오른쪽 다리 인대가 조금 늘어난 것을 제외하곤 모두 정상이라 했다.

누가 우리를 보면 하얗게 질린 내 얼굴에 사고를 당한 사람이 나인 줄 알 만큼 녀석은 멀쩡했다.

"최이경 엄청 놀랐나 보네."

"너 그걸 말이라고 해? 난 정말……."

"그래도 너 너무 오버야. 울기는 왜 우냐?"

"어우동!"

나는 구급차에 타 녀석 옆에서 오는 내내 펑펑 울며 왔다. 다친 건 녀석인데 눈앞에 일어난 사고에 정신을 잃은 건 나였다. 그나마 다행인 건 구급차가 오기 전 깨어났다는 것이었다.

오히려 나보다 더 의식이 멀쩡했던 녀석은 그런 내가 저를 보고 다시 쓰러질까 내내 지켜보며 와야 했다.

나는 녀석의 손을 잡고 눈물을 뚝뚝 흘리다 병원에 도착해 괜찮다는 소리를 듣고 나서야 울음을 멈췄다.

"걱정하지 마, 안 죽었어. 많이 다치지도 않았구먼."

"하지만……."

"뭐, 다리? 이거 금방 나아. 또 조형예술은 다리로 하는 게 아니라 영혼으로 하는 거거든. 걱정 붙들어 매라."

녀석은 어떻게 제가 사고를 당한 이 순간에도 태연하게 행동할 수 있을까. 대단하다고 해야 할지 긍정의 힘이 넘쳐 난다고 해야 할지 헷갈렸다.

그러나 그 순간 문득 녀석에게 전해야 할 말이 떠올라 빠르

상사뱀

게 말을 이었다.

"아, 그래도 너희 아버지한테 연락 간 것 같은데……. 여기 병원 원장님이 너 알아보시더라. 지금 진헌이랑 같이 오고 계신대."

"악! 진짜? 아…… 난 죽었다. 어떡하지? 어? 나 어떡하지, 최이경?"

"뭘 어떡해. 걱정 안 하시게 잘 말씀드려야지."

"분명 오자마자 이놈의 자식 사고 칠 줄 알았다고 난리난리 피우실 텐데!"

사고를 친 게 아니라 당한 거였다. 그럼에도 녀석은 불안한 듯 몸을 들썩이더니 팔목에 꽂혀 있는 링거 줄을 뽑으려 했다. 나는 그런 녀석을 급히 막아 세웠다.

"미쳤지, 어우동? 너 지금 사고 당한 환자야."

"환자고 뭐고, 여기 혹시 비상 탈출구 있냐? 아, 아니지. 그건 내가 더 잘 알지. 이경아, 가서 휠체어 좀 가져와 봐. 나 지금 나가야 돼. 얼른!"

"넌 아버지가 그렇게 무서워?"

"너 나 초등학생 때부터 영창 다닌 거 모르냐. 난 진짜 다른 집 애들도 다 그렇게 혼나는 줄 알았잖아."

"참, 너도 뭘 그렇게 잘못했으면……."

"별것도 아닌 일로 그러신다니까? 그냥 다른 평범한 애들이랑 비슷했어. 초등학생들이 다 그렇지 뭐. 어쩌다 집에 불도 좀 낼 수 있고, 다 그렇게 크는 거 아니겠냐."

평범은 그럴 때 쓰는 단어가 아닐 텐데. 내 아들이었으면 다리몽둥이라도 부러뜨려 놓았을 터였다. 전부터 정상적인 애가 아닌 줄은 알고 있었지만 그게 어린 시절부터 길러 온 남다른 기질인 줄은 몰랐다.

그러나 녀석은 여전히 주위를 둘러보며 어떻게든 제 아버지보다 먼저 병원을 빠져나갈 궁리를 하는 듯했다. 나는 그런 녀석을 한숨을 쉬며 바라봤다. 이어 간호사가 빈 병실이 났다는 소식을 전해 줬다.

아무리 겉으로 보이지 않는다 해도 입원해 이것저것 검사해 봐야 할 게 있었다. 이에 근처에 놓여 있던 휠체어에 녀석을 억지로 태웠다.

병실까지 직접 에스코트해야 안심이 됐다. 잠시 한눈팔면 금세 어디로 도망칠 것 같은 녀석이었다.

병실에 녀석을 밀어 넣고 밖에 나오니 데스크에 최진헌이 누군가와 함께 서 있는 것이 보였다. 짙은 녹색의 장교 정복을 입은 키가 큰 중년의 남자였다.

나는 단번에 그분이 어우동의 아버지임을 알 수 있었다. 육군 장교이신 건 알고 있었지만 멀리서부터 풍겨져 나오는 분위기가 새삼 자유로운 영혼인 어우동 아버지가 맞나 싶을 정도로 준엄한 모습이었다. 녀석이 제 아버지를 겁내 할 만하단 생각이 들었다.

"……어우동 내 이놈을 그냥."

의사에게 어우동의 상태에 대해 듣던 아버님은 녀석의 예상대로 언제 한번 크게 사고 칠 줄 알았다고, 남은 다리도 부러뜨려 놔야 정신을 차리지 않겠느냐면서 단단히 벼르시는 목소리로 병실을 찾으셨다.

복도에 서서 아버님이 병실에 들어가시는 것을 말없이 바라봤다. 최진헌은 병실에 들어서는 아버님을 따라가다 곧 나를 발견하곤 빠르게 다가왔다.

"어떻게 된 거야. 넌 괜찮아?"

녀석의 얼굴에도 놀란 기색이 역력했다. 소식을 듣자마자 뛰어오기라도 했는지 이마에 식은땀도 있었다. 그 와중에 어우동의 아버지까지 모셔 온 녀석이었다.

"나는 괜찮아. 우동이가 걱정이지. 다행히 크게 다치진 않았는데 당분간 깁스하고 다녀야 할 거래."

나는 녀석을 안심시키기 위해 애써 미소를 지어 보였다. 하나 입꼬리가 잘 올라가지 않았다. 녀석은 그런 나를 천천히 제품으로 끌어안았다. 이어 머리를 쓰다듬으며 귓속말하듯 속삭였다.

"많이 놀랐지."

"아니."

"아니긴. 나야 그 또라이 사고 치는 거 하루 이틀 본 거 아니니 괜찮은데, 우리 이경인 처음이니 얼마나 놀랐을 거야."

녀석은 잘 몰랐겠지만 어우동이 잔병치레가 없는 대신 1년에 한 번씩은 꼭 제 몸 어느 한구석을 부러뜨리곤 하는 애라며, 오히려 이번엔 운이 좋아 이 정도라고 혀를 내둘렀다.

"또 너무 걱정하지 마. 걔 취미가 깁스야. 여기 병원 원장이 걔네 아버지 친구분이시거든. 옛날에 여기 전동 휠체어 훔쳐 타고 다니다가 아버지한테 뒤지게 맞은 적도 있어."

"아⋯⋯."

"그것도 대학생 때."

나는 그제야 픽 웃음을 터트렸다. 이젠 놀랍지도 않았다. 어우동이라면 충분히 그러고도 남을 놈이었다. 아마 서른, 마흔이 넘어서도 늘 새로운 놀잇거리를 찾아다닐 터였다.

나는 잠시 고개를 젓다 녀석에게 떨어지면서 이마에 콩, 머리를 박았다.

"절친한 친구가 다쳤는데 여기서 흉이나 보고 있어도 되냐."

때 아닌 어우동의 치부를 드러냄으로 나를 위로하고 있는 녀석이었다.

"들어가자."

나는 녀석의 손을 잡으며 '어우동 아버지로부터 방패막이가 되어 줘야지.' 하고 장난치듯 웃어 보였다.

그러나 다시 최진헌과 병실에 들어서려 했을 땐 나는 어우동 녀석도 그저 평범한 아버지 밑에서 큰 평범한 아들이란 걸 깨달아야 했다.

어려서든 어른이 되어서든 아무리 사고를 많이 쳐도 녀석은 녀석이었다. 내겐 더없이 소중한 친구이자 최진헌의 영혼의 동반자. 녀석의 부모에겐 바라보기만 해도 마음 닳을 자식이었다.

"아버지."

"······."

"울지 마세요. 저 진짜 멀쩡해요."

커다란 등을 가진 남자가 제 아들의 몸에 감긴 붕대와 깁스에 어깨를 떨었다. 그런 그를 달래는 어우동도 입으론 별것 아닌 듯 웃어 보였다.

그러나 녀석의 눈은 저를 바라보는 아버지를 진심으로 걱정하고 있었다. 녀석은 내 주위에 있는 가장 평범한 아들이었다.

"······사내 놈이 어디다 정신을 팔고 다녀서."

"죄송해요. 다음부턴 더 조심할게요."

이어 한 여자가 집에서 신는 슬리퍼를 신은 채 병실 안으로 들어섰다.

"너 정말, 이게 어떻게 된 거야!"

"와하하! 고 여사님도 오셨네."

어떻게 아셨는지 소식을 듣고 집에서 바로 달려오신 듯했다. 얇은 카디건 하나를 걸치고 손에는 지갑 하나를 들고 계셨는데, 선한 입매가 똑같은 녀석의 어머니셨다.

"너 정말 엄마 놀라게 하려고 작정했지? 그렇지?"

"아, 박 원장님 진짜 입 완전 가벼우셔. 이러다 일가친척 다 오겠어요. 겨우 다리 좀 다친 거 가지고."

"겨우 다리? 넌 정말 엄마한테 먼지 나게 맞아 봐야 정신 차리지!"

녀석은 제 어머니가 퍽퍽 소리가 나게 등을 내리치고 나서야 제 입술을 쳐 대며 실수했다고 항복했다.

"에이, 엄마. 나 아프잖아요. 환자인데 또 먼지까지 나게 때리시려고? 이왕 그러실 거면 상체 쪽으로, 보시다시피 하체는 이미 먼지 많이 털어서."

"너는 이런 상황에서도 장난이 나와? 엄마 마음은 지금 시커멓게……."

"에헤이. 또, 또. 누가 우리 고 여사를 이렇게 울렸나. 응? 누구야, 나오라고 해. 아주 내가 다 쓸어 버릴 테니까."

갑자기 교통사고가 났다는 자식의 소식을 들은 부모의 마음은 어땠을까. 심장이 철렁해 신고 있는 것이 거실을 배회하던 슬리퍼인 줄도 모를 정도로 놀라는 사람과 그런 사람이 곁에 있다는 것은 어떤 기분일까.

"그만 울고 와서 앉아요. 뭐하러 왔어, 큰일도 아니었는데."

나는 녀석과 녀석의 부모님을 물끄러미 바라보다 문득 말이 없어진 최진헌을 깨달았다. 옆을 돌아보니 녀석은 그런 어우동과 녀석의 부모님에게 눈을 떼지 못하고 있었다.

녀석은 지금 무슨 생각을 하고 있는 걸까. 나는 녀석이 나와 같은 느낌을 받고 있을 것 같단 생각이 들었다.

녀석의 눈은 꼭 같이 놀이터에서 놀고 있었던 친구가 저를 데리러 온 부모와 함께 멀어져 가는 것을 지켜보는 눈처럼 보였다.

아까는 한없이 어른 같던 녀석이 지금 이 순간엔 이곳에 있는 사람 중 가장 어린아이가 되어 있었다.

상사뱀

시계를 보니 어느덧 늦은 저녁이 되어 있었다. 하루가 너무 정신없이 흐른 탓이었다.

나는 병원 대기실에 최진헌과 함께 앉아 있었다. 곧이어 공태준이 복도 끝에서 주위를 두리번거리다 우리를 발견한 듯 빠르게 다가왔다.

"어떻게 된 거야."

"……우동이가 좀 다쳤어. 많이는 아닌데 어우동을 치고 간 차가 그대로 도망쳤어. 네가 좀 도와줘야 할 것 같아."

그래도 친구가 다쳤다는 말에 달려온 것일까, 별다른 설명을 덧붙이지 않아도 와 준 녀석이었다.

그러나 녀석은 그동안 어디서 어떻게 지낸 건지, 제대로 밥이나 먹고 다니긴 한 건지 그 며칠 사이에 살이 더 빠져 있었다. 까칠한 얼굴에 그간의 지친 날들이 묻어 있었다.

"최이경 넌? 넌 어때."

"괜찮아. 나는 차에 스치지도 않았어. 그냥 어우동이…… 부딪히는 걸 봤지. 목격자 증언 필요하면 말해 줘."

녀석은 그저 아무렇지 않은 듯 나를 대하려는 듯했으나 내 말에 어딘가 얼굴이 어두워졌다.

최진헌은 그런 녀석과 나를 바라보다 무언가 자리를 비켜 줘야겠다고 생각했는지 음료수라도 사 오겠다면서 자리에서 일어섰다.

"……."

그렇게 나는 녀석과 나란히 앉아 다시 둘만 있게 되었다. 고작 며칠이 지났다고 이렇게 어색해질 수 있나 싶을 정도로 말이 없는 우리였다.

잠깐의 침묵이 흐르고 내가 먼저 입을 떼었다.

"어떻게 지냈어?"

"……."

"거기서 더 빠질 살이 어디 있었다고. 왜 그사이에 더 마른 건데?"

녀석은 내 말이 무언가 우습다는 듯 픽 바람 새는 웃음소리를 냈다. 그러나 이어 다른 말을 하지는 않았다. 다시 한참 동안 말없이 시간이 흘렀다.

녀석은 천천히 고개를 숙이며 말을 이었다.

"그래도 혹시 모르니까 올라가서 검사받아."

"검사는 무슨. 나 아무렇지도 않아."

"사고를 꼭 직접 겪어야 하는 건 아니니까. 놀랐을 수도 있어. 가서 상담받아 보고……."

"공태준."

나는 그런 녀석의 말을 가로막았다. 그보다 먼저 녀석에게 해야 할 말이 있었다.

"집엔 왜 안 들어왔어?"

"……."

"들어와. 네 짐 다 집에 있잖아."

나는 그동안 녀석에게 어떤 말을 해야 하나 고민해 왔다. 하지만 막상 다시 눈앞에 녀석을 마주하니 아무 말도 나오지 않

상사뱀

았다.

잠시 후 나는 나를 바라보지 않는 녀석을 빤히 보다 천천히 일어섰다.

"일단 집에 가자."

여전히 말이 없는 녀석을 일으켰다. 이곳에 앉아선 아무리 애써도 대화가 이어지지 않을 듯했다. 그건 녀석도 마찬가지인 듯했다.

녀석은 어쩐지 아무 반항 없이 내가 잡아끄는 대로 따라왔다. 어우동도 오늘은 부모님과 함께 있기로 했다.

그때 문득 녀석이 제 손목을 잡고 있는 나를 멈춰 세웠다.

"최진헌은?"

"……같이 들어가야지."

그러고 보니 오랜만에 셋이 함께 집에서 시간을 보내게 되는 것이었다. 어쩌면 마지막 밤이 될 수도 있었다.

나는 문득 이 유쾌하지 못한 삼자대면이 우리의 마지막 날이 될지도 모른단 생각이 들었다. 그동안 함께 한집에서 보낸 밤은 많았지만 오늘같이 불안하고 불편할 밤은 없을 것이었다.

그러나 공태준은 무언가 다른 생각이 있는지 저를 잡고 있던 나를 빠르게 밀어냈다.

"잘됐네. 어차피 할 말도 있었는데."

"태준아."

"먼저 내려가 있어."

녀석의 눈이 어쩐지 불안해 보였다. 일주일 전에도 그랬지만 녀석이 무언가 사고라도 칠까 무서웠다.

하지만 녀석은 그런 나를 눈치챈 듯 차 키를 건네며 차에 가 있으면 최진헌과 같이 내려가겠다고 덧붙여 말했다. 최진헌에게 할 말이 있는 듯했다.

"오래 안 걸려. 네가 걱정하는 그런 일도 없을 거고."

"……."

"오늘은 그럴 수 있는 시간도, 기회도 없으니까 안심하라는 뜻이야."

청개구리 소녀

집에 도착할 때까지 우리는 약속이라도 한 듯 아무 말도 하지 않았다. 나는 병원 주차장에서 녀석들이 연이어 나오는 것을 보고 무언가 직감했다.

최진헌에게 할 말이 있다던 공태준은 내 얘기를 했을 터였다. 어디서 어디까지 말을 했는지 모르지만 최진헌 녀석의 얼굴이 어딘가 묘하게 다른 분위기를 내고 있었다.

"내려."

"잠깐. 내리지 마."

집 앞에 도착하고 끝이 없을 것 같은 적막을 깬 것은 공태준이었다. 녀석은 옆 좌석에 앉은 내게 내리라고 했다.

그것을 막아 세운 것은 최진헌이었다.

"최이경, 나랑 잠깐 얘기 좀 해."

"......"

"공태준, 너 먼저 들어가. 나 최이경이랑 얘기하고 들어갈 테니까."

녀석은 내게 할 말이, 아니, 확인해야 할 것이 있는 듯했다. 눈이 그랬다. 내게 무언가 꼭 확인받아야 할 것이 있는 그런 눈이었다.

공태준은 그런 녀석과 나를 번갈아 보다가 말없이 차에서 내렸고 나는 잠깐 걷자는 최진헌을 따라 어두운 동네 골목 어귀를 돌아야 했다.

캄캄한 동네의 골목 곳곳에 주황빛 가로등이 길을 밝히고 있었다. 나는 천천히 녀석의 걸음에 맞춰 걸으며 녀석이 입을 떼길 기다렸다.

"진헌아."

녀석은 저를 부르는 나를 말없이 돌아보더니 재킷을 벗어 내 어깨에 걸쳤다.

"최이경."

"응."

"우리가 만약 떠나면 말이야. 그렇게 돼서 영영 돌아오지 않으면……."

녀석은 어쩐지 더 말을 잇지 않았다. 나는 문득 공태준이 녀석에게 무슨 말을 했을지 알 것 같았다.

나는 천천히 앞으로 걸음을 옮겼다. 녀석은 그런 나를 빤히 바라보는 듯했다.

뒤로 나를 따라오는 발걸음 소리가 들렸다. 우리는 그렇게 손을 뻗으면 닿을 거리를 두고 앞뒤로 걸었다.

"공태준이 네 아버지가 진범이 아니란 걸 밝힐 수 있다고 하더라."

"……."

"나랑 같이 가면 네가 그 기회를 잃는 거잖아."

녀석이 천천히 입을 뗐고 나는 걸음을 멈췄다. 공태준이 결국 최진헌에게까지 아버지의 일을 말한 것이었다.

사실 녀석이 말하지 않는다 해도 언젠가 최진헌도 알게 될 수 있는 이야기였다. 단지 그것을 말한 사람이 공태준이고, 우리가 곧 떠나야 할 때라는 것이 녀석을 이토록 불안에 떨게 하는 것일 터였다.

"이경아, 전에 내가 말했지? 내가 다 버리고 너한테 가기 전에 네가 나한테 와 줬으면 좋겠다고."

"응."

"근데 사실 좀 늦어도 되거든. 그러니까 지금은 네가 하고 싶은 대로 해도 되는데……. 나는 버릴 게 별로 없어서 너한테 가는 거 오래 안 걸려. 그래서 네가 손짓만 해도 언제든 옆으로 달려갈 테니까 넌 늦어도 돼. 그러니까 최이경……."

"최진헌."

"……."

"너 때문 아니야. 그러니까 괜한 생각 할 필요 없어."

녀석은 내게 제 마음을 설명하려 말을 늘어놓았다. 그러나 사실 듣지 않아도 알 수 있었다.

녀석은 공태준에게 들었을 것이다. 내가 그토록 바라는 아버지를 다시 찾아 줄 수 있는 기회가 왔다고. 그러나 지금 이렇게 저와 떠나 버리면 그 기회는 영영 날아가 버리는 거라고.

어쩌면 녀석에겐 잔인한 회유인지도 몰랐다. 선택은 두 가지였고 그 어떤 선택을 해도 제게는 좋을 것이 없는.

나는 고개를 숙이며 천천히 입을 뗐다.

"언젠가 마음이 바뀌어서 다시 아버지 일을 어떻게든 밝혀내고 싶을 날이 올지도 몰라."

"하지만······."

"그래도 지금은 아니야."

나는 녀석에게 있는 그대로의 생각을 말했다. 녀석을 속일 필요도, 이유도 없었다. 그저 녀석을 안심시키고 위로하려 거짓말하는 것이 아니었다.

나는 천천히 녀석에게 다가가 녀석의 눈을 바라봤다.

"혹시 청개구리 얘기 알아? 평생 엄마 말 더럽게 안 듣다가 엄마가 죽고 나서야 후회하는 이야기."

"······."

"청개구리는 마지막 엄마의 부탁을 들어주잖아. 엄마가 죽으면 꼭 개울가에 묻어 달라고 한 말을······. 사람들은 청개구리가 마지막에서야 제 엄마 말을 들어주는데 그게 옳은 길이 아님을 아니까 비웃어."

상사뱀

그러고 보니 문득 서 있는 이곳이 한국에 돌아와 처음 녀석과 마주했던 곳임을 깨달았다. 녀석은 내가 집에 다시 돌아온 날, 화분을 품에 안고 도망치다 나와 마주했다.

어쩌면 그날의 청개구리는 녀석이었는지도 몰랐다. 가져가지 말라는 화분을 가져가고, 다시 마주하면 꼭 나쁜 년이라고 욕하고 돌아서라는 어우동의 충고도 듣지 않았던.

나는 천천히 고개를 떨군 후 말했다.

"그런데 나는 청개구리가 왜 그런 선택을 했는지 알 것 같거든. 그래서 너랑 가기로 택한 거고. 어쩌면 사람들이 나도 이제 와 마지막 아빠의 말을 듣는 척한다며 못되고 이기적인 딸이라 욕하고 비웃을지도 몰라."

"이경아."

"그래도 청개구리도 알았을걸? 개울가에 묻으면 엄마가 떠내려갈지도 모른다는 거. 그래서 비가 올 때마다 슬피 울잖아. 그런데 말이야. 그러면서도, 그렇게 울면서도 다른 곳에 묻을 생각은 안 해."

"……."

"그게 엄마의 마지막 부탁이었으니까."

집에 돌아가니 거실은 어두웠고 부엌에 녀석이 앉아 있었다. 테이블 위에 그동안 어우동이 열심히 날라 놓은 술들이 꺼내져 있었다.

　녀석은 익숙하게 술을 기울였다.

"얘기들 다 끝났으면 앉아."

"……."

"얼굴 보니까 내가 좋아할 만한 결말은 아닌 것 같네."

"태준아."

"말하지 마. 아직 나 안 취했어."

"……."

"마셔. 마시고 얘기해. 나도 들을 테니까."

　시계를 바라보니 자정이 넘어 있었다. 어느덧 밤이 깊어지고 테이블 위를 채우던 술병이 바닥을 뒹굴었다.

　우리는 그저 아무 얘기도 없이 술잔을 비웠다. 공태준도, 최진헌도, 또 나도. 서로 하고 싶은 말은 많았지만 차마 먼저 뱉고 이어 나갈 용기가 없었다.

　그렇게 얼마나 시간이 흘렀을까, 누가 먼저랄 것도 없이 술에 취해 비틀거리던 우리 중 가장 먼저 입을 뗀 것은 공태준이었다.

"넌 한 번도 나한테 마음 없었어?"

"……."

"단 한순간도, 나한테 조금이라도 기울었던 적 없어?"

　옆을 바라보니 최진헌은 이미 취한 듯 엎드려 자고 있었다. 나는 점점 어지러워지는 머리를 간신히 한 팔로 지탱하며 녀석을 바라봤다.

녀석은 천천히 내 눈을 마주하며 말을 이었다.

"차라리 네가 죽어 버렸으면 좋겠단 생각도 들어. 나는 부모님이 죽은 뒤에 좀 더 편안해졌거든."

"……."

"너도 그렇게 사라지면 내가 뭔가에 더 매달리지 않고 편안해질 수 있지 않을까."

녀석은 언제부턴가 내게 그랬다. 자신은 매달리고 있다고. 왜 한 번도 뭔가를 달라고 한 적 없이 위태롭게 매달려 주기만 하는데도 저를 밀어내는 것이냐, 그리 말하곤 했다.

"내 아버지와 나는 결국 똑같은 길을 걷게 되었잖아. 내 아버지는 법복을 입은 채 권력과 명예에 목숨을 걸고, 나는 그 옷을 입고……."

"……."

"너한테 자꾸 매달리고 있으니까."

"태준아."

"그 힘이 아버지를 망쳤듯이 너도 결국 나를 망가트릴지도 모르는데, 그럴 바엔 차라리 네가 죽어 버렸으면 좋겠단 생각이 들어."

"……."

"하지만 아버지가 자기를 채워 주던 힘에 삼켜져 불행한 결말을 맞았어도, 나는 처음으로 내 옆에 있어 준 너한테 삼켜져도, 그래도 행복할 거야. 그게 너라면. 그게 최이경이면."

그러나 너는 거짓말을 하고 있던 걸지도 몰랐다. 내게 원하는 것이 없다 해도, 원한다고 말한 적이 없다 해도 너는 내게 바라는 것이 있었다.

나를 제 잃어버린 가족 대신으로, 아니, 완성하지 못한 가족의 일원으로 만들고 싶어 했다.

때문에 내게 집착했고, 또 매달렸다. 배려하는 법, 또 누군가를 지키는 법을 배우지 못해 서툴게 다가온 너였지만 어쨌든 그렇게 나를 원했고 또 바라고 있었다.

나는 그게 가슴 아팠다. 하필 나를 그런 가족으로 만들고 싶어 한 네 모습이 못내 마음 아팠다. 누군가의 곁에 남아 매달리는 사람을 안아 줄 팔이 없었다. 내 품으로 누군가를 완벽하게 안아 주고 품어 줄 여유가 없었다.

"있지, 태준아."

"……."

"나는 말이야. 사실 막 또 한국에 다시 오고 싶어질지도 몰라. 그런데 안 돼."

나는 취해 있었다. 아니, 사실 취한 걸 핑계로 고해성사를 하고 있었다. 혀는 구부러지고 발음은 새는데 정신은 또렷했다.

"왜 안 되냐면……. 너무 보고 싶을 테니까."

"그게 무슨 말인데."

"보고 싶다 말하면 보고 싶어지고, 또 보고 싶어 하면 진짜 보고 싶어질 테니까."

"최이경."

"있잖아. 나 사실 네가 밉지 않았어. 그때 네가 애들한테 나를 따돌리게 했을 때."

부모님이 돌아가시고 혼자가 되었을 때 나는 녀석에게 기대고 의지하고 있었는지 몰랐다.

"그래도 집에 가면 네가 있었으니까. 가끔 진헌이나 우동이가 시끄럽게 굴던 게 생각나기도 하고 심심하기도 했는데, 그래도 집에 가면 네가 있으니까."

"……."

"우리 아빠도 그랬어. 엄마 돌아가시고 나서 항상 내 옆에 있었어."

"……."

"넌 모르지……. 우리 아빠 유서에 뭐라고 적혀 있었는지."

이경아. 세상이 아버지에게 등을 돌린 게 아니라 아버지가 세상으로부터 등을 돌린 것이다. 그러니 다른 곳에 원망하지 말고 부디 네가 행복해지는 길을 택해 다오. 제발 다른 생각 하지 말고 누구를 미워하지도, 의심하지도, 탓하지도 말아라. 언젠가 너에게 힘든 순간이 오게 될지도 모른다. 그게 언제가 될지, 또 어떻게 올지 모르지만 혼자라고 생각하지 말고 늘 아빠가 지켜보고 있다고 생각했으면 좋겠구나. 항상 기억하거라. 아빠는 우리 이경이를 사랑한다는 것을. 아빠가 바라는 것은 오직 내 딸 이경이가…….

"아빠는 이런 걸 예상했던 걸지도 몰라."

"……."

"내가 결국 알아 버릴 날이 올 걸 알고 계셨을 수도 있지."

그래서 홀로 서는 법과 혼자 견디는 법을 마지막까지 말하고 가셨는지도 몰랐다. 지켜보고 있을 테니 혼자서도 잘 먹고 잘 자고 행복하게 잘 살라고.

"나는 청개구리라서 아빠의 마지막 말을, 마지막 부탁을 모른 척할 수가 없어."

"……"

"만약 네가 7년 전에 그 말을 해 줬더라면 달랐을 거야. 어떻게든 아빠가 아닌 걸 밝혀내려고 발버둥 쳤을지도 몰라."

"……"

"그랬으면 지금의 나도 없었겠지."

아버지는 혼자 그 크고 무거운 짐을 등에 지고 나를 혼자 두려 했을 때 얼마나 무섭고 괴로웠을까 그 생각이 나를 짓누르면서도, 아버지가 바라는 것을 생각했을 때 어떻게 해야 하나 생각했다.

"사실 아버지 얘기, 아직도 세상에 밝히고 싶어. 그래서 망설였고 고민도 했어. 네가 해 줄 수 있다고 하니까 너 이용하고 싶었어."

"이용하라고 했잖아. 그런데 왜."

"생각해 보니까 너도 네 부모님을 진짜 죽인 사람이 아무렇지 않게 살고 있음을 아는 거잖아."

녀석이 어쩐지 원망 어린 눈으로 나를 바라보고 있었다. 그런 녀석의 눈을 보며 천천히 말을 이었다.

"나를 좋아한다고 했지, 공태준?"

"……."

"나도 너를 좋아했는지도 몰라. 너랑 같이 그 집에 살 때가 내가 제일 힘들었던 순간이면서도 또 가장 기억에 남은 순간이기도 하거든."

사실 지금도 마음이 아팠다. 나를 보고 있는 녀석의 눈을, 나를 부르는 녀석의 목소리를 다시 들을 수 없다고 생각하면 가슴 한구석이 싸늘해지고 시렸다.

"고작 몇 달이야, 우리가 다시 만나 살게 된 게. 그 시간 속에서도 내색 못 했지만 나는 너를, 아니, 또 나를 자꾸 괴롭히게 되잖아……."

왜 우리가 이렇게 만나게 됐을까. 왜 너는 나를 좋아하게 됐을까. 설사 우리의 악연이 사실은 오해였다고, 악마의 장난 같은 것이라 해도 변하지 않는 이미 잘못된 인연으로 엮여 있다는 것인데.

또 지금 나는 최진헌의 손도 놓을 수도 없었다. 그 녀석이 내게 준 것들이 너무 많아서, 다 놓아 버리기엔 놓아지지 않을 만큼 많았다.

"내가 네 옆에 있으면 네가 힘들어질 거야. 서로 같은 사람을 미워하며 사는 게 얼마나 우스워."

"하나도 안 우스워."

"피해자와 가해자에서, 피해자와 같은 피해자로 바뀌면 뭐가 달라질까? 그럼 우린 힘들어지지 않을 수 있을까? 우리가 서로를 보며 그 끔찍한 순간들을 그렇게 잊을 수 있을까."

"……."

"생각해 봐. 마치 계모임에서 돈 뜯긴 사람들끼리 돈 떼먹고 도망간 계주 욕하듯 네 부모를 죽인 사람이자 내 아버지에게 잘못된 죄를 뒤집어씌운 사람을 우리가 동시에 막 미워하며 사는 거야. 평생을."

"끝은 있어. 거기에도 끝은……."

"그 사람을 네가 잡아서 벌 받게 하면 그게 그걸로 끝날까? 우리는 다 잊고 행복해질 수 있을까?"

"최이경!"

"우리는 서로를 보면서 평생 그 기억을 떠올리며 살겠지. 나는 너를 통해 아버지를 떠올릴 테고 너는 나를 통해 네 부모님을 떠올리고. 그렇게 서로 평생 죽을 때까지 누군가를 미워하는 데에만 세월을 보낼지도 몰라."

그 끝에는 결국 그렇게까지 힘들게 삶을 끌고 간 서로를 원망하게 되겠지.

"난 아버지를 되게 오랫동안 그리워하고 미워했어. 그 두 가지 마음이 동시에 들 수 있다는 거 그래서 잘 알아. 네가 나와 함께하면 나를 보며 좋다가도 또 슬프다…… 그렇게 살겠지. 누굴 미워하는 마음으로 사는 게 얼마나 괴로운 건지 제일 잘 아는 내가 어떻게 너를 그런 식으로 이용해."

"……."

"지금까지는 우리 서로 모른 척하고 같이 있었지만 그게 언

상사뱀

제까지 이어질 수 있겠어."

또 나는 깨달았다. 1월 1일이 되던 날, 녀석이 우리 내기 때문에 최진헌은 다 잃고 나는 친구를 잃을 거라 했을 때 정신이 번쩍 들었다. 그리고 생각했다.

아직 공태준도 7년 전 그 열아홉 살 아이에서 벗어나지 못했구나. 어른이 된 줄 알았는데 아직도 누굴 좋아하고 미워하는 것에 서툰 애구나.

내가 너를 자라지 못하게 했구나. 내가 너를 잡고 늘어지는 바람에, 정리도 하지 않고 도망가 버린 덕분에 그 상태 그대로 멈춰 버렸구나.

"어떻게 우리들은 같이 있으면 하나같이 이럴까?"

"……."

"그나마 넌 똑똑하고 착하고 좋은 애니까 내가 놔주는 거야. 나중엔 나한테 고마워할걸. 최진헌을 불쌍해하면서. 저런 애한테 잡혔구나, 그럴 거야."

어느덧 말없이 고개를 숙이고 있는 녀석을 바라보다 천천히 일어섰다. 이어 자리에서 벗어나 녀석에게 등이 보이지 않을 때까지 걸었다.

그러나 막 거실을 벗어나는 순간 몸이 휘청거렸다. 이에 천천히 벽을 짚고 몸을 기댔다.

술에 취한 탓인지, 하루 종일 긴장했던 몸이 풀린 탓인지, 그도 아니면 녀석에게 마지막 인사를 건네는 것이 힘에 겨웠던 건지 몸을 주체하기 힘들었다.

그러나 녀석에게 차마 그런 모습을 보일 수 없어 억지로 몸을 세워 방 안으로 들어가 겨우 침대에 몸을 뉘이고 천장을 바라보며 생각했다.

이 밤이 지나면 모든 게 정리되어 있기를. 제발 이 순간이 그저 내가 했던 선택 중 가장 좋은 선택으로 남기를.

발걸음이 무거웠다. 사방이 캄캄하고 또 조용했다. 나는 필연적으로 이것이 꿈인 걸 알았다. 익숙한 풍경, 익숙한 냄새. 꽤 오래 꾸지 않았다고 생각했는데 지긋지긋한 악몽이 다시 시작된 것이다.

성인이 되고 나서는 아주 가끔 아빠와 만나는 꿈을 꿨었지만 이렇게 엄마와의 마지막 날을 꿈꾼 날은 없었다. 아버지가 돌아가시기 전까지 꾸던 꿈이었다.

어우동의 사고 때문이었을까, 다시 눈앞에서 엄마의 사고 장면이 재연됐다.

'엄마.'

왜 매번 꿔도 늘 이렇게 아프고 힘든 걸까. 이게 꿈인 것을 알면, 이게 현실이 아닌 것을 알면 한 번쯤은 아프지 않아도 될 법한데.

바닥을 내려다보니 맨발이었다. 어쩐지 차가운 바닥의 감촉이 생생하게 느껴지는 듯했다. 그날처럼 나는 생생하게 아픔을 느끼고 있었다.

그러나 눈앞에 보이는 엄마의 모습에 그마저도 제대로 느낄 새가 없었다.

'엄마, 조금만 기다려. 내가 아빠 데려올게.'

그러니까 그때까지 죽지 마. 아빠 오면 괜찮아질 거야. 다 괜찮을 거야.

'……엄마.'

그러나 곧 눈앞에 검은 폭풍이 한번 휘몰아치고 다시 눈앞엔 공태준의 예전 집골목이 보였다. 나는 여전히 걷고 또 걸으며 아빠를 찾고 있었다. 눈앞을 스치는 낯익은 풍경들이 나를 어지럽게 했다.

"이경아."

주위를 둘러보니 비가 오고 있는 밤, 멀리서 아빠가 달려오고 있었다.

"아빠?"

"이경아."

"아빠……. 옷에 그게 뭐야."

"괜찮아, 이경아. 아빠는 괜찮아. 아빠는 괜찮으니까 걱정하지 말고 집에 가 있어, 응?"

비가 주룩주룩 내리는데 아빠는 우산도 없이 골목길에 서 있었다. 나는 그런 아빠가 이상했지만 말할 순 없었다. 나와 아빠를 세차게 몰아치고 있는 비, 그 비를 막아 줄 우산은 그 어디에도 없었다.

"이경아, 잘 들어."

"응."

"앞으로 아빠가 없더라도 꼭…….."

아버지의 말이 또다시 허공으로 흩어졌다. 매번 반복되는 순간이었다.

"아빠, 가자. 아빠 데리러 왔어. 엄마한테 가자."

아무래도 상관없었다. 일단 아빠와 함께 엄마가 있는 곳에 가야 했다. 엄마를 지켜야 했다. 엄마에게 미안하다고, 사실 아침에 짜증을 부렸던 건 진심이 아니었다고 사과해야 했다.

그러려면 아빠가 있어야 했고 아빠를 데려가기 전까진 엄마를 볼 수 없었다.

"이경아."

"일어나. 엄마한테 가야 해."

"……안 돼. 갈 수 없어, 이경아."

"왜?"

"……."

"왜 갈 수 없는데?"

아빠는 아무 대답도 하지 않았다.

그런데 문득 아빠 뒤에서 누군가가 우리를 지켜보고 있는 것이 느껴졌다. 흰 빛이 쏟아지는 골목 끝이라 내가 있는 곳에선 잘 보이지 않았지만 누가 서 있는 것 같았다.

"최이경."

"응."

"아빠 말 잘 들었지? 앞으로 잘 지킬 수 있지?"

이어 아빠가 무슨 말을 하는데, 여전히 잘 들리지 않았다. 그저 누군가가 우리를 보고 있고 나는 그 모습이 어딘가 눈에 익어 멍하니 바라볼 수밖에 없었다.

그러다 문득 깨달았다. 나를 바라보고 있는 사람이 공태준이라는 것을.

"공태준?"

"……."

"태준아."

나는 왜 공태준이 저기 서서 나를 빤히 바라보고 있는 것이며 아빠의 말은 잘 들리지 않는데 왜 녀석의 얼굴은 점점 또렷하게 보이는 건지 알 수 없었다. 또 이상한 건, 아빠는 그런 공태준을 보지 못하고 있는 것이었다.

"최이경!"

이어 녀석이 나를 부르는 것 같다는 생각이 들었다. 녀석은 그저 입도 뻥긋하지 않고 나를 바라보고만 있는데 어디선가 녀석이 나를 부르는 목소리가 들려왔다.

"최이경."

"……공태준?"

다시 눈을 떴을 땐 여전히 캄캄한 새벽이었다.

나는 내 방 침대에 누워 있었다. 꿈에서 녀석의 목소리가 들린다 했더니, 진짜 녀석이 나를 부르고 있던 듯했다.

녀석은 나를 말없이 내려다보고 있었다. 그 뒤로는 문 옆에 서 있는 최진헌이 보였다.

"너희 지금 여기서 뭐 하는 거야?"

"……."

"……왜 다들 그렇게 날 보고 있는 건데."

꿈속에서 너무 애타게 헤맸던 걸까. 그래서 비명이라도 질렀던 걸까. 벽시계를 보니 바늘이 새벽 5시를 가리키고 있었다. 채 3시간도 자지 못한 것이다.

어둠에 눈이 익숙해지자 점점 녀석들의 얼굴이 선명하게 들어왔다. 땀범벅이 된 옷을 입고 흔들리는 눈으로 나를 보고 있는 공태준과, 그 뒤로 어쩐지 나를 보고 놀란 듯 굳어 있는 최진헌이었다.

"뭔데 그래? 다들 왜……."

그러나 공태준은 무슨 말을 중얼거리고 있었다. 잘 들리진 않았으나 괜찮다고 하는 것도 같았다. 나는 이해되지 않는 상황에 머리를 감싸야 했다.

그때 문득 귓가에 이명이 들리기 시작했다. 나는 인상을 찌푸리며 다시 공태준은 바라봤다.

"공태준, 넌 대체 꼴이……."

"최이경, 일단 누워. 누워서 쉬면……."

나는 다시 눕히려는 녀석을 밀어낸 후 머리를 잡고 가만히 녀석을 바라봤다. 녀석은 땀이 아니라 비에 젖은 듯했다.

창밖을 바라보니 비가 내리고 있었다. 비가 온다는 말은 없었는데, 새벽 한가운데 소나기라도 내리는 듯했다. 녀석은 아닌 밤중에 산책을 갔다 오기라도 한 건지 온몸이 젖어 있었다.

"……뭐야."

"이경아."

"너희 왜, 아니, 내가 왜……."

나는 직감적으로 무언가 잘못되었음을 알 수 있었다. 아니, 무언가 되돌릴 수 없는 길에 들어섰다는 것을 느꼈다. 그러곤 점점 선명하게 눈에 들어오는 모습들에 말을 잃었다.

젖어 있는 것은 비단 공태준뿐만이 아니었다. 나를 불안한 눈빛으로 바라보고 있는 최진헌도 자세히 보니 앞머리와 셔츠가 모두 젖어 있었다.

이어 가는 시선 끝에 마지막으로, 젖은 내 옷과 몸, 상처와 흙으로 뒤덮인 발이 들어왔다.

Somnambulism

"언제부터야?"

"뭐가."

"공태준."

병원 복도에서 진헌은 멍한 얼굴로 앉아 바닥을 바라보다 천천히 입을 뗐다.

이른 아침, 아무런 일도 없었다는 듯 식사를 하고 병원을 찾은 셋이었다. 이경은 지난 새벽을 기억하지 못하는 제 상태에 대해 입을 다물었다.

의미 없는 대화를 이어 간 것은 진헌이었다.

태준은 우동의 사고를 눈앞에서 겪은 것이 겉으론 아무렇지 않아 보여도 꽤 충격이 컸을지도 모르니 심리 상담을 받아 보자고 말을 꺼냈다.

"대체 최이경 언제부터……."

"꽤 오래됐을걸, 내 기억으로는."

"알고도. 넌 그걸 알고도 내버려 뒀다는 거야?"

하지만 진헌은 그런 태준을 믿지 않았다. 단순한 충격으로 이경이 이유 없이 새벽 거리를 헤맸다는 것은 말이 되지 않았다. 눈치가 빠른 그였다. 태준이 이경에게 거짓말을 하고 있다는 것은 어렵지 않게 알 수 있었다.

"야, 이 새끼야. 입 있으면 말해. 대체 무슨 생각으로!"

"……."

"그걸 알고도 혼자 뒀어? 너 최이경 좋아한다며. 그런 새끼가 애가 그 상태인 걸 알고도 그냥 있어?"

소낙비라 생각했던 비는 아침이 되어서야 멈췄다. 그러나 창밖에 비치는 먹구름은 여전히 하늘에 가득했다.

태준은 제 멱살을 잡은 진헌을 말없이 바라보다 창가로 눈을 돌렸다. 이경은 태준이 기댄 벽 뒤에서 상담을 받고 있었다.

"최이경이 알고 싶어 하지 않았으니까."

"공태준!"

"그 애가 스스로 자기 기억에서 벗어나려고 하는데 내가 뭘 어떻게 해. 내가 무슨 자격으로."

순간 진헌의 주먹이 태준의 얼굴에 다가가다 멈췄다. 진헌은 이를 물고 태준을 노려봤다.

"대체 뭐야. 넌 뭘 어디까지 알고 있는 거야?"

"……."

상사뱀

"말해."

하지만 태준은 여전히 입을 다물고 말없이 진헌을 바라봤다. 이어 무언가 허무한 얼굴을 보이다 낮은 목소리로 말을 이었다.

"네가 안다고 해서 달라질 것 없어. 내가 알고 있다고 해서 달라진 게 없듯이."

오전 11시. 어느덧 1시간에 걸친 상담이 끝나고 이경은 어딘가 불안한 모습으로 상담실 문을 열었다. 대기실엔 진헌이 홀로 앉아 있었다. 이경이 천천히 진헌에게 다가갔다.

"끝났어?"

"응."

진헌은 이경이 나오는 모습에 빠르게 그녀 앞으로 다가섰다. 이에 그녀는 피곤한 듯 기지개를 피며 말을 이었다.

"아픈 건 난데 죽을 것 같다는 얼굴은 네가 하고 있네."

"……."

"아깝다. 어우동이 이런 네 얼굴을 봤어야 하는데. 너 지금 얼굴 엄청 웃겨. 알아?"

일부러 우동이 있는 병원을 피한 그들이었다. 진헌은 말없이 이경의 얼굴을 살폈다. 하루 이틀 사이에 터져 버린 일들을 다 감당해야 해서인지 그사이 더 수척해진 것처럼 보였다.

그러나 이경은 애써 웃어 보이며 밝은 얼굴을 보였다. 그 또

한 그런 그녀를 향해 안쓰러운 얼굴을 보이지 않기 위해 입꼬리를 올리며 급히 입을 뗐다.

"가자, 피곤하겠다. 제대로 잠도 못 자고. 나가서 따뜻한 거 뭐라도 마시고 집에 가서 쉬자."

이어 진헌은 제 어색한 말투가 들킬까 빠르게 시선을 돌렸다. 그러나 이경은 뭐라 말할 새도 없이 제 손목을 끌고 병원을 벗어나려는 그를 붙잡았다.

"진헌아."

"응."

"그러니까 내가 어제……."

그러나 그녀는 끝내 말을 잇지 않았다. 제가 기억하지 못하는 자신을 누군가에게 묻는 것이 익숙하지 않았다. 진헌은 그런 이경을 말없이 바라보다가 천천히 허리를 숙여 눈을 맞췄다.

"괜찮아. 별것 아닐 거야. 너무 걱정하지 마."

"……."

"너도 알지? 사람은 무섭고 놀라는 걸 다 각자의 방식으로 표현하잖아. 또 이건 비밀인데……."

"응."

"사실 나 초등학교 3학년 때까지 이불에 쉬야했다? 화장실에서 홍콩 할매가 나를 밤마다 지켜보는 것 같았거든."

"네가?"

"응. 진짜 부끄럽지만 너니까 얘기해 주는 거야. 어우동한테는 절대 비밀이야. 걔는 내가 아흔 살이 넘어도 놀려 먹을 놈이니까.”

이어 잠시의 침묵이 둘 사이를 오갔다. 그러나 이경은 결국 피식 웃어 버렸다. 상담실을 나오기 전까지 누구보다 더 놀랐을 거면서 그런 자신을 위로하기 위해 열심히 말을 생각해 냈을 진헌이 그려졌다.

“그러니까 너무 걱정하지 마. 네가 걱정할 만큼 특별한 거 아니니까.”

“……그래.”

“잠깐 걸을까? 밖에 산책로 있던데.”

“오랜만이다. 졸업하고 처음 보는 거 같은데, 맞지?”

탁 트인 옥상 풍경이 펼쳐졌다. 태준은 넓게 펼쳐지는 도시를 보며 조용히 고개를 끄덕였다. 그 옆, 이경과 상담한 의사가 그를 바라보고 있었다.

같은 학교를 졸업한 선배였다. 함께 수업을 들었던 적은 없지만 그가 진로를 전향하기 전에 도움을 받았던 교수의 연계로 알게 된 사이였다. 특별히 친하다고 할 만한 사이는 아니었지만 그에겐 몇 안 되는 믿을 만한 사람이기도 했다.

“너도 참 특이한 놈이었는데. 원래 난다 긴다 하는 놈들 중에 1차 고시까지 보는 놈들은 봤지만 그쪽으로 아예 진로를 틀 줄은 몰랐거든.”

"저도 제가 이렇게 될 줄 몰랐으니까요."

"그래도 뭐, 이만큼 됐으면 다 잘된 거지. 서초동에 있다고 했지? 가까이에 있으면 네가 좀 와라. 밥은 내가 살 테니까."

태준은 커피를 마시며 남자를 향해 고개를 끄덕이곤 나란히 있던 몸을 천천히 돌렸다. 그에게 묻고 싶었던 말이 있었다. 아니, 물을 순 없었지만 들어야 할 말은 명확했다.

남자는 그런 태준을 눈치챈 듯 그와 눈을 맞대며 빠르게 입을 뗐다.

"최이경이란 여자와는 어떤 사이야?"

"……"

"프라이버시니 뭐니, 그런 소리 할 거면 나도 지퍼 잠글 거야. 네가 보호자 자격이 안 되면 환자 개인 정보 절대 누설 안 되는 거 알지?"

이에 태준은 생각에 잠긴 듯 남자 뒤로 보이는 배경에 시선을 옮겼다. 옥상에서 펼쳐진 회색 도시 풍경이 그의 시야에 잠겨 들었다.

"전에 학교 졸업할 때 제가 꼭 찾고 싶은, 찾아야 하는 여자가 있다고 말씀드렸죠."

"그랬지. 그때야 생긴 거랑 다르게 첫사랑 뭐 그런 거에 목매는 놈인가 싶었는데……. 설마 그 여자가 최이경 씨야?"

"네."

"졸업하자마자 쏟아지던 선 자리며 러브 콜을 마다하게 만든 여자가 누군가 했더니만. 명실상부 공태준을 꼬시다니 얼마나 대단한 여자이기에."

"……대단하죠. 그래서 따라잡을 수 없을 만큼."

태준은 쓸쓸한 미소를 걸치곤 천천히 고개를 숙였다. 남자는 무언가 떠오른 듯 빠르게 입을 뗐다.

"같이 온 남자는 누군데?"

"아마 그 여자가 같이 도망가려고 하는 사람일걸요."

"이야, 공태준 네가 그걸 보고만 있어?"

태준은 픽 웃으며 어깨를 들썩였다. 남자는 그런 그의 어깨를 잡아 세우며 말을 이었다.

"어깨 펴, 임마. 세상에 여자가 얼마나 많은데. 사실 좀 예쁘긴 하지만 잘 찾아보면 그만큼 예쁜 애들 많다? 그냥 놓고 다른 여자 찾아봐. 왜, 너 좋다는 사람 줄 섰을 거 아냐."

"그러게요. 저도 좀 놓아지면 편할 텐데."

"애가 닮네, 닮아. 내 동기들이 지금 너 보면 기함하고 정신학 논문 펴겠다고 난리를 칠 거다, 임마."

남자는 웃으며 혀를 찼다. 이어 제 손에 들린 캔 커피를 쓰레기통으로 던졌다.

그러나 태준은 곧 천천히 고개를 들고 진지한 표정으로 이경은 가족이 없고, 그가 이전 진료 기록을 가지고 있다고 덧붙였다. 오전에 전화로 새벽에 있었던 일들도 미리 설명했다.

태준은 어느덧 굳어진 얼굴로 입을 뗐다.

"몽유병인 건 알고 있었습니다. 전에는 꾸준히 약도 복용했고 최근 7년 동안 증상이 나타난 적이 없던 것 같은데 왜……."

"그러게. 사실 그게 치료라기보다는 발생 빈도가 줄면서 자연 소멸되긴 하는데 이렇게 성인이 돼서 갑자기 나타난 걸 보면 단순한 각성 장애는 아닌 것 같다."

"그게 무슨 뜻입니까?"

"원래 그 병 자체가 딱히 두드러지는 원인이나 치료법이 없어. 대부분 유전적인 요소가 많고, 그게 아니라면 외부적 요인이라는 거야."

태준이 가지고 있던 이경의 이전 진료 기록에도 특별히 치료에 대한 이야기는 없었다. 남자의 말대로 유전적 요소인 경우가 대부분이었고, 소아기에 발생하거나 늦어도 10대 때 자연 소멸했다.

그러나 이경은 태준 자신이 마지막으로 봤던 7년 전의 증상 후 다시 재발한 셈이었다.

오후 12시. 이경과 진헌은 산책로를 따라 걷다 근처에 있던 공원을 발견했다. 그녀가 벤치에 앉아 잠시 쉬자고 말을 꺼내자 진헌은 마실 것을 사 오겠다며 빠르게 걸음을 옮겼다.

그렇게 점점 멀어지던 진헌이 이내 보이지 않자 그녀는 말없이 하늘을 바라보다 천천히 눈을 감았다.

길고 길었던 새벽이었다. 그 시간들에 대해 묻던 의사의 말을 곱씹었다.

'본인이 생각하기에 가장 스트레스를 받았던 때라든가, 괴로웠던 때가 언제인 것 같습니까?'

이경은 그 몇 마디 되지 않는 질문으로 인해 생각에 잠겼다.

언제가 가장 힘들었을까. 아빠가 사람들에게 비난받을 때였나, 그래서 나까지 손가락질을 받아야 했던 때였을까. 아니면 아빠가 유서 몇 장을 남기고 목을 맸을 때, 마지막 아빠의 모습을 보며 울다 쓰러졌던 때였을까.

생각해 보면 힘들고 괴로웠던 날은 셀 수 없이 많았다. 원래 인생이 이런 거냐고 지나가는 이를 붙잡고 물어보고 싶을 만큼 숱했다. 그러다 문득 이경은 제 인생에서 가장 많이 눈물을 흘린 순간을 떠올렸다.

'엄마, 나만 두고 가지 마.'

'······.'

'아빠 오고 있대. 아빠 올 거야. 조금만 기다려.'

'······.'

'엄마, 듣고 있지? 엄마, 아직 듣고 있지? 그렇지?'

사실 가장 힘들었던 때라기보다는 가장 무서웠던 때라고 해야 맞았다. 열다섯 살 소녀에겐 감당하기 힘들었던 순간이었다.

돌아오지 않는 대답에도 묻는 것을 멈출 수 없었다. 떨어지는 눈물에도 얼굴을 닦을 새 없이 마냥 부들부들 떨던, 혹여나 눈을 깜빡이면 다시는 보지 못할까 눈도 제대로 떼지 못했던 그런 순간이 있었다.

‘엄마, 안 돼.’
‘……’
‘나 무서워. 나 두고 가지 마.’
‘……’
‘엄마, 눈떠.’

그 모습이 엄마의 마지막이 될까 봐. 그 순간이 정말 엄마와의 마지막 순간이 되어 버릴까 봐. 세상에서 제 엄마를 가장 사랑하는 아이가 제 인생에서 가장 엄마에게서 도망쳐 버리고 싶은 순간을 맞이했다. 그 순간에서 벗어나 눈을 뜨면 어느 먼 미래, 혹은 과거로 돌아가 있길 간절히 바란 때가 있었다.

‘엄마, 눈떠요.’

눈을 감으면 아직도 또렷한 기계음이 머릿속을 울렸다.

—일곱 번째 메시지입니다.
‘아빠, 나 이경이.’
—……
‘어디야? 어디까지 왔어?’

상사뱀

—열세 번째 메시지입니다.
'오고 있지, 아빠? 엄마가 많이 아파. 얼른 와. 나 무서워.'

　누군가를 떠나보내고 기다리고 하는 것을 받아들일 수 없는 나이였다. 아침에 만난 사람을 저녁에 아무렇지 않게 손을 흔들며 보내 줄 수 있는 성격도 못 되었다.
　앞으로의 인생에서도 다신 마주치지 않고 싶을 시간이었다. 그 순간이 태엽을 감으면 언제든 돌아가는 시계처럼 그녀의 매 순간과 함께하는 듯했다.

　"그래? 어머니가 그렇게 돌아가셨어?"
　태준은 무언가 골똘히 생각에 빠진 듯 턱을 잡고 시선을 모으는 남자를 바라봤다.
　"뭐 짐작 가는 거라도 있으세요?"
　"글쎄. 뭐 이것도 추측이긴 하지만 그렇게 들으니 상사뱀인 것 같기도 하고."
　태준은 이해하지 못한 듯 한쪽 눈썹을 내리며 무슨 뜻이냐고 되물었다. 남자는 '하긴 너야 본과 들어가기 전에 사법 쪽으로 돌렸으니 잘 모를 수도 있겠다.' 하고 빠르게 말을 이었다.
　"뭐, 전문용어는 아니고. 그냥 정신과 닥터들끼리 우스갯소리로 하는 말이야. 사람이 죽은 사고를 상사喪事라고 하거든.

거기에 성경에서 이중인격을 뱀이라고 말하는 게 붙은 건데 흔히 가족이나 연인, 또는 가까운 사람이 사고로 죽어서 그 후유증으로 인격이 분리되거나 몽유병 증세를 겪는 사람들을 상사뱀이라고 불러."

"후유증요?"

"일종의 정신 후유증인 거지. 그중 간혹 공격성을 띠는 몽유병 환자로 발달하는 경우도 있는데, 아이 같은 얼굴로 칼을 들이미는 기억을 만든다고 해서 순수와 퇴폐의 경계에 있는 인격체라 정의하기도 하고."

"그럼 이경이는……."

"확실한 건 본인이랑 직접 상담하고 진료해 봐야 알 것 같은데? 환자 없이는 확진이 안 돼."

"대충 파악할 수 있는 증상들은요?"

"음. 몽유병 증상이라고 하면 흔히 알고 있는 수면 보행 외에도 옷을 갈아입기도 하고, 대화를 하기도 하고, 차를 운전하는 경우도 있지. 또 대부분은 행동이 끝난 후에 다시 잠자리로 돌아가서 자기도 해. 일반적으로 이 증세가 나타날 때는 멍하니 먼 산을 바라보는 얼굴을 하긴 하는데."

"……."

"사실 위험한 건 이런 행동들을 하지 못하게 말리는 경우 환자가 거칠게 반응할 수 있다는 거지. 그러다 환자가 다치거나 사건을 일으킬 수도 있고. 그래서 그런 사고를 예방하려면 환자가 자기 전에 방문과 창문을 잠그거나 하는 습관을 길러야 돼. 위험한 물건은 주위에 두면 안 되고."

그 말에 태준은 문득 이경과 오래전 함께 살 때 나눈 대화를 떠올렸다.

'너 방문 잠그고 자는 습관, 아버지 일 이후에 생겼다고 했나?'

'응. 기자들이 밤에 우리 집 담까지 넘어와서 창문을 두드려 댔거든. 그러다 집 안까지 들어올 것 같더라. 그래서 그때부터 항상 방문 잠그고 자.'

태준은 혼란스러운 듯 제 이마를 매만지다 천천히 시선을 옮기며 입을 뗐다.

"……그 애는 그걸 알고 그런 것 같진 않았는데."

"아마 아버지가 그렇게 해 줬을 것 같은데, 본인은 그게 어느 날 갑자기 생긴 자기 습관이라 착각할 수 있어. 기억 조작이지. 쉽게 말해 뇌가 스트레스를 받지 않기 위해 알아서 구실을 만드는 거야. 스스로 보호는 해야겠고, 보호자는 없고."

그는 구체적인 건 자신 또한 관련 서적과 선례를 찾아봐야 한다고 덧붙였다.

"또 몽유병의 대표적인 증상으로는 자기가 한 행동을 기억하지 못해. 때문에 스스로 몽유병인 걸 자각하지 못하는 경우가 많고. 대부분 주위 사람들이 먼저 알아차리게 되지. 최이경 씨 같은 경우엔 엄마 사고 이후에 그렇게 된 케이스 같은데, 아마 아버지가 그걸 모르게 한 것 같다."

"하."

"또 자세히는 모르지만, 진료 상담 기록 보면 엄마 사고 당시 아버지의 부재가 극심한 공포로 다가왔을 정도로 스트레스가 된 것 같던데. 그게 원인이면 수면 상태에서 계속 아버지를 찾아다니려고 할 수도 있어."

"하지만 7년 동안 증상이 나타난 적이 없었습니다. 그랬던 적이 있다면 제가 모를 수도 없고."

태준은 이경이 성인이 된 이후 단 한 번도 병원을 찾지 않은 걸로 알고 있었다. 학생일 때야 아버지가 어떻게 돌볼 수 있었다고 하지만, 만에 하나 아버지가 죽은 이후로 다시 증상이 재발한 거라면 그녀 자신이 모를 수 없었다.

"사실 그게 평생 낫는다고 보장되는 게 아니긴 하지만, 사라졌다 생겼다 하는 병은 아니거든. 아마 아버지 돌아가시고 나서 본인이 찾던 그 인격체가 소실된 걸 인지하고 좀 나아졌다고 해야 할까……. 어쨌든 증상이 휴전 상태처럼 멈춰졌을 수도 있지. 그런데 다시 증상이 나타난 거라고 한다면 최근에 혹시 충격받은 일이 있었다든가, 심한 스트레스를 받았다든가, 아니면 원초적 원인이었던 엄마 사고 당시와 비슷한 일을 겪었다든가……."

같은 시간, 일상과 다를 바 없는 하루의 시간이 끊임없이 흘러가고 있었다. 진헌은 한참 떨어진 편의점에 도착하고 나서야 빨랐던 제 걸음을 멈췄다.

이경은 애써 아무렇지 않은 척하려 했지만 많이 불안해 보였다. 그 모습이 더 애달파 차마 이경을 바로 볼 수가 없었다.

이어 테이블에 주저앉은 그는 눈을 감고 숨을 골랐다. 아직도 이경과 태준, 자신이 헤맸던 새벽이 눈앞에 생생했다.

'최진헌. 이제 그만 일어나지그래.'

그날 새벽, 태준은 이경이 제 방으로 들어가자 취해 엎드려 있던 자신에게 아무렇지 않은 듯 그만 일어나도 되지 않겠냐고 했다. 술에 취해 잠든 척했던 그를 알고 있었던 것이다.

그러나 더 말을 하지는 않았다. 그저 말없이 남은 술잔을 비워 낼 뿐이었다.

이에 진헌은 천천히 몸을 일으켰다. 그 또한 말을 잇지 않았다. 이경의 말이 그의 귓가에 남아 울렸다.

'보고 싶다 말하면 보고 싶어지고, 또 보고 싶어 하면 진짜 보고 싶어질 테니까.'

진헌은 점점 느려지는 말투로 말을 잇던 이경의 모습에 눈을 감았다.

'어쩌면 나도 너를 좋아했는지도 몰라. 너랑 같이 살 때가 내가 제일 힘들었던 순간이면서도 또 가장 기억에 남는 순간이기도 하거든.'

마셨던 그 많은 술들은 이경의 말들에 어디론가 증발한 듯 점점 의식이 또렷해졌다. 진헌은 이미 사라진 이경의 방으로 시선을 멈췄다가 이내 태준을 바라봤다.

태준은 이경이 사라진 후에도 담담히 테이블 위에 있던 술들을 비우고 있었다. 그러나 그는 곧 방에 들어왔고 한동안 천장만 멍하니 바라보며 아무 생각도 하지 않으려 애썼다.

얼마의 시간이 흘렀을까, 거실을 다급히 배회하는 발걸음 소리가 들리고 이내 그것이 그의 방 앞에 멈췄다. 벌컥 열리는 문 사이엔 태준의 불안한 얼굴이 있었다.

"최이경 못 봤어?"

"무슨 소리야."

"최이경이 없어."

새벽에 문득 거실로 나온 태준은 문이 열린 이경의 방을 봤다고 했다. 평소에 이경은 늘 문을 잠그고 잤다. 이상한 생각에 이경의 방을 들여다보니 그녀가 없어졌다고 했다.

진헌은 바로 이경의 방으로 달려갔다. 침대에 흐트러진 이부자리가 그녀의 부재를 드러내고 있었다.

그러나 그 모습보다 더 이상하게 느껴진 것은 태준의 모습이었다. 단 한 번도 보지 못한 얼굴이었다. 새벽이긴 했지만 잠시 바람을 쐬러 나간 것일 수도 있었다. 또는 가능성이야 적지만 누군가를 급히 만나러 간 걸 수도 있었다.

하지만 태준은 당장 제 눈앞에 보이지 않는 이경의 모습에 예상보다 훨씬 더 당황하고 있었다.

"공태준."

"최이경 신발이 그대로야."

"뭐?"

진헌은 신발장으로 눈을 돌렸다. 전날 신었던 이경의 신발이 그대로 놓여 있었다. 현관문은 닫혀 있었지만 잠금장치가 풀려 있었다.

"뭐야, 공태준."

"……."

"지금 너 무슨 생각을……."

태준은 더 설명하지 않았다. 그저 한 번 더 이경의 방을 바라보곤 그대로 밖으로 뛰어나갔다.

진헌은 그를 따라 빠르게 집 밖으로 나왔다. 태준은 이경이 사라졌다고 생각하는 듯했고, 그 연유가 어찌 됐건 그게 사실이라면 그녀를 찾아야 했다.

"이경아!"

부슬부슬 내리는 비였다. 그러나 한참 동안 동네 골목골목을 헤매니 어느덧 차게 옷을 다 적셔 놓고 있었다.

진헌은 동네 전체를 돌아도 옷깃조차 보이지 않는 이경을 애타게 찾아 헤맸다. 그러나 이경은 어디에서도 모습을 보이지 않았다. 마치 귀신에라도 홀린 듯 말없이 사라진 그녀였다.

"하, 최이경······."

진헌은 이내 태준에게 다시 전화를 걸었다. 그러나 태준은 받지 않았다. 그때 무언가 머리를 스치는 생각에 진헌은 빠르게 다시 집으로 돌아갔다.

"최이경!"

그리고 마침내 집 앞에 다다른 진헌은 이경을 안아 든 태준을 발견했다. 이경은 축 늘어진 채로 태준에게 안겨 있었다. 대체 어디를 얼마나 헤매고 다닌 건지 짐작도 되지 않을 만큼 발바닥이 상처와 흙으로 덮여 있었다.

곧 태준이 이경을 눕히곤 그녀의 손을 잡고 무너지듯 머리를 숙인 채 한참을 자리를 지켰다.

진헌은 머릿속이 복잡했다. 갑자기 사라졌다가 엉망이 된 모습으로 돌아온 이경과, 그런 이경을 찾아 헤맨 태준과 자신. 어느 것 하나도 이해되는 것이 없었다.

"······너희 지금 여기서 뭐 하는 거야."

어느새 정신을 차린 듯한 이경은 제 옆을 지키고 있던 태준과 문가에 서 있는 그를 보고 놀란 듯 입을 뗐다.

"왜 다들 그렇게 날 보고 있는 건데."

"······."

"뭔데 그래. 다들 왜······."

그녀는 아무것도 기억하지 못하는 듯했다. 시계를 확인하고 이내 주위를 살피더니 태준의 젖은 옷을 한참 동안 바라봤다.

이어 그에게 시선이 멈췄다. 진헌은 그 순간 어떤 말을 해야 할지 몰랐다.

"이경아."

"너희 왜……. 아니, 내가 왜……."

진헌은 흔들리는 이경의 눈을 멍하니 바라봤다. 그녀 또한 혼란스러운 듯 말을 잇지 않았다. 태준은 그런 그녀를 안고는 천천히 진정시키려 했다.

창밖으론 여전히 비가 내렸고, 부는 바람에 뒹구는 나뭇가지 소리가 방 안을 채워 갔다. 이경의 손끝이 위태롭게 떨리고 있었다.

❖

오후 4시. 태준은 차에 앉아 마지막으로 이경에 대해 나눴던 이야기를 떠올렸다.

'어쨌든, 뭐가 되었건 간에 이젠 미룰 수가 없어. 치료해야 돼. 본인도 꼭 알아야 할 문제고.'

어느덧 하루의 반이 지나가고 있었다. 태준은 차에 시동을 걸고도 한참을 멍하니 자리를 지켰다. 하나 머리가 복잡한 듯 눈을 감고 있던 그는 곧 느껴진 핸드폰 진동에 눈을 떠야 했다. 사무실이었다.

그는 이내 짧은 한숨과 함께 차를 출발시켰다.

'만약 평생 모르게 한다면 어떻게 됩니까?'

'태준아.'

'본인이 알고 싶어 하지 않는 기억입니다. 잊기 위해서, 벗어나기 위해서 다 밀어내는 앤데 그 기억을 군이 끄집어내서…….'

'공태준. 그 문제는 네가 더 잘 알지 않냐.'

태준은 머릿속을 휘감는 선배의 말에 답답한 듯 타이를 풀어헤쳤다. 빠르게 도로로 진입한 차가 매끄럽게 그를 사무실로 데려가고 있었지만 여전히 생각은 병원에 매어 있었다.

'우리가 의사 윤리 강령에서 제일 먼저 배우는 게 뭔데? 선택권은 우리한테 있는 게 아니야. 모르고 알고는 우리가 결정할 문제가 아니라는 거지. 환자가 직접 선택해야 하는 거야.'

'선배.'

'만약 문제가 터졌어. 운 좋게 이번엔 네가 발견했다지만 후에 이런 일이 또 일어나지 않을 거라는 보장이 있어? 환자가 아무것도 모르고 있다가 갑자기 눈을 떴는데 낯선 곳이야. 그때 최이경 그 여자가 느낄 공포나 충격은 누가 감당해 줄 건데?'

'…….'

'이건 선배로서가 아니라 의사로서 하는 말이야. 네가 먼저 안 하면 내가 얘기해.'

상사뱀

❖

"어우동, 너 모르지?"

"뭘."

"나 사실 런던에 있을 때 이경이보다 너 나오는 꿈을 더 많이 꿨다?"

병실 안, 진헌은 제 말을 끝으로 무언가 부끄럽다는 듯 우동의 등을 쳐 댔다.

함께 산책을 마치고 급히 가 볼 곳이 있다는 그녀를 보낸 뒤 우동의 병원을 찾았다. 연이어 두 병원을 오가는 것이 어쩐지 씁쓸했지만 애써 다른 생각으로 눌렀다.

그렇게 오후 내내 그의 옆을 지켰다. 우동의 부모님은 아들의 성화에 못 이겨 집으로 돌아가셨다. 그러나 우동은 제 부모를 돌려보내고 남긴 진헌을 바라보다가 문득 후회가 밀려오는 듯 혀를 찼다.

"미친놈. 아주 사춘기 중학생 납셨어요. 징그럽게 왜 이래?"

"왜 이러긴. 다 네가 좋아서 미치겠으니까 그렇지."

"지랄 염병."

2인 병실 안, 오전 퇴원을 한 옆자리가 잠시 빈 틈을 타 나란히 한 침대씩 차지한 둘이었다. 어느덧 어두워져 가는 바깥 풍경이 창 밖에 비치고 있었다.

처음 진헌의 닭살 돋는 행동에 질색을 하던 그는 어느새 이어진 과거 회상에 박장대소를 하며 떠들기 시작했다.

"네가 회화고 나는 조형인데 왜, 그 형이 맨날 너한테는 공구 주고 나한텐 물감 사 줬잖아."

"하하, 맞아. 기억난다. 그 형 진짜 골 때렸지."

"난 아직도 그 형이 나한테 그 초등학생도 안 쓸 포스터물감 사 주면서 한 말 기억해. '어우동, 넌 나중에 훌륭한 화가가 될 거야.'"

"푸하하! 미쳤네, 진짜. 너 그림 그리는 꼴 봤으면 그런 말 못 했을 텐데."

그때 문득 무언가가 떠오른 듯 인상을 찌푸리던 우동이 상체를 일으키며 진헌을 돌아봤다.

"야, 근데 최이경은 왜 안 오냐? 이 계집애가 의리도 없이 하루 만에 결석이네."

"아……. 최이경은 지금 좀 바쁜데."

"왜?"

"뭐 좀 처리해야 할 게 있나 봐, 회사에."

진헌은 이어 아무렇지 않은 척 기지개를 펴며 침대에서 일어나 창가로 다가갔다. 우동은 깁스로 고정된 한쪽 다리가 불편한 듯 잠시 뒤척이다 빠르게 말을 이었다.

"넌? 너도 바쁘지 않냐?"

"아. 사실 우리 가는 거 좀 미뤄질 것 같아. 그래서 난 별로 안 바빠도 될 것 같고."

"왜? 너희 혹시 무슨 일 생겼어? 공태준이랑 관련된 일이야?"

"아니."

상사뱀

"그럼 왜!"

진헌의 말에 무언가 불길한 예감을 짚은 듯 몸을 일으킨 우동은 저를 돌아보는 그를 불안한 듯 바라보았다. 그러나 진헌은 짐짓 어두운 표정을 지으며 중얼거렸다.

"……그게 사실, 비자금이 좀 모자라서."

우동은 진헌의 진지한 얼굴에 상황 판단이 되지 않는지 잠시 멍하니 그를 바라보다가 이내 소리쳤다.

"지금 그게 무슨……. 아, 맞다! 너 이 새끼 감히 내 브론즈에 손을 댔더라? 형한테 정기적으로 처맞을 때가 됐지?"

이에 진헌이 먼저 선수를 치듯 우동의 몸을 한 다리로 받치곤 결박하듯 손을 잡아 묶었다.

"어허. 처맞을 때라니. 어디 감히 형한테. 너야말로 아주 퉁퉁 불어서 접시에 내놓지 못할 면발이 될 만큼 맴매 맞고 싶으세요?"

"어쭈? 이거 놔라. 최진헌 너 많이 컸다."

우동은 발이 묶여 힘을 쓰지 못하는 듯 이를 악물고 그를 밀어내려 했다. 하나 진헌은 일부러 눈을 동그랗게 뜨며 약을 올리기 시작했다.

결국 두 손을 든 것은 우동이었다. 알았다고, 제발 내려가 달라고 이를 꽉 물고 중얼거렸다.

그러나 진헌은 그런 그의 말에도 아무 반응 없이 그저 어딘가를 멍하니 바라보고 있었다. 그렇게 아주 잠깐의 정적이 병실 안을 휘감았다.

이어 말없이 침대에서 내려온 그는 허탈한 웃음을 지으며 입을 뗐다.

"사실 맞아."

"뭐가."

"공태준도 관련 있는 거."

우동은 잡혔던 손목을 바라보며 지압하다가 그의 말에 놀란 듯 빠르게 그를 돌아봤다. 그러나 진헌은 그런 우동과 눈을 마주치지 못하고 이내 도망치듯 창가로 걸어가 창밖을 응시했다.

그는 어느새 굳어진 얼굴로 흐린 하늘을 보며 말을 이었다.

"최이경이 좀 아파."

"……."

"아니, 많이 아파. 어쩌면 내가 생각하는 것보다 훨씬 많이 아픈 걸지도 몰라."

"최진헌."

"그래서 어쩌면 나는 좀 더 많이 기다려야 할지도 모르고. 그러니까 너도 이경이 기다리지 마. 당분간 못 올 거야."

그는 어느새 다시 환하게 웃더니 태연한 얼굴을 보이며 어깨를 으쓱거렸다. 이어 우동을 향해 베개를 던지곤 그의 다리를 향해 삿대질을 했다.

"그러니 브론즈는 그냥 위로 술 샀다 치고 퉁치자, 새끼야. 형님이 지금 많이 심란한데 술 마셔 줄 새끼가 다리가 부러져서 여기 드러누워 있잖아."

상사뱀

어느새 어둑어둑해진 하늘에 툭툭, 한 방울씩 빗방울이 떨어지기 시작했다. 이경은 허공에 손바닥을 내밀다가 제 앞에 있던 건물을 올려 보았다.

태준의 사무실이었다. 할 말이 있으니 잠깐 들르라는 그의 문자메시지가 있었다. 진헌을 보내고 한참을 정처 없이 걷던 그녀는 결국 태준을 찾아왔다.

"공태준."

사무실 안에 들어선 이경은 말없이 창가에 서 있는 태준을 발견했다. 그는 자신을 부르는 목소리에 천천히 뒤돌아섰다.

그녀는 문득 처음으로 그가 일하는 곳에 왔음을 깨달았다. 그가 검사가 됐다는 것을 처음 알았을 때도 막연히 잘 어울린다고만 생각했다.

그러나 막상 검사 명패가 올려진 책상을 보자 그가 얼마나 이쪽 일에 대해 질색하던 사람이었는지 떠올랐다. 그러자 그 순간, 태준이 자기 자리가 아닌 곳에 있는 사람처럼 낯설게 느껴졌다.

"앉아."

태준은 아무 표정 없이 소파에 앉으며 천천히 말을 이었다.

"뭐 마실래?"

이경은 어쩐지 어색한 분위기에 조용히 그의 맞은편에 앉으며 고개를 내저었다. 먼저 입을 뗀 것은 태준이었다.

"해야 할 말이 있어서 불렀어."

"응."

그는 첫 문장을 끝으로 더 이상 말을 잇지 않았다. 그저 제 깍지 낀 손을 매만지며 무언가 망설이듯 주저했다. 그렇게 한참 동안 테이블 위로 침묵이 채워졌다.

얼마 후 천천히 고개를 든 이경이 긴 공백을 끊고 먼저 말을 이었다.

"여기 와 보니까 네가 진짜 검사라는 게 실감이 난다. 선 자리 같은 것도 많이 들어오고 그러지 않아? 보통 너 같은 공무원이면 1등 사윗감 아닌가."

"그런가."

"솔직히 말해 봐. 소개팅 한 번도 안 해 보진 않았을 거 아냐."

태준은 어느새 장난기 섞인 목소리에 의심의 눈초리를 짓는 그녀를 보고 픽, 바람 새는 웃음을 지었다. 폭풍 전야처럼 곧 불어닥칠 바람을 예감한 듯 애써 그 순간을 서로 모른 척하려 분위기를 바꾸고 있었다.

"나 그렇게 순정파 아니야. 여자 하나에 목매고 그럴 성격 못 돼."

"거봐, 내가 그럴 줄 알았지. 생각해 보면 너 고등학생 때도 은근히 인기 있었단 말이지."

"은근히가 아니었을걸. 대놓고였던 거 같은데."

이경은 그의 말에 팔짱을 끼며 따라 웃었다. 삭막하기만 하던 사무실 안이 어느덧 둘의 웃음소리로 차기 시작했다. 이어

상사뱀

천천히 어깨를 떨어뜨린 그녀는 그를 바라보며 말을 이었다.

"그런 애가 뭐 얻을 게 있다고 나한테만 그런 건지."

"그러게. 왜 그랬을까."

"내가 너의 첫사랑이라 그런가?"

"글쎄. 사실 사람들이 처음을 소중하게 여기는 건 다 자기 환상일걸. 오래된 기억은 퇴색이 돼서 더 좋고 아련하게만 남으니까."

"그래서 날 다시 만나니 환상이 와르르 무너졌어?"

둘의 재회는 이경이 호텔 카페에서 난동 아닌 난동으로 미친 년 행세를 한 때였다. 그녀는 문득 그 순간을 떠올린 듯 웃음을 터트렸다.

그는 그런 그녀를 빤히 바라보며 입을 뗐다.

"그러게. 그랬어야 했는데. 근데 아니더라. 넌 나한테 늘 처음이었으니까. 첫사랑, 첫 마음. 내가 처음으로 다른 사람과 함께 미래를 꿈꾸게 만든 첫 여자. 모든 게 다 처음 투성이라 그게 환상인지 현실인지 구분도 못하게 만들었어."

"……."

"그래도 다시 만나면 그게 조금은 흔들리지 않을까, 그래서 바뀌지 않을까 생각도 했지. 네가 내 인생에서 빠지면 완벽한 가족을 만들 순 없어도 적어도 외로움에 빠져 죽진 않을 테니까. 혼자인 것에 익숙해져 갔으니까."

태준은 천천히 고개를 숙였다. 시선이 아래로 떨어지고 말이 이어지지 않는 듯 한참을 입을 열지 않았다.

잠시 후 그는 애써 입꼬리를 올리며 아무렇지 않은 척 말을 이었다.

"그런데 말이야. 다시 만났는데도 넌 자꾸 처음이 되더라. 같이 살고 싶게 하고, 옆에 있고 싶게 하고, 만지고 싶고, 안고 싶게 만드는 처음이자 유일한 여자. 그런데 내가 어떻게 부정해. 어떻게 벗어나."

"……."

"할 수 있으면 나도 놓고 싶어. 그렇게 될 수 있으면 내 인생도 조금은 편해질 테니까."

"태준아."

"지금은 그냥 할 수 있는 게 없어. 받아만 달라고 해도 싫다 하고, 내 마음이 너무 무거운 거면 들고 있지 않아도 된다고 하는데도, 그냥 옆에 내려놓을 테니까 가끔 들여다보기만 해 달라는데도 그것도 힘들다고 하는 애한테 내가 뭘 바라."

창가를 내리치는 빗방울이 침묵 속에서 오롯이 그 소리만으로 존재감을 드러냈다. 그는 지그시 눈을 감고 숨을 뱉듯 말을 이었다.

"우연이 겹친 건지, 아니면 내가 뭘 예감한 건지. 나는 내가 상사뱀인 줄 알았는데 말이야. 우리 어릴 적에 같이 배웠던 설화에 나온 그 뱀."

"……."

"또 나를 그 뱀으로 만든 너도 뱀 같다고 생각했지. 그런데 진짜 네가 그럴 줄은 몰랐지."

상사뱀

이경은 문득 태준과 같은 반이었던 때, 오래전 기억 속에 두었던 이야기를 떠올렸다. '상사뱀'. 흐릿한 기억이었지만 상사병으로 죽은 사람의 영혼이 사모하던 상대의 몸에 붙어서 살아가는 뱀 이야기였다.

그는 기억에 잠긴 그녀를 바라봤다.

"내가 수능 끝나고 할 말 있다고 했지?"

"응."

"미안하다고. 그 말 하려고 했어."

"……."

"후회는 안 한다 해도 유치하게 굴어서, 내 멋대로 굴어서 미안했다고."

수능 날 아침, 시험을 보기 위해 준비하던 태준의 모습이 아직도 그녀의 눈에 선했다. 마지막일 거라 생각한 순간이었기에 애써 티 내려 하지 않으면서도 그의 마지막 모습을 기억에 담으려 부단히 눈으로 좇은 아침이었다.

그는 그런 이경에게 할 말이 있다고 했다. 오늘처럼 할 말이 있으니 꼭 보자고 했다. 그녀는 끝내 그날 들었어야 했던 이야기를 듣지 못했다.

지금 생각해 보면 그날 그는 아버지에 대한 이야기를 들려줬을지도 모른다. 성인이 되려는 문턱에 서서 그날의 진실을 들려주려 했던 것일지도.

"사실 지금도 최진헌, 그 애 옆에 있는 거 보면 유치하게 굴고 싶어서 미칠 것 같긴 하다."

"공태준."

"할 줄 아는 게 이런 거밖에 없는 걸 어떡하겠어."

이경은 어느새 소파에 등을 기대고 자신을 빤히 바라보는 태준을 바라봤다.

"어쨌든 나는 그날 말하고 싶었어. 그때가 아니면 기회가 없을 것 같았거든."

"……."

"대학에 가면, 또 어른이 되면 좋은 의사가 될 거라고 약속하려 했어. 널 고쳐 주고 항상 옆에 있어 줄 거라고 말하려고 했는데……. 어떻게 되었든 그때가 마지막 기회였던 건 맞았네."

"그게 무슨……. 날 고친다는 게 무슨 말이야?"

"그래서 다 괜찮아지면 같이 가로수길에 레스토랑도 열어서 나는 요리하고 너는 카운터에 있고, 그렇게 살자고……."

"공태준."

"우린 그때도 지금도 달라진 게 없는 거지. 여전히 도망치려 하고 꿈만 좇는 나나."

"……."

"아직도 예쁘기만 한 너."

이경은 불안한 듯 떨리는 손끝을 주먹을 쥐어 감췄다.

병원에 다녀온 후 아무리 정리하려 해도 정리되지 않는 제 머리와 혼란스러웠던 전날의 기억이 그녀를 불안과 긴장 속으로 밀어 넣었다.

가장 힘들었던 기억과 최근 반복되는 일은 없었냐는 의사의 질문이 그저 이상하다고 생각했다.

우동의 사고를 눈앞에서 본 것이 엄마와의 사고 때처럼 저도 모르게 충격으로 다가온 걸까.

그렇게 믿고 결론을 내리려 해도 마음에 걸리는 것들이 그녀를 놓아주지 않았다.

그는 어느새 저와 눈을 마주하지 않는 이경을 말없이 바라보다가 천천히 입을 뗐다.

"7년을 기다렸어. 지옥에 있던 나한테 손을 내밀어 준 애가 언제쯤 다시 나를 찾아올까."

"……."

"돌아오면 이젠 내가 도와줄 수 있는데. 지켜 줄 수 있는데. 이제 다시는 그 외로운 길 헤매지 않게 내가 잡아 줄 수 있는데. 네가 나한테 그래 줬듯이."

그녀는 어느새 눈가에 고여 있는 눈물을 떨어트리곤 그를 응시했다.

그가 끝내 제게 들려줄 말을 예감하고 있었다. 어쩌면 하루 내내 무언가 그녀의 머릿속을 채우던 뿌연 안개 같은 것이 걷혀 가는 것일지도 몰랐다. 사실 언제든 그녀가 답을 내리면 알 수 있는 것도 같았다.

그러나 끝내 그것을 외면하고 태준에게 왔다. 폭풍이 다가옴을 알고 있었지만 어쩌면 그냥 지나칠 수 있지 않을까. 혹은 사실 그게 폭풍이 아닌데 폭풍이라 착각하고 있는 것은 아닐까. 그렇게 생각하고 믿으려 했다.

하지만 이미 그녀의 코앞까지 다가온 거대한 폭풍의 소용돌이가 진실을 두드렸다.

"나도 모르는 나를 알고 있다고 한 게 그거였어?"

"이경아."

"몽유병이라고."

태준은 어렵게 꺼낸 제 말에 결국 일어선 이경에게 다가갔다. 그러나 그녀는 제게 다가오려는 그를 멈춰 세우곤 다시 한 발자국 뒤로 물러섰다.

"혹시…… 아니, 설마 그런 걸까 하고 오늘 하루 종일 생각하고 또 생각했는데 결국 맞았네."

"……."

"넌 언제부터 어떻게 알고 있었던 거야. 내가 전에도 이런 적이 있었어?"

믿기지 않는 듯 숨을 삼키던 그녀는 애써 아무렇지 않게 받아들이기 위해 어깨를 떨며 버렸다. 당장이라도 소리를 지르며, 다 거짓말이라고 부정하며 어디론가 도망쳐 버리고 싶었다.

그러나 태준이 말한 것이 바로 그 생각이었다. 언제든 의식으로부터 도망쳐 사라져 버리는 것이 그녀가 가지고 있던 비밀이었다.

이경은 헛웃음이 터져 나오려는 것을 입술을 물며 참아 냈다. 태준은 그런 이경에게 다가가지 못한 채 낮은 목소리로 말을 이었다.

"오래전 너와 같이 병원에 갔을 때 네가 먹는 약을 알아본 적이 있었어.”

이경은 고3 시절 태준의 생일, 그가 자신을 데리고 제 이모부가 있던 병원에 간 날을 떠올렸다.

겨우 머리가 조금 아픈 자신을 단호한 얼굴로 병원까지 이끈 그였다.

그녀는 그제야 그의 지난 행동들을 떠올렸다. 한국에 다시 돌아오고 나서도 막무가내로 제집에 들어와 살았다. 자신이 가끔 악몽을 꿨다고 한 날엔 유난히 예민한 모습을 보였다.

그 모든 것에는 터무니없을 정도로 앞뒤가 맞고 이유가 분명한 상황들이 있었다.

“치료하자. 치료하면 돼.”

“……”

“이경아.”

그녀는 어느덧 뒷걸음질 치고 있었다.

울컥울컥, 언제라도 순식간에 쏟아질 것 같은 눈물을 그 앞에서 흘리고 싶지 않았다. 그의 잘못이 아님을 알면서도 지금에 와서야 그 말들을 털어놓는 태준이 밉고 원망스러운 마음으로 번져 갔다.

태준은 그런 그녀의 팔을 빠르게 잡아 세웠다.

“놔.”

“최이경!”

“가야겠어. 나 지금 가 봐야겠어. 그만 얘기할래. 너랑 더 있고 싶지 않아.”

이경은 끝내 턱 끝으로 흘러 떨어지는 눈물과 함께 무너지듯 흐느끼기 시작했다. 그는 그런 그녀를 보며 더 고통스러운 얼굴을 보였다.

　"어차피 보낼 수 있다고 생각한 적 없었지만 이젠 더 못 보내. 특히 최진헌한테는 더더욱."

　"네가 뭔데."

　"내가 전에도 말했지. 걔는 너 감당 못할 거라고."

　그녀는 그런 그의 얼굴을 빤히 바라보며 웃음소리를 냈다.

　"그래서 너는 날 감당할 수 있다고? 네 말대로 정신이 오락가락하는 그런 애를?"

　"……."

　"밤마다 언제 어디로 헤매고 돌아다닐지 모르는 그런 정신병자를 공태준 너는 감당할 수 있다고?"

　"최이경!"

　"웃기지 마. 누가 날 감당해. 우리 아빠도 날 감당 못했는데 누가. 어떻게 나를……."

　그녀는 문득 뒤통수를 맞은 듯 멍한 표정을 지어 보였다. 그녀의 머릿속을 빠르게 스쳐 간 어떤 말이 그녀를 잡아챘다.

　"혹시."

　"……."

　"내가 기억하지 못한다는 기억이, 조 부장과 네가 말한 그 기억이 아버지 사건과도 관련 있는 거야?"

　아무렇지 않았던 과거의 기억들이 조각조각 들어맞고 있었다. 누군가가 잃어버린 퍼즐 조각을 찾아 준 듯 순식간에 하나의 그림이 그녀의 눈앞에 펼쳐졌다.

그녀는 오래전 아버지와 단둘이 살 때 이따금씩 새벽에 잠에서 깨거나, 아침에 일어나면 아버지가 방에서 자신을 지켜보고 있었던 것을 떠올렸다.

그 기억이 말하는 것은 하나였다. 태준을 만나기 전부터 자신이 그 병을 앓고 있다는 것이었다.

"최이경, 일단 내 말 먼저 들어."

"내가 널 기억하지 못한다고 했지? 그게 언제야."

"이경아."

"말해. 내가 모르는 거 더 만들지 마. 아무것도 숨길 생각 하지 마."

이경은 저를 잡고 있던 그의 손에서 점점 힘이 빠져 감을 느꼈다. 그는 어느새 굳어진 얼굴로 그녀와 눈을 마주하지 못하고 있었다.

그렇게 한참의 침묵이 흘렀다. 그녀는 천천히 태준의 팔이 제자리로 돌아가는 것을 바라보았다. 사무실 안이 어느새 빗소리와 시계 초침 소리로 가득 찼다.

얼마의 시간이 더 흘렀을까, 태준은 무언가 결심한 듯 눈썹을 찡그린 후 눈을 감았다. 그러곤 마치 기억하고 싶지 않던 것을 애써 되짚으려는 듯 천천히 숨을 내쉬었다.

"너를 처음 본 날은 네가 전학 온 그날이 아니었어."

"……"

"사람들이 내 부모님께 끔찍한 일이 생겼다고 떠들어 댄 날이기도 했지."

"뭐?"

"내가 집에 들어갔을 때 엄마는 이미 돌아가신 뒤였어."

"……."

"하지만 아버진 아니었어."

이경은 그의 입에서 나오는 말들에 놀란 듯 멍하니 그를 바라봤다. 그녀가 알고 있던, 뉴스와 기사에서 봤던 이야기와는 다른 시작이었다.

그는 담담히 제 말을 이어 갔다.

"죽어 가고 있었어. 아마 빨리 병원에 데려갔으면 살았을지도 모르지. 그런데 그럴 수가 없었어. 아버지가 나를 말렸으니까. 멍청한 짓 하지 말라고. 빨리 사무장을 불러서 조용히 진행하라고."

어느새 표정 없이 말을 잇던 그는 무언가 괴로운 듯 다시 눈을 감았다. 감정을 자제하려는 듯, 또는 무언가 삼켜 내려는 듯 위태롭게 말을 이어 갔다.

"무섭고, 또 불쌍하더라. 제 아내가 죽은 그 순간에도 정치 입문에 문제가 될까 봐 그런 생각을 하는 아버지가. 죽은 엄마 손을 잡고 있는 제 아들이 어떤 생각을 하는지는 아무 관심도 없는 남자가 그렇게 딱할 수가 없었지."

"공태준."

"그래도 나는 지키려고 했어. 아니, 그러려고 했어."

문득 눈을 뜬 그가 이경을 빤히 바라보기 시작했다.

"무서웠으니까. 그 모든 것들에서 벗어나고 도망칠 용기가 없었으니까."

"……."

"그런데 그때 누군가가 방에서 나왔지."

반짝이는 진실 2

어느새 먹구름 같은 정적이 무겁게 사무실 안을 맴돌았다. 태준은 말없이 그녀를 바라봤다. 흔들림 없는 그의 눈이 그녀를 옭아매고 있었다.

"최이경, 넌 항상 왜 네 아버지가 살인범에서 도망자가 됐는지 궁금해했지."

"뭐?"

"사실 생각해 보면 간단한 건데 아무도 신경 쓰지 않더라."

"지금 너 그게 무슨 소리야?"

태준은 그녀의 불안한 듯 흔들리던 눈이 이내 놀란 듯 커지는 것을 지켜보며 짧은 한숨을 내쉬었다.

"짜인 극본에 짜인 연출. 연극은 이미 시작됐고 모든 준비는 다 끝났었지. 다행히 나를 도와줄 사람도 있었어."

이경은 그대로 다리에 힘이 풀린 듯 주저앉았다.

그녀가 늘 사건에 대해, 또 아버지에 대해 묻고 살아가려 해도 의문을 갖게 했던 것이 바로 그것이었다. 죄를 인정하던 아버지가 돌연 도망자가 된 것.

그러나 그것을 태준에게서 들을 것이라곤 예상하지 못했다. 어쩐지 이야기를 들을수록, 진실에 가까워질수록 제가 알고 있던 것으로부터 멀어지고 있는 듯했다.

"2차 공판 날, 네 아버지가 도망가도록 한 게 나야."

"네, 네가 어떻게……."

"평생 감옥에서 살아야 하니까 아주 멀리 도망가라고."

그는 주저앉은 그녀 앞에 천천히 한쪽 무릎을 굽히고 앉아 눈을 맞췄다.

"하지만 나중에 알게 됐지. 그럼 너한테 사람이 붙을 거라는 거. 사건이 마무리되기 전까진 네가 안전하지 못할 거라는 거. 그래서 너를 내 집으로 데려왔어. 그럼 괜찮을 줄 알았거든."

"……."

"그런데 네 아버지는 알고 계셨던 거야. 이미 벌어진 그 일이 그렇게 쉽게 끝나지 않을 거란 사실을. 그래서 없던 죄도 인정하는 편지를 남기고 다른 선택을 하셨지. 그래야 사건이 종결되고 네가 안전해질 테니까."

"거짓말."

"아니."

"말도 안 돼. 아빠가 어떻게 그런……. 그리고 날 지키겠다는 게 무슨……!"

태준은 이경의 눈물을 말없이 닦아 주곤 천천히 입을 뗐다.

"네가 듣지 말아야 할 것을 듣고, 보지 말아야 할 것을 보고, 하지 말아야 할 일을 했으니까."

"……."

"그게 나를 구했지만 너는 지키지 못하게 했으니까."

"엄마!"

태준은 쓰러진 그녀에게로 빠르게 달려갔다. 그녀는 그의 부름에도 눈을 깜빡이지 않았다. 그저 어느 한곳을 응시하듯 얇은 눈꺼풀을 반쯤 감고 있었다.

그는 쓰려져 있던 엄마의 몸을 돌려 제 무릎 위에 올렸다.

"엄마, 정신 차리세요."

그때 등 뒤로 쇠를 갈아 조이듯 쉿소리를 내는 낮은 목소리가 들려왔다.

"……소용없을 거다."

그는 불현듯 들려온 목소리에 주위를 살폈다. 어둠에 익숙해진 시야에도 목소리의 근원지가 바로 드러나지 않았다. 그러나 그는 곧 목소리가 시작된 곳을 알아차렸다. 건너편에 있는 아버지 서재였다.

"아버지?"

"이미 손쓸 수 없는 상태인 것 같더구나."

거칠게 쿨럭거리는 기침 소리가 집 안에 울려 퍼졌다. 그는 놀란 듯 서재 안으로 뛰어 들어갔다. 그곳에선 아버지가 벽 전체를 감쌌던 서재 책장에 깔려 낮은 신음을 내고 있었다.

"지금 이게 어떻게……. 경찰, 아니, 119에……."

"그건 안 된다. 지금은 네 엄마부터 먼저 다른 방으로 옮겨 놔. 그다음에 저 탁상에 있는 서류를 금고 안으로 옮겨 놓아야 한다. 그리고 박 검, 아니, 고 계장을 불러."

"아버지!"

집에 들어서던 순간 태준은 생각했다. 강도가 들이닥쳤거나, 판사인 제 아버지에게서 불리한 판결을 받고 원한을 품은 사람이 저지른 일일 수도 있겠다고.

머릿속을 스치는 불길한 예감들을 누르며 제가 본 섬뜩한 그 핏방울들이 부모의 것이 아니길 빌었다.

그러나 제 앞에 쓰러져 있는 어머니와, 서재에 깔려 있는 아버지의 모습에 흔들렸다. 눈앞에 닥친 부모의 모습이 그의 속을 부대끼게 만들고, 울컥울컥 무언가를 토해 내고 싶게 만들었다.

그러나 그럴 수가 없었다. 그의 아버지가 힘겹게 숨을 내쉬면서도 그를 향해 질타를 퍼붓기 시작한 것이다.

"왜 이제 온 게냐? 늘 말하지 않았어, 시간을 어기지 말라고. 결국 시간 하나 관리하지 못하는 놈이 커서 어떻게 여러 사람을 부리고 진두지휘할 수 있겠냔 말이야."

"......"

"누누이 자기 관리에 철저해라 했는데 오늘까지도 넌 이렇게 나를 실망시키는구나."

태준은 순간 혼란스러움과 형용할 수 없는 감정으로 뒤덮였다. 눈도 감지 못하고 쓰러져 있는 엄마와, 무슨 상황인지는 몰라도 끔찍한 일을 겪은 듯 이유 없이 거대한 책장에 깔려 있는 아버지. 그러나 그런 순간에도 규칙과 법의 테두리 안에 있는 자신.

어쩌면 태준이 조금 더 일찍 들어왔다면 그 또한 이 집 어딘가에 그와 그녀와 같은 끔찍한 모습으로 있을지도 몰랐다.

그러나 그런 것은 아버지에게 중요하지 않은 듯했다. '늦어서 다행이다'가 아니라 '왜 약속을 지키지 않고 늦게 왔냐'는 타박이 태준을 향해 날카롭게 날아들었다.

"하지만."

태준은 천천히 고개를 숙였다.

모든 걸 양보해 그럴 수 있다고 생각했다. 그에게 아버진 늘 그런 존재였다. 제 삶에 있어, 위로 올라가는 그 길에 있어 완벽한 구성원의 하나.

그러나 태준은 이내 눈을 감아 버렸다. 점점 식어 가는 어머니는 그가 눕혀 놓은 그대로 천장을 바라보고 있었다. 그는 어느새 엄마의 모습에 툭, 툭 눈물을 떨구기 시작했다.

제게 잔인했어도 엄마였다. 어떻게든 남편의 규칙을 지키고 따르려 애쓰느라 그를 제대로 돌아봐 주지 않았어도 그녀는 그의 하나뿐인 그늘이었다.

　열여덟, 아직 엄마의 손길이 모자라기만 한 때, 아무런 예고
도 없이 그녀를 떠나보내야 한다는 것을 쉽게 받아들이기 힘들
었다.

　"하지만 엄마가……."

　"이미 틀렸어."

　바닥과 그의 아버지 주위엔 책장에서 떨어진 듯 흩어져 있는
법률 서적들로 가득했다. 마치 그가 쌓아 올려 왔던 것들이 깔
고 덮치듯 그를 누른 채 그 숨을 조이고 있었다.

　"네 엄마는 나서지 말았어야 했어."

　"그게 무슨 말씀이세요?"

　"하필 이럴 때 이런 일이……. 억, 빨리 고 계장부터 부르고
이 책장을 치워야……."

　그의 신음이 순간 짧고 강하게 태준의 귓가에 닿았다. 자세
히 보니 책장 밑으로 피가 새어 바닥에 번져 가고 있었다. 책장
중간에 있던 유리 상패가 떨어진 후 그 위로 쓰러진 그가 책장
에 눌려 그대로 박힌 듯했다.

　공명정대한 법조인이라 칭해지고 받은 상이었다. 공명정대
하지 않은 경력으로 얻은 것이기도 했다. 그것이 그의 몸 안으
로 천천히 파고들어 갔다.

　"……안 됩니다."

　"뭐?"

　"무슨 말씀이신지 잘 모르겠지만 엄마를……. 엄마 먼저 병원

에 데려가야 해요."

　태준은 제 말을 끝으로 교복 바지 주머니에 있던 핸드폰을 꺼내 떨리는 손가락으로 통화 버튼을 눌렀다. 그때 그의 아버지가 소리쳤다.

　"멍청한 짓 하지 마라!"

　"아버지!"

　"아무것도 하지 마. 넌 아무것도 못 봤고 아무것도 못 들은 거다. 그러니 조용히 내가 시키는 대로 하고 당장 이 집에서 나가."

　"……."

　"이 꼴이면 내일 당장 기사가 날 텐데. 지금이 어떤 시기인데. 청문회…… 청문회가 열리면……."

　"제발 그만하세요!"

　태준도 알고 있었다. 그의 어머니는 이미 그가 잡을 수 없는 곳에 있다는 것을. 그를 향해 단 한 번도 깜빡이거나 돌려주지 않는 차디찬 시선이 무겁게 그 진실을 속삭여 주고 있었다.

　그러나 제 아버지가 시키는 대로 해선 안 될 것 같다는 생각이 강하게 그를 휘감았다. 그것은 마치 그녀가 이곳에 살았다는 흔적조차 공중으로 흩날려 버릴 듯한 모습이었다.

　"여자는 또 만들 수 있어. 아내나 네 엄마 자리는 언제든 채울 수 있다고. 하지만 기회란 건 그렇게 아무 때나 오는 게 아니야."

　그의 아버지는 힘겹게 태준을 향해 말을 이었다. 그러나 말을 하면 할수록 깊게 그의 배 속을 찔러 가는 유리 조각들이 움찔거리는 근육 사이로 피를 토하게 했다. 바닥과 카펫, 그의 셔츠 자락이 땀과 피로 젖어 가고 있었다.

"대체 아버지는."

어떻게 이 순간까지도. 당신이 죽을지도 모르는, 죽어 가는 이 순간까지도 어떻게⋯⋯.

태준은 말을 잇지 못했지만 더 망설이고 머뭇거릴 시간이 없다는 것을 깨달았다. 그러나 이 순간이 지나고 나면 앞으로 평생 제 아버지를 원망하고, 미워하고, 또 무섭다고 느낄 것을 예감했다.

태준은 핸드폰 화면에 119 번호를 띄어 놓고 통화 버튼에 손가락을 올렸다. 마치 시간이 멈춘 듯 주변 공기가 그의 숨과 함께 멈춰 있었다.

그러나 그 순간, 번쩍이는 섬광이 집 안을 덮치고 어디선가 삐걱거리는 경첩 소음과 함께 문이 열리는 소리가 들려왔다. 이어 번개가 내리치기 시작했고 그와 동시에 발소리가 그에게로 점점 가까워져 왔다.

"그 천둥소리와 빗소리 사이로 누군가가 내가 있는 쪽으로 천천히 걸어오는 소리가 들렸어."

"⋯⋯."

"젖은 머리카락, 젖은 교복, 금방이라도 정신을 놓아 버릴 것 같은 얼굴. 나는 나의 또 다른 자아가 튀어나온 줄 알았지."

태준은 어느새 고개를 숙이고 떨리는 손을 주먹을 쥐어 감췄다. 그러나 그의 셔츠 커프스가 묘하게 떨리기 시작했다. 조용한 사무실 안, 떨리는 이경의 숨소리와 태준의 낮은 목소리가 뒤섞여 갔다.

"그런데 그건 내가 아니라 그냥 어떤 여자애였어."

"……여자애."

"그게 내가 최이경이란 애를 처음 만난 순간이었지."

이경은 제 잃어버린 기억을 덤덤히 뱉어 내는 그를 말없이 응시했다. 덤덤한 얼굴과 목소리와는 달리 금방이라도 다시 그때로 돌아갈 듯 불안하고 힘겨운 눈이었다.

"너 아무것도 모르는 눈으로 날 보고 있었어. 그리고 손을 내밀었고."

그는 천천히 그녀의 손을 잡으며 눈을 마주했다.

"네가 말했어. 이제 무서워하지 않아도 된다고. 엄마한테 가자고. 기다리고 있었다고."

"엄마?"

"그때는 이유를 몰랐는데 오늘에서야 알겠더라. 그게 나한테 한 말이 아니라 네가 아버지에게서 듣고 싶었던 말이라는 거."

그는 작게 미소를 짓고는 다시 말을 이었다.

"지금 생각해 보면 너 그때 엄청 이상했는데. 왜 나는 그걸 몰랐을까."

"공태준, 너 지금……."

"하긴 그날 나는 그보다 훨씬 더 미친 것 같았으니까. 그래서 몰랐나 봐."

이경은 그의 말이 거짓말이 아님을 알고 있었다. 이 순간 이런 거짓말을 할 리 없었다. 그저 믿기지 않는 이야기에 멍하니 그가 숨을 고르며 말을 잇는 걸 바라볼 수밖에 없었다.

태준은 이경의 손을 꽉 잡은 채 고개를 돌렸다.

"누구냐는 말이나 무슨 소리냐는 내 말엔 대답도 하지 않고, 내 눈을 마주 보지도 않는 애가 그 가느다란 손으로 내 손목을 잡고 무작정 가자고 끌고 가는데."

"……."

"나는 그게 이상하거나 무섭지가 않았어. 솔직히 웃기지 않아? 내 집에서 그런 꼴이 일어나고 낯선 사람이 나를 끌고 가는데……. 그때 너만 이상했던 건 아니니까 굳이 자책하거나 이상하게 생각할 필요도 없어. 우스웠던 건 네가 아니라 나였으니까."

❖

태준은 자신을 끌고 가는 낯선 아이의 손목을 멍하니 바라봤다. 어느새 자기도 모르는 사이에 그녀와 함께 방 밖으로 나와 있었다.

그러나 순간 번쩍이는 빛이 거실을 감싸 돌곤 다시 천둥소리가 내려쳤다. 그는 문득 창밖을 바라보다가 정신이 번쩍 든 듯 그녀의 손을 뿌리치고 멈춰 섰다.

"너 뭐야."

"……."

"너 누구야? 대체 우리 집엔 어떻게……."

그의 시선이 젖은 교복에 달린 초록색 이름표에 꽂혔다.

최이경

태준은 그것을 말없이 응시하다가 다시 그녀와 눈을 마주하려 했다. 그러나 그녀는 자신을 바라보고 있지 않았다. 자신의 손을 뿌리친 그의 손을 다시 꼭 잡으며 무어라 중얼거릴 뿐이었다.

"많이, 또 아팠잖아."

"뭐?"

"많이 외로워서, 엄마가 날, 아니, 아빨 기다리고 있는데……."

횡설수설하는 그녀의 말에 인상을 찌푸렸다. 하지만 그녀의 손을 다시 뿌리치진 않았다. 어딘가 묘한 그녀의 초점은 흐릿하게 닿았다 사라지길 반복하고 있었다.

"그래도 이젠 지켜 줄 거야. 걱정하지 마. 다신 아무 데도 가지 않을게. 옆에 있을게."

"……."

"너무 많이 기다렸으니까."

❖

"그러다 문득 그런 생각이 들더라."

"⋯⋯."

"신이 내 기도를 들어줬구나. 내가 너무 불쌍하니까, 그 불쌍한 나한테 대신 누구를 보내 준 거구나. 사실 그날 집에 가면서 빌었거든. 그 지옥 같은 곳에 다시 돌아가고 싶지 않은데 어떻게 안 되겠냐고. 그런 말도 안 되는 걸 생각하고 또 생각했어. 용기 없는 나 대신 나를 지옥에서 꺼내 줄."

이경은 오래전 제집 앞에서 태준이 했던 말을 떠올렸다. 왜 학교에서 따돌림을 당하는 자신을 구해 주겠다고 하는 것이며, 무엇 때문에 돕는 거냐는 질문에 그는 그렇게 답했다.

'네가 날 먼저 지옥에서 꺼내 줬으니까.'

터무니없었던 그의 말이 지금 이 순간 누군가가 망치로 머리를 내려치듯 다가왔다. 그의 느린 고백이 가슴을 천천히 조여 갔다.

그녀는 믿을 수 없다는 듯 그를 바라봤다.

"공태준, 나는 지금 네가 무슨 말을 하는지 하나도 못 알아듣겠어. 내가 어떻게 그날 네 집에서⋯⋯."

"그렇겠지. 넌 아무것도 기억하지 못했으니까. 그날 네가 거기에 왜 있었는지, 또 내가 무슨 짓을 저질렀는지."

상사뱀

"무슨 짓?"

이경의 느려진 말투에 그가 잠시 입을 다물었다.

태준은 멍하니 그녀를 바라봤다. 자신보다 키도, 체구도 작은 아이가 목적어 없이 무섭지 않도록 옆에 있어 주겠다고, 아니, 옆에 있어 달라면서…… 그렇게 횡설수설 앞뒤 없는 말을 이어 가고 있었다.

그는 그녀가 잡고 있던 자신의 손을 빼내 어깨를 잡아 세웠다. 그리고 생각했다.

이 아이는 대체 누구이기에 이런 상황에, 이곳에서, 무슨 이유로 자신을 자꾸 데려가려 하는가. 이 이해되지 않는 복잡한 상황 속에 어찌할 바를 몰랐다.

그는 다시 천천히 그녀를 향해 입을 뗐다.

"설마 네가 그랬어?"

"……."

"설마 네가 지금 여기 있는……."

"데리러 왔어."

"뭐?"

"가자. 그만 가자."

그때 문득 방 안에서 그를 부르는 목소리가 들려왔다.

"공태준! 대체 지금 뭐 하는 거야. 당장 이리 오지 못해?"

그는 그제야 제 아버지가 아직까지 책장에 깔려 있다는 사실을 깨달았다.

"너. 여기 꼼짝 말고 있어."

그는 그녀를 거실 한가운데에 두고 제 아버지가 있는 방으로 다시 뛰어 들어갔다. 카펫을 물들인 핏자국이 점점 크게 번져 가고 있었다.

그는 당황한 듯 머리를 헝클어트리다가 바닥에 무릎을 꿇고 책장 아래에 갇힌 아버지의 몸 상태를 살폈다.

벽의 한쪽을 채웠던 거대한 책장은 쉽게 들리지 않을 듯했다. 어떻게 그가 작은 틈을 만든 다음에 올린다 해도 그 사이에 있는 제 아버지를 빼내기엔 턱없이 부족했다.

그는 아버지의 측근인 고 계장에게 전화를 걸었다. 그러나 음성 녹음으로 이어진다는 기계음만 들릴 뿐, 아무리 되걸어도 돌아오는 답이 없었다.

그렇게 잠시 시간이 흘렀다. 태준은 이미 비에 젖은 몸이 제 땀으로 젖어 가고 있음을 느꼈다.

아버지를 이대로 둘 순 없었다. 생각을 멈추고 결정을 내려야 했다. 아버지의 괴로운 듯 터져 나오는 밭은 숨소리가 점점 더 커지고 있었다. 태준은 결국 핸드폰을 들어 다시 한 번 익숙한 번호를 눌렀다.

─용산구 소방서입니다.

처음으로 전화 너머로 상대의 목소리가 들려왔다.

"하…… 하아……. 멍청한 짓 하지 말라고 했지!"

그때, 태준이 채 말을 잇기도 전에 아버지의 날카로운 음성이 그를 멈춰 세웠다.

"하지만 아버지."

"쓸모없는 것! 지금 네가 감히……. 아무도 내 완벽한 삶을 망가트릴 수 없어. 그건 내가 용납 못 하니까. 알아들어? 닥치고 시키는 대로나 하란 말이야! 내가 화나면 어떻게 한다고 그랬지?"

"……."

"대답해야지, 공태준!"

그리고 그 순간, 시간이 멈춘 듯 고요해졌다. 태준은 움직임을 멈췄다. 손에 쥐고 있던 핸드폰은 어느새 바닥에 나뒹굴고 있었다.

그의 길을 잃은 눈동자가 빠르게 흔들리고 아버지의 말과 함께 예전 기억이 눈앞에 펼쳐지기 시작했다.

'아버지가 말할 땐 어떻게 해야 한다고 했지?'

'…….'

'아버지가 화나면 무섭다고 했니, 안 했니?'

정확히 몇 살 때부터였는지 기억나지 않았다. 그러나 자라면서 언제부턴가 깨닫게 된 사실이 있었다. 아버지를 거스르는 순간 버림받을지도 모른다는 것.

성적이 떨어지거나, 아버지의 기대에 부응하지 못하거나, 조금이라도 정해진 틀에서 벗어난 행동을 할 때마다 아버지가 꼭 행하는 것들이 있었다.

그는 단 한 번도 태준에게 손찌검을 하거나 화를 내지 않았다. 그저 끝없는 시간 동안 벽을 바라보게 했다.

그것은 꽤 어렵지 않게 참을 수 있었다. 벽을 보는 것도 어느 순간 익숙해지고 다른 잡생각으로 시간을 보내는 법도 배우게 되었다.

문제는 그것으로 끝나지 않는다는 것이었다. 아버지는 벽에 그를 세우고 제 아내를 향해 날 선 말들을 뱉으며 언제든 버릴 수 있는 물건처럼 태준을 바라봤다.

그렇게 벌이 끝나면 아버지는 집에 있는 오래된 물건이나 제 아내가 아끼던 살림살이 등을 하나씩 버리곤 했다.

어린 태준도 그것이 무엇을 의미하는지 알고 있었다. 완벽하지 못한 것, 어울리지 않는 것들은 그에게 필요 없다는 걸 보여주기 위함이었다.

물론 그다음엔 더 비싸고 값진 물건들이 그 자리를 대신 채웠다. 언제든 뒤처지는 순간, 엄마와 자신도 그 자리를 대신할 누군가로 바뀔 수 있다는 듯이.

태준은 그 후로 내쳐지지 않기 위해 모든 것을 아버지 뜻대로 완벽하게 끼워 맞췄다. 그러자 쉽게 버려졌던 물건들도 더 이상 사라지지 않고 제자리를 지켰다.

그렇게 어느덧 까마득한 옛일이 되어 그의 기억에서 사라져 가고 있었다.

그런데 지금 이 순간, 다시 그 악몽 같은 시간이 태준에게 찾아왔다.

"아버지."

그의 벌벌 떨리는 손끝이 차갑게 식어 바닥을 향해 힘없이 떨어졌다.

"이제 저도 버리시려는 거죠. 그렇죠?"

태준은 양손으로 귀를 막고 바닥에 주저앉았다. 온몸이 사시나무 떨리듯 요동치기 시작했다. 그는 눈을 꼭 감고 어린 시절, 하염없이 바라보았던 벽을 떠올렸다.

"……엄마는 벌써 버리셨나 봐요."

인정하고 싶지 않아도 그녀는 벌써 그가 잡을 수 없는 곳으로 떠나 버렸다. 유일한 방패막이이자 따르고 믿었던 사람이 그를 두고 날아가 버렸다. 아니, 버려졌다.

태준은 눈도 감지 못하고 제 품에 안겼던 그녀가 아버지로부터 결국 버려졌다고 생각했다. 그동안 정말 일어날지도 모른다며 수도 없이 불안하게 그렸던 미래였다. 그 순간이 이제야 다가온 것이었다. 점점 희미해져 가는 아버지의 숨소리는 어느덧 그의 귓가엔 들리지 않았다.

"잘못했어요. 잘못했어요, 아버지."

그는 웅크리고 앉은 채 눈앞에 벽을 상상했다. 어린 시절 그러했듯이 두 눈을 감고 시간이 흘러가길 바랐다.

그렇게 한참을 오랜 습관에 몸을 맡겼다. 불안하게 떨리는 호흡이 새어 나가지 못하도록 입을 틀어막았다. 어느새 바닥으로 번져 가던 피는 그의 흰 양말 끝에 스며들어 이를 붉게 적시고 있었다.

그는 어느새 눈가에 고인 눈물을 바닥으로 툭툭 떨어트리며 천천히 입을 뗐다.

"사실 언젠가 이런 날이 오지 않을까 생각했었어요. 누군가가 내 자리를 대신하게 되면, 그땐 어디로 가야 하나."

아버지의 그늘에서 벗어나지 못할 바엔 적어도 버림받지는 말아야지, 그렇게 애쓰며 살아왔던 지난 과거가 머릿속을 어지러이 헤집어 놓았다. 아무리 갈구해도 오지 않는 애정에, 채워지지 않던 외로움을 쓰게 삼키던 과거의 끝이 다가온 것 같기도 했다.

"밖에 있는 저 애는 저를 데리러 온 건가 봐요. 이제 더는 여기 있지 않아도 되는 거죠?"

태준은 천천히 고개를 들어 문 밖을 바라봤다. 이미 그의 귀와 코가 붉게 물들어 있었다. 땀과 눈물로 얼룩진 얼굴은 그가 숨을 들이마시고 내쉬는 것조차 힘겹게 만들었다.

"아버지, 그런데 말이에요. 엄마한테는 미안하지만, 어쩌면 저는 아버지가 저를 버려 주길 기다리고 있었나 봐요. 여긴 너무 외로웠거든요. 그래서 차라리 지금 아버지가 저를 버려 주시는 것도 나쁘지 않을 것 같아요."

그렇게 얼마의 시간이 흘렀을까. 태준은 문득 흐느끼던 것을 멈추고 아버지를 바라봤다. 그의 핏발 선 눈이 움직임 없이 멈춘 채 허공을 바라보고 있었다.

태준은 그 모습에 멍하니 아버지를 응시했다.

어쩌면 아버지를 발견했을 때부터 부정할 수 없는 늦고도 먼 그 길에 들어선 것일지도 몰랐다. 어느덧 그의 얕은 숨소리와 신음이 들리지 않았다.

태준은 천천히 그에게 다가가 무릎을 꿇고 손을 잡았다.

"아버지."

사방이 고요한 방 안, 조용히 아버지를 불렀다.

"……아버지?"

그는 태준의 부름에도 아무런 답을 내어 주지 않았다.

늘 태산처럼 크고 높기만 한 존재였다. 그러나 이 순간, 제가 쌓아 올린 것들에 깔려 눈도 감지 못하고 마지막을 맞이한 그는 태준에게 서러울 만큼 약하고 작아 보였다.

태준은 그제야 점점 터져 나오는 무언가를 느끼기 시작했다. 집 안에 들어설 때부터 그를 짓누르던 무거운 감정들이 점점 빠르고 크게 퍼져 나왔다.

그것들은 어떠한 감정이라고 정확히 그려 낼 수 없이 복잡했다. 생각만큼 홀가분하거나 개운하지 않았다. 그저 허무할 뿐이었다. 이 순간이 태준을 해방시킴과 동시에 어딘가에 묶어 놓고 있는 것 같았다. 그는 무언가 돌이킬 수 없는 일이 일어났다는 것을 멍하니 깨달았을 뿐이었다.

"……."

이어 쏟아지는 감정 속에서 미묘하게 변해 가는 자신을 발견했다. 미우면서도 불쌍하고, 불쌍하면서도 원망스럽고, 또 한

편으론 외로움이 느껴졌다. 이젠 정말 혼자가 됐다는 것에 불안과 묘한 안심이 섞여 눈물로 쏟아졌다.

그는 결국 북받쳐 오르듯 엉엉 울음을 토해 냈다. 열여덟 살, 어리기만 한 소년이 그렇게 제 아버지 앞에서 처음으로 엉엉 소리 내어 울었다. 살기 위해, 끔찍한 삶에서 벗어나기 위해 스스로 선택한 것이었다.

아니, 선택이라 말할 수가 없었다. 무언가를 스스로 선택한 적은 단 한 순간도 없었다. 그저 아버지의 뜻대로, 그가 가르쳐 준 대로, 그가 멈추라는 순간에 멈춰 자신을 버리는 때를 멍하니 기다리고 있었을 뿐이었다.

그리고 시간이 흘렀다. 태준은 문득 천장을 바라봤다.

빨간 점과 같은 빛이 아주 작게 깜빡거리고 있었다. 태준과 엄마가 자신이 만든 규칙에 벗어나는 행동을 할까 아버지가 달아 놓았던 CCTV가 마치 죄수를 감시하듯 태준의 집 안 곳곳에 있었다.

그는 그것을 멍하니 바라보았다.

상사뱀

기약

"최이경 네가 그랬지? 네 아버지를 미워하면서도 동시에 그리워했다고. 그래서 두 가지 마음이 동시에 드는 게 어떤 건지 안다고."

"……."

"나도 그랬어. 하지만 너랑은 달랐지. 돌이킬 수 없다는 후회, 그리고 이제는 괜찮을 거란 안도. 그런 생각을 한 내가 소름 끼치게 징그럽더라. 사람이 그럴 수도 있구나, 그렇게 모순적일 수가 있구나 하고."

"공태준."

"그래도 그 순간이 나한텐 과거이자 현재고 미래야. 거기에 내 모든 순간이 다 있었으니까."

태준은 어느새 이경 앞에 무릎을 꿇고 있었다. 그는 마치 자신의 죄를 고하듯 젖은 목소리로 말을 이었다.

"그리고 나를 그렇게까지 만든, 나를 그 지옥에서 꺼내 준 네가 내 세상의 전부야. 나의 온 시간은 거기에 두고 왔으니까. 앞으로 살고 있는 나는 그냥 너야. 네가 아니면 모든 의미가 없어져 버릴 테니까."

"네가 그렇다 해도 난 아무것도 기억 못 해. 내가 왜 거기에 있었는지도, 거기서 뭘 보고 들었는지도. 네가 생각하는 그런 걸 한 적도 없고, 기억한다 해도 그건 내가 아니었잖아."

태준은 문득 이경의 말에 천천히 고개를 들며 무언가를 떠올렸다.

같은 날 오후, 이경을 상담한 선배로부터 확인을 받듯 묻고 온 것이 있었다. 이경이 몽유병 때문에 헤맨 때를 다시 기억할 수 있느냐는 것이었다.

그러나 그는 천천히 고개를 저었다. 그녀의 의식 속에 새겨진 기억이 아니기에 평생 떠올리지 못할 것이라 했다.

태준은 다시 제 앞에서 불안한 듯 어깨를 떠는 이경을 바라봤다.

그녀는 아무것도 기억하지 못할 것이었다. 그는 여전히 제 머릿속 어딘가에서 깜빡거리는 작고 빨간 빛을 기억했다. 그날 그가 끝내 제 부모와 그녀의 흔적들을 지우기 위해 했던 일들 중 가장 먼저 하고, 가장 마지막까지 끌어안고 있던 것이 그 빛이었다. 그녀의 기억을 대신 가지고 있던 메모리.

그는 그것을 고3 어느 날, 이경이 집에 들어오기 전에 부수고 태워 버렸다. 그 기억을 가지고 있는 것은 이제 온전히 태준 하나뿐이었다. 그는 그것을 생각하며 다시 천천히 고개 숙였다.

"나도 네가 우리 집에 왜 온 거며 그사이에 무슨 일이 있었는지 몰라. 아마 어제처럼 그렇게 헤매다가 우연히 찾게 되었는지도 모르지."

"……."

"하지만 그건 알아. 너는 아무것도 기억하지 못할 테지만 네가 그 순간을 봤다는 걸 아는 사람들이 있지. 그래서 그 사람들은 불안했을 거야. 그날 네 아버지를 봤어. 골목 끝에서 너를 찾으러 다니던 모습. 그날 집에선 내 아버지가 사람들 모르게 처리하던 일들이 있었어. 아마 그것과 관련된 걸 네가 봤을 테고, 그래서 너한테 모든 걸 뒤집어씌우려 했겠지. 그것을 네 아버지가 대신 가져간 거고."

"……그 사람들이 누군데?"

"지금 내가 있는 곳 가장 꼭대기 층에 있는 사람."

태준의 시선이 무겁게 가라앉았다. 그는 사실을 말하는 것보다 마치 그것이 사실이어야 한다는 듯 말에 마음을 담아 힘주어 말했다. 어느새 그의 시선이 다시 그녀를 향해 있었다.

"아버지는 내가 죽인 거나 다름없지만 어머니는 네 아버지가 아니라 그 사람들이 죽인 거야. 그리고 넌 아무 잘못 없어."

"그게 어떻게 그렇게 돼? 나 때문에, 결국은 내가 기억하지 못하는 그 일 때문에 아빠가 그렇게 됐는데."

이경은 결국 손으로 얼굴을 감싸고 울먹였다. 그동안 그가 했던 말을 곱씹으면서 어쩌면 너무 당연했던 것들을 모르고 살았던, 허무하리만큼 무지했던 저 자신에 점점 무너지려 했다.

"몽유병, 그게 뭐 어때서. 그건 그냥 감기처럼 아픈 거야. 누구나 겪을 수 있는 거."

"……."

"그게 널 내 인생에 데려왔는데. 어쩌면 그 덕분에 내가 지금껏 숨을 쉬고 살 수 있었는데."

태준은 빠르게 이경을 잡아 일으켰다. 그의 눈이 그 어느 때보다 진지했다. 이 순간이 지나 이경이 결국 그의 잔인하고 지독했던 모습에 질려 멀리 떠나 버린다 해도 그는 약속하고 싶었다. 그녀에게 약속을 해 주고 싶었다.

"알아. 지금은 이미 늦어서 같은 일로는 다시 그 사람들은 심판대에 올려놓지 못한다는 거. 하지만 이거 하나는 약속할 수 있어. 꼭 죗값 받게 할 거야. 네 아버지가 그런 사람이 아니었다는 것만큼은 꼭 밝히게 내가……."

"공태준."

시간이 흘렀다. 아니, 어쩌면 스쳐 지나갔다는 표현이 정확했다.

나는 그대로 멈춰 아무 생각도 못 하는 바보 천치가 되었는데도 시간은 기다려 주지 않고 끊임없이 나를 지나쳐 갔다. 벌써 며칠, 몇 주가 지났는지도 모를 정도로 빠르게 달력이 넘어가고 있었다.

"최이경, 넌 뭐 마실래?"

문득 정신을 차려 보니 나는 그냥 흘러가는 시간 속에 물 흐르듯 떠내려 가고 있었다. 내 상태와 공태준의 과거를 알게 된 그날 이후 나는 그동안 어떻게 버텼나 싶을 정도로 빠르게 바닥을 드러냈다.

매일 밤을 악몽에 시달렸고, 눈을 뜨면 공태준 또는 최진헌이 옆을 지키고 있었다. 지난 7년간 삼촌 옆에선 그러지 않았던 게 다행이라고 해야 할지, 아니면 기적이라고 해야 할지 모르겠지만 어쨌든 나는 그런 변화에 익숙해져야 했다.

"난 콜라. 아, 아니다. 사이다로."

"탄산 안 좋아. 주스 마셔, 주스."

한가로운 오후, 최진헌과 나는 번화가에 새로 생긴 카페에 들러 메뉴 하나를 가지고 싸우고 있었다. 우리는 그렇게 아무것도 몰랐던 때로, 아니, 어쩌면 다시 고등학생 그 시절로 돌아간 것처럼 아무것도 변하지 않은 듯 행동하고 지냈다.

녀석과 함께 떠나기로 한 것도 무기한으로 미뤄졌다. 하지만 녀석은 그것에 대해 아무 말도 하지 않았다.

공태준은 내가 아프기 시작한 이후 어딘가 모르게 바빠진 모습을 보이기 시작했다.

원래도 일에는 완벽한 놈이라 집에서건 밖에서건 산더미 같은 서류철에 싸여 있긴 했지만 최근 들어서는 그것이 더 심해진 듯했다. 그 와중에 신기하게도 어우동을 뺑소니친 차도 잡아냈다.

그러나 나는 그게 더 걱정됐다. 아무리 말려도 새벽이면 어김없이 내 방문 앞을 지키는 녀석이 제대로 잠도 못 자고 낮에는 일 때문에, 밤에는 나 때문에 쉬지 못하는 것이 내내 마음에 걸렸다.

녀석은 제 무거운 비밀을 털어놓은 것만으로도 벅찰 것이었다. 그러나 그보다는 당장 눈만 감으면 휙 정신을 놓아 버리고 다른 세상으로 가 버리려는 내가 녀석을 더 무섭게 괴롭히고 있었다.

하루는 녀석에게, 혹시 내가 또 나간다면 침대에 손목을 묶고 자기라도 할 테니 걱정 말고 쉬라고 말한 적이 있었다. 그때 녀석은 처음으로 무서운 표정을 보이며 그런 짓을 할 거면 차라리 자신이 잠을 자지 않는 게 낫다고 화를 냈다. 그러곤 내 손목을 바라보며 씁쓸하게 웃었다.

'네가 왜. 네가 뭘 잘못했다고 묶어 놔. 묶어 놓을 손목도 뼈밖에 없는 주제에.'

나는 그 말에 끝내 고개를 숙였다. 그러나 이기적이게도 그러면 차라리 병원에서 지내겠단 말은 하지 못했다. 아직은 그럴 용기가 없었다.

내가 나도 모르는 사이 무의식을 조종하고 있는 것을 알면서도, 그런 나를 인정하고 스스로 환자를 자청해 병원에 들어가지는 못했다.

무서웠다. 아직도 내게 있어 병원은 무섭고 답답하고 견디기 힘든 곳이었다. 일주일에 세 번씩 상담 치료를 하는 것이 내가 할 수 있는 최선의 길이었다. 입원 치료를 권했던 의사의 말을 거절하고 돌아온 날, 나는 아무도 없는 집에서 혼자 울 수밖에 없었다.

엄마 때문에 그렇게 됐다는 걸 받아들여야 한다는 것이 끔찍하게 느껴졌다. 엄마는 잘못이 없었다. 아빠도 그랬다. 부모님에게는 아무 잘못이 없었다. 바보같이 꿈과 현실도 구분 못 하는 내 머리가 잘못이었다.

그러나 입원 치료를 시작하고 내 병을 인정하면 꼭 부모님이 내게 뭔가를 잘못한 사람이 되어 버리는 것 같았다. 아무리 의사 선생님과 녀석들이 아니라고 말해 줘도 받아들일 수 없었다. 그런 내가 제일 이기적이고 나쁜 애라는 걸 알면서도 어쩔 수 없었다.

녀석들은 그런 내 선택에도 묵묵히 옆을 지켜 주었다. 왜 빠르고 편한 길이 있는데 멀리 돌아가려 하는 거냐고 타박하거나 꾸짖지도 않았다. 특히 공태준은 그날 이후 내 결정에 아무 말도 하지 않았다.

문득 그날 녀석의 얼굴이 떠올랐다. 제 유일한 비밀이자 가장 어두웠던 날을 고백한 순간, 녀석은 조용히 고개를 숙이고 중얼거렸다.

우리를 괴롭게 만든 그 사람들을 잡아 주겠다고. 꼭 법의 심판을 받게 하겠다고.

　그 사람들이 누구를 뜻하는 건지는 몰랐다. 그러나 주먹을 꼭 쥐고 말하는 녀석이 온 마음을 다해 말하고 있다는 것만큼은 알 수 있었다. 나는 그저 대답 없이 한참을 울다 멍하니 있다를 반복했다.

　그리고 어느새 늦은 시간이 된 후, 천천히 정신이 돌아오고 나서야 말없이 어깨를 떨어트리고 있는 녀석을 보며 말했다.

　'넌 그동안 어떻게 살았어?'
　'뭐?'
　'공태준, 너 대체 어떻게 산 거야?'
　'…….'
　'어떻게 버텼어. 그 기억들을 끌어안고, 그 순간들을 품고 어떻게 지금까지 견뎠어.'

　녀석은 그런 나를 멍하니 바라보았다. 내가 꺼낸 말에 놀란 듯 했다. 나는 그런 녀석을 조용히 끌어안았다.

　'네 말대로라면 나는 아주 오래전부터 도망쳐 온 거잖아. 현실에서 그 꿈으로, 그 안에서 계속 헤매고 있던 거잖아.'
　'너…….'
　'근데 넌 왜 도망도 안 치고 거기 있었어. 왜 나를 지켜 줬어. 정

작 너는 그렇게 내버려 두고.'

처음엔 아무 생각도 들지 않았다. 그저 혼란스럽고 괴로웠다. 그러다 문득 담담한 척 고백을 털어놓는 녀석이 눈에 들어왔다.

아무렇지 않은 모습을 보이려 애쓰는 얼굴이 가엽고 안쓰러웠다. 평생 아무에게도 말하지 못하고 혼자 감싸 안고 있었던 비밀이 녀석에게 얼마나 크고 무거운 짐이었을까. 또 나는 왜 그걸 이제야 알게 됐을까.

'사실 나는 아직 아무것도 이해가 안 돼. 뭐가 뭔지도 잘 모르겠어. 네 말도 이해가 안 되고, 내가 아프다는 것도 아직 잘 모르겠고, 그날 어떤 일이 있었는지도 기억 안 나. 내가 어떻게 거기에 있었는지, 거기서 뭘 했는지, 공태준 널 왜 만났는지도. 그런데 이거 하나만큼은 지금 알 것 같거든?'

'…….'

'너는 내가 생각했던 것보다 훨씬 많이 아팠을 거라는 거.'

'최이경.'

'어쩌면 나보다 더 아프고 외로워서, 그런 나라도 놓지 못하고 있었다는 거.'

녀석은 8년 전 그 어느 날처럼 무릎을 꿇고 내 앞에 앉아 울었다.

먼 길을 너무 오랫동안 돌아온 것 같았다. 그렇게 온 길이 너무 힘들고 지쳤음에도 티 내지 않으려 애쓴 듯 했다.

나는 처음으로 아픈 눈을 담아 그런 녀석을 바라봤다. 그동안 무언가 알고 있는 것 같으면서도 내게 그 전부를 보이지 않았던 녀석 때문에 왠지 모르게 거리를 두고 있던 우리였다.

나는 그 이유 모를 집착과 알 수 없는 말들을 이해하지 못했고, 녀석은 그런 내가 다시 어디론가 말없이 가 버릴까 불안해했다. 그런데 꽁꽁 감춰져 있던 비밀이 드러나자 그동안 숨어 있던 녀석의 진짜 모습이 보이기 시작했다.

'차라리 그날 내가 아니라 다른 사람이 네 옆에 있었다면 그 사람은 널 보듬어 줬을지도 모르는데, 나는 그런 거 못 해. 너도 알다시피 내가 제정신이 아니라잖아.'

'이경아.'

'왜 하필 너였을까. 또 왜 하필 나여서 이렇게까지 된 걸까.'

네가 말한 대로 신이 우리를 불쌍히 여겼다면, 너에겐 조금 더 품이 넓은 사람을 줬어야 했다. 그 어두운 기억 속을 헤매던 내가 아닌, 외로워 기댈 곳을 찾던 너를 안아 줄 사람을 내려 줬어야 했다.

'화를 내려고 했는데. 왜 내 비밀을 가지고 있었냐, 공태준 네가 뭔데. 무슨 생각으로 그랬냐라고 하려 했는데.'

상사뱀

'……'

'태준아, 넌 왜…….'

녀석을 부르는 목소리가 떨렸다.

사실은 어쩌면 나보다 더 외롭고 지쳐 있던 녀석이었는지도 몰랐다. 그동안 강하고 자신만만한 아이라고만 생각했는데, 진짜 모습은 그저 열여덟 살 그날에 멈춰 저를 잡아 줬던 손길을 끊임없이 찾고 기다리던 소년이었다. 마치 내가 열다섯 살, 엄마의 마지막 손을 잡고 그녀를 그리던 그 순간처럼.

그러다 문득 깨달았다.

공태준을 만나고, 같이 살고, 같이 울고 웃었던 그 시간들 속에서 나는 녀석을 좋아했구나. 싫었던 게 아니라, 같이 있고 싶었는데 그럴 수 없을 걸 알았기에 먼저 그렇게 도망쳐 버렸던 거구나.

내가 이걸 너무 늦게 깨달아 버리는 바람에 너는 그토록 오랫동안 나를 기다렸구나. 아무도 모를 그 비밀과 시간을 품고 애타게 기다리고 있었구나.

"아, 최이경. 내가 까먹고 말 못 했는데 어우동 엊그제 퇴원했다."

"어?"

잠시 생각에 잠긴 터라 멈춰 있던 시선이 진헌에게로 향했다. 그리고 보니 최근에 어우동 녀석을 만난 적이 없었다.

녀석이 내가 어떤 상태인지 알고 있는지 모르고 있는지조차 몰랐다.

"그런데 어제 다시 입원했어."

"뭐?"

순간 목으로 넘기던 음료가 입 밖으로 튀어나왔다. 진헌은 그런 나를 보며 왜 이렇게 여자가 칠칠맞지 못하냐, 한시도 한 눈팔 시간을 주지 않는다며 티슈로 빠르게 입가를 닦아 냈다.

그러나 나는 그 말에 놀라 멍하니 녀석을 바라봐야 했다.

"왜? 교통사고 후유증, 그런 거 생긴 거야?"

"후유증은 무슨. 지가 사고 난 다리가 오른쪽인지 왼쪽인지도 까먹는 놈인데."

"그럼 왜 다시……."

녀석은 바지에 묻은 음료를 닦더니 이내 천천히 고개를 도리질하며 한숨을 내쉬었다.

"다리가 나을랑 말랑 하니 팔을 부러뜨려 놓았잖아."

"팔?"

"미친놈이 깁스하고 등산을 가선."

나는 벌어진 입을 멍하게 두고 녀석을 바라봤다. 녀석은 내 턱을 툭 쳐 그 입을 닫게 했다. 이에 머리를 흔들며 생각을 잠시 정리하곤 다시 입을 뗐다.

"등산을 왜? 내가 알기론 걔 등산이나 걷는 거 별로 안 좋아하는데."

"실은 걔가 특별한 경우에만 종교적 힘을 믿는 또라이라, 꼭 무슨 일이 터지면 독실한 불교 신자 흉내를 낸단 말이지. 절에 간다고 새벽 댓바람부터 산에 올라가더니 미친놈이 발 헛디디고 굴러서 팔 하나가 부러졌대."

"세상에."

아무리 생각해도 어우동 녀석의 삶이나 생각은 감히 상상하지도 못할 수준이었다.

"대체 특별한 경우가 뭐였으면 다리가 부러졌는데도 절을 간 거래?"

"그야 당연히 최이경 네가……."

녀석은 문득 말을 멈췄다. 나를 향해 손가락질하던 손가락도 그대로 멈췄다. 문득 섣부르게 튀어 나간 말에 대한 후회와 아차 싶은 당황이 녀석의 눈에 빠르게 스쳐 지나갔다.

아무래도 어우동 또한 내 상태를 아는 듯했다. 그것이 녀석을 성치 못한 몸으로 절을 오르게 한 이유였다.

잠시 녀석과 나 사이에 짧은 침묵이 흘렀다.

"뭐, 그래도 요양은 충분히 하겠네? 팔까지 부러졌으면 정말 꼼짝없이 집에 있어야 하니까."

"아, 그러니까……. 그렇지, 아마도?"

녀석은 여전히 당황스러움이 담긴 눈을 이리저리 굴렸고, 나는 컵에 남은 사이다를 쭉 들이마시곤 자리를 털고 일어섰다.

"그럼 우리가 가야지, 별수 있나. 방방곡곡 잘 싸돌아다니는 애인데 답답할 거 아냐. 생각난 김에 지금 가자."

"아."

"뭐 선물이나 먹을 거라도 사 가야 하나? 어우동이 좋아하는
음식이 뭐였지? 공태준이 한 요리 빼고."

"하여간 생긴 건 개밥도 잘 먹게 생긴 놈이 입은 까다로워 가
지고."
"최진헌 너도 남 말 할 처지 아니거든?"
 녀석과 결국 한 호텔에 있는 디저트 카페를 찾았다. 이곳이
어우동이 제일 좋아하는 롤 케이크를 파는 곳이라 했다. 참 입
맛도 소녀 취향인 녀석이었다.
 그러나 최진헌은 제가 이곳을 떠올려 놓고도 입을 내밀며 투
덜거리기 시작했다. 아무데서나 먹으면 되지, 왜 이런 비싼 곳
을 좋아하냐는 이유에서였다. 나는 빠르게 혀를 차며 녀석의
등을 내리쳤다.
 공태준과 녀석, 그리고 내가 함께 산 이후 녀석의 입맛 또한
어마어마하게 고급스러워진 터였다. 아무거나 잘 먹던 녀석이
식당에 가면 꼭 국이 짜다, 반찬이 간이 안 맞다, 외아들 둔 시
어머니처럼 잔소리를 늘어놓곤 했다.
 나는 그것이 공태준의 음식에 길들여진 것이란 걸 알았다.
녀석은 아니라고 부정했지만 사실 나 또한 그랬기에 알 수 있
었다.
 "그래, 가격은 그렇다 쳐도. 사내새끼가 이런 미키마우스 있

는 케이크를 사 먹겠다고, 참나."

"그래서 여기가 유명하잖아. 넌 잘 몰랐겠지만 개가 디즈니랜드에 환상이 있던 것 같던데. 아, 그나저나 좀 조용히 말해줄래? 나 창피하다."

또 우연인지 필연인지, 이 호텔은 내가 다시 한국에 왔을 때 처음 머물렀던 곳이었다. 이곳에서 공태준과 재회하기도 했다. 오랜만에 다시 오니 어쩐지 감회가 새로웠다.

그러나 녀석은 끝내 공태준의 음식이나 어우동의 취향, 그 어느 하나 인정하고 싶지 않았는지 투덜투덜거리다가 내 말에 눈썹을 들어 올리곤 빠르게 입을 뗐다.

"허! 최이경, 내가 창피해? 어? 말해 봐. 오빠 막 부끄럽냐?"

"아니, 뭐 굳이 말하면 좀 부끄……."

그러나 녀석이 화를 내는 도중 발견한 누군가 때문에 나는 대답을 이을 수 없었다. 어쩐지 멀리서부터 걸어오는 인영에 이상하게 눈이 가고 어딘가 익숙한 것 같다 싶었다. 나는 한낮에 또 꿈을 꾸고 있는 걸까.

"갑자기 왜 그래?"

"아니. 잠깐, 잠깐만 이러고 있자."

"최이경?"

"이야, 너 등 무지 넓다. 이 어깨가 이렇게 넓었던가? 아니, 갑자기 듬직하게 느껴져서……."

하지만 나는 우리 쪽으로 다가온 누군가가 문득 자리에 멈춰 나를 바라보고 있음을 느꼈다. 내가 그랬듯 그쪽 또한 나를 알아본 듯했다.

나는 재빨리 최진헌의 몸을 돌려 세우고 그 뒤로 몸을 감췄다. 이때만큼은 녀석이 키가 큰 것이 참 다행이다 싶었다. 하지만 나의 서툰 둘러댐과 숨바꼭질은 곧 남자가 나를 알아보면서 끝이 났다.

"야! 너 그때!"

"……."

"그 미친년 맞지?"

잠시 나와 녀석, 그리고 그 남자 사이에 어색한 침묵이 흘렀다. 녀석은 익숙한 듯하면서도 낯선 단어에 고개를 갸웃거리다 여전히 미친년으로 불리고 있는 나를 말없이 내려다봤다.

이어 '맞지? 그 무녀 딸!' 하고 확신에 찬 목소리로 함께 손가락질하는 남자에게 녀석이 천천히 고개를 저었다.

"최이경 대단하다."

"……."

"아직도 널 저렇게 부르는 사람이 존재하네. 저 남자 우리 동창은 아니지?"

"……아마 그럴걸."

"역시 네가 보통 애는 아니야. 난 진작 알고 있었지."

졸업한 지가 몇 년인데 아직도 나를 미친년이라 부르는 사람이 있다니. 하긴 이번엔 내가 자초한 일로 불린 것이긴 했다.

남자는 내가 호텔에서 머물 때 1층 카페에서 마주해 신들린 연기를 선보이게 했던 사람이었다. 옆에 아무도 없는 것을 보아 그때 함께 있었던 여자와는 헤어진 건가, 잠시 엉뚱한 생각이 스쳐 지나갔다.

세상은 참 넓고도 좁은 곳이라 하더니 어찌 이렇게 유동 인구가 많은 곳에서, 그것도 이 시간 이 공간에서 내게 미친년이라 손가락질하는 사람을 다시 만날 수 있는 걸까.

"최진헌."

"응."

"너 태권도 오래 배웠다고 했나."

"꽤 오래했지?"

하지만 우연은 우연이고, 인연은 그때 그렇게 끝났어야 했다. 나는 이곳에서 다시 그 무녀 행세를 할 수 없었다. 그럴 만한 배짱은 오래전 부어 놓은 적금을 까먹듯 이미 지난 몇 달 동안 다 써 버리고 없었다.

어떻게든 이 상황을 잘 모면할 방법을 떠올려야 했다. 그런데 내 옆에 최진헌, 녀석이 있었다.

"그럼 당연히 아는 기술도 많은 테고, 성인 남자 하나쯤은 돌려차기 뭐 그런 걸로 날릴 수도 있겠네?"

"당연하지. 오빠의 이 어깨가 괜히 막 넓어진 게 아니에요. 너 방금도 듬직한 등 만져 봤지? 그게 다……."

나는 주절주절 제 장점을 늘어놓고 있는 녀석의 손목을 빠르게 쥐곤 낮은 목소리로 속삭였다.

"그럼 내가 하나, 둘, 셋을 세면……."

"응!"

"뒤돌아보지 말고 미친 듯 뛰는 거야. 알았지?"

"응?"

"하나, 둘!"

녀석은 자신이 미처 계산을 마치기도 전에 내게 손목을 잡힌 모양새로 어디론가 달려가야 했다. 그러자 몸을 돌려 도망치는 나와 녀석을 남자가 빠르게 따라오기 시작했다.

"야! 너희들 거기 안 서?"

오후 3시. 태준은 사무실에 앉아 무의식적으로 손목시계를 확인했다. 이어 빽빽한 글자가 가득 채워진 서류를 끊임없이 보던 그는 눈을 감은 후 콧등을 매만졌다.

이경은 오후에 우동에게 간다고 문자메시지를 남겼다. 지금 쯤이면 그의 집에 도착했을 터였다. 물론 최진헌과 함께.

태준은 어느 날부터 곁에 없어도 그녀의 하루를 따라 움직이고 있었다. 틈이 나는 순간마다 이때쯤이면 약을 먹고 있겠구나, 이 시간이면 상담을 받고 있겠구나 하며 그녀를 생각했다.

"……아."

그때 흰 종이에 무언가 툭툭 떨어지는 것이 느껴졌다. 태준은 그것이 곧 제 코에서 흘러나오는 것임을 알았다.

최근 제대로 잠을 자지도, 그렇다고 일을 줄이지도 않았더니 결국 피를 보고야 만 것이다. 그의 몸이 이렇게 버텨 주고 있는 것도 어쩌면 기적일지도 몰랐다.

　문득 그는 이경이 한 말을 떠올렸다.

　'어떻게 버텼어. 그 기억들을 끌어안고, 그 순간들을 품고 어떻게 지금까지 견뎠어.'

　그는 그런 이경을 멍하니 바라볼 수밖에 없었다. 이경이 어렵게 꺼낸 말은 의외의 것이었다.

　어떻게 그 사람들을 찾아냈냐, 더 알고 있는 사실은 없냐고 물을 줄 알았다. 혹은 징그럽다, 어떻게 사람이 제정신으로 그런 짓을 할 수 있냐면서 그를 욕하고 밀어낼 줄 알았다.

　그러나 그녀는 그저 자신을 끌어안아 주었다.

　'넌 왜 도망도 안 치고 거기 있었어. 왜 나를 지켜 줬어. 정작 너는 그렇게 내버려 두고.'

　여전히 혼란스럽고 겁먹은 눈을 하면서도, 그런 자신보다 그를 먼저 감싸 안았다.

　그렇게 평생 속이 다 썩고 곪아도 털어놓지 못할 이야기를 꺼낸 그 밤, 이경은 그에게 상상도 하지 못할 위로의 품을 내주었다. 그 작은 품이, 그 여리고 흔들리는 불안한 어깨가 어떻게 그에게 다가왔는지.

　그는 멍하니 그 순간을 그리며 눈을 감았다.

'차라리 그날 내가 아니라 다른 사람이 네 옆에 있었다면 그 사람은 널 보듬어 줬을지도 모르는데, 나는 그런 거 못 해. 너도 알다시피 내가 제정신이 아니라잖아.'

그녀는 생각보다 담담히 제 상태를 받아들였다. 어쩌면 놀라고 많이 무서운 일이었을 텐데, 하루 종일 제 몸에 대한 생각을 많이 한 듯했다.

불길한 그 예고를 미리 어디선가 받았는지도 몰랐다. 그럼에도 그녀는 제 아픔보다, 자신에게 과거를 털어놓아야 했던 그를 걱정했다.

태준은 다시 천천히 눈을 떠 사무실을 둘러봤다. 책장이 사건과 법 서적들로 가득 채워져 있었다. 이 작고 답답한 곳에 갇혀 그는 이경을 기다려 왔었다. 그녀가 다시 돌아오길 그렇게 기다렸다.

그러다 문득 사무실 거울에 비친 제 모습을 보며 웃음을 터트렸다. 휴지를 코에 꽂고 손에는 한가득 서류 뭉치를 쥐고, 심각한 얼굴로 생각하고 있는 것은 다름 아닌 이경이었다. 그 조화롭지 못한 모습이 그를 웃게 했다.

이 순간을 위해 7년을 기다렸던 걸까. 이 순간이 오길 그렇게 기다리고 바랐던 것일까.

그는 고개를 흔들며 입술을 물다가 다시 한 번 바람 새는 웃음을 터트렸다.

어떻게 그 여자의 몇 마디 말에 이렇게 되나 싶었다. 그럴 가치가 있는 사람이라는 걸 것을 순간 알아보고 그토록 매달렸던 걸까.

그는 자신이 마지막으로 그녀에게 한 말을 떠올렸다.

'내가 널 기다렸던 건 그런 이유가 아니야. 아프고 외로워서 좋은 거라고 하지 마. 다른 누군가가 아니라 네가 필요했고, 절박할 만큼 너를 좋아했어. 그건 지금도 마찬가지고.'

차라리 그 순간 다른 사람이 있었으면 더 나았을지 모른다는 그녀의 말이 그에게 와 닿지 않았다.

그녀였기에, 최이경이었기에 이만큼 올 수 있었다. 목표 없이 이리저리 갈피를 잃던 자신을 결국 지금의 길까지 이르게 했다.

그는 천천히 얼굴을 굳히고 시선을 떨궜다.

모든 것이 생각보다 담담히 해결되고 있었다. 이경 또한 아직 전부를 받아들이진 못해도 자책하거나 그를 밀어내지 않았다.

그는 이내 단단해진 눈으로 다시 서류를 내려다 봤다. 어느덧 창밖에 햇빛이 비치고 있었다.

그는 잠시 밖을 바라보다 머리를 쓸어 넘기며 다시 책상으로 시선을 옮겼다. 이제 남은 것은 이경이 어떤 결정을 내리냐는 것이었다.

"으, 하⋯⋯."

어느새 호텔에서 멀리 떨어진 거리 한복판에 섰다. 나는 조금 과장을 보태서, 마치 쫓기는 탈옥수가 된 듯 뛰다가 더 이상 그 남자가 쫓아오지 않는다는 것을 깨닫고 달리기를 멈췄다. 사실 숨이 턱 끝까지 차 있던 상태라 더 뛰라고 해도 그럴 수 없을 것 같았다.

최진헌은 내가 멈춘 후에야 헉헉 숨을 몰아쉬며 다다다 말을 쏘아붙였다.

"하으, 하아. 우리 왜 도망쳐? 오빠 싸움 겁나 잘한다니까? 지금 완전 자존심 상한 거 알아?"

하긴 녀석은 영문도 모른 채 나와 도망친 꼴이긴 했다. 나는 한참 숨을 고르고 나서야 천천히 말을 이었다.

"내가 지금 나 하나로도 머리 아파 죽겠는데 네가 사고치는 거까지 수습해야 되겠냐."

"야! 나 그렇게 막 대책 없이 사고치고 그런 애 아니거든?"

"아니면 어쩔 셈이었는데?"

"한 대 후려치고! 어? 돌려차기 몇 번 하고! 어디 감히 누구한테 그런 상스러운 말을 하냐고 정권 찌르기도 몇 번 하고! 그렇게 계획성 있게 처치한 다음에 도망쳐야지."

"그런 걸 대책 없이 사고부터 친다고 말하는 거야."

조 부장 때야 앞뒤 없이 행동하는 것 같아도 눈치 빠르고 순

발력 있는 어우동도 있었고, 계산적이고 뒷정리 깔끔한 공태준도 있었지만 지금은 녀석 혼자였고 나는 녀석이 그렇게 홀로 사고를 치게 내버려 둘 수 없었다.

녀석은 장난 반 진심 반으로 '아까 그 남자가 누구인지는 몰라도 내가 다 이길 수 있다'고 했지만 사실 나는 진짜로 녀석이 그 남자를 어떻게 해 버릴까 봐 무섭기도 했다.

결과는 다르지만 일단 저지르고 보는 건 어우동이나 녀석이나 형제라고 할 만큼 닮아 있었다. 우열을 가릴 순 없지만 그중 그나마 믿을 만한 건 어우동이었다.

그러나 내 생각에 딱히 동의하는 것 같지 않은 녀석은 땀을 닦으며 나를 바라봤다.

"그나저나 어떻게 시간이 지나도 변하는 게 없을까? 어우동 그 새끼는 옛날에도 또라이 짓거리 하다가 학주한테 얻어터지고, 양호실에 누워 있더니 지금은 병실에 누워 있고."

"……."

"또 여전히 미친 여자라 불리는 너라니."

순간 웃음이 터져 나왔다. 아까는 정신이 없어 미처 생각하지 못했는데 그 남자는 나를 보자마자 미친년이라고 소리쳤다.

"그러게. 나도 아닌 줄 알았는데."

"……."

"내가 진짜 현실 구분도 못하는 그런 정신 나간 여자인 줄 몰랐는데 말이야."

"최이경."

"하하. 나라고 진짜 내가 미친년인 줄 알았겠어?"

지금 다시 생각해 보면 나는 그 별명을 얻기 전부터 그런 애였다.

방금 전까지 나를 도망치게 만든 남자를 만나기 훨씬 전, 학교에서 이상한 소문을 몰고 다니기도 전, 나도 모르는 사이 스스로 최면을 걸고는 현실에서 잘 사는 척 사람들을 속이고, 공태준을 속이고, 또 나를 속이며 살았다.

어쩌면 악마와의 계약과도 같았다. 나는 악마에게 기억을 팔고 그 기억을 꿈속에 감춰 두었다. 그러나 그 계약 속에서 이빨을 드러내며 웃고 있던 악마도 나였다. 나는 나와 계약하고 내 기억을 스스로 팔아 버린 것이었다.

"알아. 나 이상해. 나도 이런 내가 이상한데 너라고 왜 안 그러겠어?"

나는 웃으며 허리에 손을 대고 쭉 기지개를 폈다. 지금까지 나름 다이내믹한 삶을 살았다 자부했는데 실제로 이런 추격신을 벌인 것은 처음이었다. 물론 누군가가 이렇게 살벌하게 쫓아올 만한 일도 없긴 했지만.

"이참에 나 머리라도 자를까 봐. 밤에 혹시 나 막 돌아다니는데 누가 보고 귀신인 줄 알고 놀라면……."

"이경아."

그때 녀석이 내 머리카락을 천천히 귀 뒤로 넘기며 내 말을 멈춰 세웠다.

"걱정하지 마. 머리 안 잘라도 돼. 이렇게 못생긴 귀신이 세상에 어디 있다고. 전설의 고향 안 봤어? 거기선 예쁘고 섹시한 누나들만 귀신 해."

나는 멍하니 듣다가 녀석의 손을 탁, 하고 소리 나게 쳤다.

"야. 언제는 내가 제일 예쁘다며. 내가 제일 섹시하다며."

"그땐 눈이 삐었었나 봐. 지금 보니까 이렇게 못생겼는데. 못나고 멍청해서 사방팔방에서 이상한 놈이 튀어나와 미친 애라고 놀리는 여자를 말이지."

"……."

"뭐, 그런 너를 좋다고 여기까지 따라온 나도 미친놈 같긴 하지만."

녀석은 나를 보며 웃었다. 나는 그 모습을 빤히 바라보며 잠시 아무 말도 하지 않았다. 그때 녀석이 잠시 망설이다가 천천히 입을 뗐다.

"그래도 최이경."

"응."

"고마워."

"뭐가?"

"나 데리고 도망쳐 줘서."

나는 녀석의 말에 고개를 숙였다. 그건 녀석에게 고맙다 말을 듣기 위해 한 일이 아니었다.

"그야 아까 네가 거기서 사고 치면……."

"이거면 됐어. 내 손 잡고, 나 데리고 여기까지 달려와 준 거."

녀석은 단순히 내 손에 이끌려 숨 가쁘게 달려오기만 한 게 아닌 듯했다.

"최이경, 사실 보면 넌 미친 여자가 아니라 진짜 나쁜 여자인데 말이야. 지금 네 수족관에는 공태준도 있고 나도 있잖아. 그렇지? 아, 그 옆의 작은 어항에는 불어 터진 우동도 하나 있을 수도."

"진헌아."

"내가 아무리 스스로 네 어장 안으로 들어갔다곤 하지만, 어떻게 치사하게 떡밥도 안 주냐. 어장 관리에 너무 소홀한 거 아냐? 어쨌든 그 안에 넣어 놨으면 잘 키워 주든가. 아님 놓아주든가."

"……가고 싶어? 내가 놓아줬으면 좋겠어?"

나는 녀석을 빤히 바라봤다. 녀석은 그 물음에 잠시 말을 잇지 않았다. 하지만 이내 픽 웃더니 애써 정리해 준 내 머리카락을 헝클이곤 답했다.

"아니."

"……."

"나는 네가 아무리 넓은 바다에 놓아줘도 네 그물 근처에만 얼쩡거릴 테니까. 네가 생각 없이 던지는 그 눈빛과 말과 행동들이 나를 낚으려는 거대한 떡밥과 미끼인 걸 알면서도 자꾸 삼키고 싶어질 테니까."

"최진헌."

"그래도 지금은 그러면 안 된다는 거 알아."

녀석은 내 어깨를 잡아 돌려 세웠다. 나는 녀석이 어떤 얼굴을 하고 있는지 볼 수 없었다.

녀석은 잠시 말을 잇지 않다가 내 뒷머리에 제 이마를 기대고 입을 뗐다.

"최이경."

"응."

"내가 언젠가 그랬잖아. 나 더 이상 친구 안 해 줄 거라고. 그 말 취소할게. 좋아해 달라고 조르지도, 나만 봐 달라고 매달리지도 않아. 안 그래. 그런데 한 번은 봐주라."

"……."

"이게 처음이자 마지막일 거야. 이렇게 떼쓰듯이 말하는 거."

녀석의 말과 숨소리를 말없이 듣고 있었다. 녀석은 제가 떼를 쓴다고 말했지만, 어쩐지 그것이 막무가내로 우기는 게 아니라 애원하는 것처럼 들려왔다.

"잔인하게 섹시한 최이경. 너무너무 멍청하고 못났는데 정신을 놓아 버릴 만큼 예쁜 최이경아."

"응."

"이번엔 도망치지 마. 도망가지 마. 아까 내 손 잡고 도망쳐 준 거, 그거 우리 인생에 마지막이라고 치자."

나는 녀석의 말에 눈을 마주하기 위해 뒤돌려 했지만 녀석은 내 어깨를 잡은 손에 힘을 주어 이를 막아 세웠다.

"그렇다고 그냥 놔주는 거 아니야. 나보다 공태준이 널 더 좋아한다는 뜻은 더 아니고."

"……."

"지금은 네 옆에 나보다 걔가 있는 게 더 나으니까. 그래서 잠깐 양보하는 거야."

녀석은 그렇게 제 말을 천천히 이어 갔다.

"기다릴 거야. 그리고 지금 내가 이 말을 하는 이유는 너 부담 주려고 하는 거 맞아. 그 부담 잘 가지고 있다가 걔한테 질렸다 싶으면 바로 나한테 달려오라고. 내가 봐도 걘 좀 잘 질리는 스타일이잖아. 생긴 거나 성격이나. 안 그래?"

"진헌아."

"그러니까 누가 너 엄청 애타게 기다리고 있다는 거 까먹지 말고. 잘 치료해서 다 털어 버리자."

"……."

"방금 나 잡고 도망 온 걸 마지막으로 이제 그만 도망쳐도 되니까."

어느덧 한 달이 지나갔다. 그렇게 우리에게 또다시 봄이 찾아오고 있었다. 추웠던 날들은 어느새 흐릿한 기억 속으로 감춰졌다.

참 이상하게도 늘 계절은 같은 모습으로 돌고 도는데 마치 새로운 날이 오는 것처럼 설레고 또 좋았다. 내가 모르는 다른 계절이 찾아오는 것도 아닌데.

그러다 보니 아침에 눈을 뜨자마자 어딘가 모르게 어제와 다른 날이 될 것 같다는 기분이 들었다. 딱히 뭔가 정해져 있거나 달라질 일은 없는데 막연한 설렘과도 같았다.

"공태준."

주말 오후, 포근한 날씨가 이어졌고 집에는 제 방에 스스로를 가두고 일에 매달린 공태준과 나만 있었다. 소파에서 부지런히 과자를 제 입으로 나르던 최진헌이 없다는 게 아직까진 익숙하지 않았다.

녀석은 나를 잠시 놓아주겠다고 말한 날, 집에서 나갔다. 꼭 그래야겠냐고 묻고 싶었지만 그건 내 이기심이었기에 말하지 못했다.

녀석은 그저 미소를 보이며, 눈앞에 있으면 괜히 마음만 심란하다는 말과 함께 코끝을 찡그렸다.

하지만 아직도 새벽이면 가끔씩 집 주변에 그림자가 드리워지는 걸 느꼈다. 그게 누구인지는 말하지 않아도 알 수 있었다.

"공태준, 내 말 듣고 있어?"

"미안. 뭐라고 했어?"

공태준은 뭐가 그리 바쁜지 마치 세상 모든 일을 저 혼자 짊어지고 사는 듯했다. 밤에는 내 옆에서, 낮에는 책상 앞에서. 그렇게 일에 둘러싸여 있었다.

나는 녀석의 방문에 기대서 몇 번이나 노크를 한 뒤에야 녀석에게서 대답을 얻어 냈다.

"커피 마시자고. 너도 좀 쉬면서 해야지."

"아. 잠깐만 기다려. 준비할게."

"커피는 벌써 내렸고, 넌 그냥 몸만 나와 주시면 됩니다."

녀석이 처음 이 집에 들어온 날, 집들이 선물이라며 사 온 커피 머신이 있었다.

처음엔 내 집 거실 테이블 위를 이상한 것이 차지하고 있다 싶었는데 지금 돌아보면 공태준이 내 인생에 영향을 준 것 중 이것이 가장 큰 비율을 차지하고 있을지도 몰랐다.

나는 카페인 중독이 됐고, 설탕이 들어가지 않은 커피는 그저 사약이라 생각하는 최진헌도 어느새 커피 향을 즐길 줄 아는 사람이 되었다. 물론 그럼에도 불구하고 설탕과 우유가 넉넉히 들어가야만 커피라고 생각하는 녀석이었지만.

반대로 공태준은 마치 자기의 남은 잠을 커피에 녹여 분해시키려는 듯 늘 진하게 타 마셨다. 요즘은 전보다 더 심한 수준이었다.

"어제는 컨디션 좀 어땠어? 약 바꿨다며."

녀석은 커피 잔을 내주는 나의 손이 민망하게도 거실 소파에 앉자마자 내 상태를 체크하기 시작했다. 나는 일주일의 대부분을 병원에서 상담 치료를 받고 하루 세끼 꼬박꼬박 약을 달고 살았다.

덕분에 악몽이나 밤에 돌아다니는 행동들은 많이 사라지고 있었다. 안심할 정도는 아니었지만 어쨌든 차차 좋아지는 중이었다.

그러나 그와 반대로 이상하게 점점 말라 갔다. 밥도 잘 먹고, 약도 잘 먹고, 수면제를 먹으면 잠도 그런대로 잘 자는데 이상하게 하루하루 몸무게가 줄었다.

"어제? 좋았는데. 잠도 잘 자고."

"근데 왜 그렇게 안색이 안 좋아?"

"아, 그건 내가 최근에 콘셉트를 좀 바꿔서. 병원 다니는 김에 청순 쪽으로 이미지 메이킹을 해 보려고. 그러려면 먼저 파리한 안색이⋯⋯."

"하나도 안 웃기거든."

나는 녀석의 말에 뻘쭘해져 머리를 긁적였다. 사실 살이 빠지면 빠질수록 생기도 점점 잃어 가는 듯했다. 의사는 내가 자꾸 살이 빠지는 건 약 때문이 아니라 스트레스 때문이라고 했다. 약은 아빠와 함께 살 때도 먹은 것들이었다.

나는 그게 수면제라고만 알고 있었다. 아빠가 그것들을 수면제라 했으니까. 엄마의 사고 후 제대로 자지도 못하고 울던 나였다.

당신께선 내가 그때부터 밤마다 다른 모습을 보인 걸 알고 계셨던 것이다. 그러나 내가 그 사실을 받아들이지 못할까 봐 숨기신 듯했다.

하지만 나는 꽤 잘 받아들이고 있었다. 지금도 사실 아무렇지 않은 것 같았다. 살이 빠지는 건 약 부작용이거나 체질이 바뀌어서 그런 것일 수 있었다.

또 나는 아픈 것을 이겨 내기 위해 노력도 하고 있었다. 의사와 꾸준히 상담도 하고 과거에 트라우마가 됐을 법한 일들을 하나하나 극복하기 위해 애썼다.

"최이경."

"응, 왜."

녀석은 제가 먼저 불러 놓곤 한참을 말없이 바라보기만 했다.

"왜. 왜 불러 놓고 그냥 보기만 해?"

"그냥."

또 의사가 내게 말한 것이 하나 있었는데, 억지로 노력하지 말라는 것이었다. 나는 아픈 것도, 힘든 것도, 과거의 지워지지 않는 그 기억들도 다 지우고 잊어 내려 노력하는데 의사는 반대로 노력을 하지 말라고 했다.

처음엔 그게 이해되지 않았다. 그러나 의사는 그렇게 노력하고 애쓰는 것이 나를 더 궁지를 몰아넣는 것이라 했다. 그래서 겉으론 밝고 아무렇지 않아 보여도 속은 더 불안하고 초조함을 느껴 그렇게 살이 빠지는 것이라 했다.

또 그는 말했다. 정신적 문제로 치료를 받는 사람들은 이상하게도 팔다리처럼 보이는 곳이 아픈 사람과 달리 누군가에게 쫓기듯 스스로 압박감을 느낀다고.

겉이 다친 사람은 눈으로 상처가 나아가는 게 보이고 주변 사람들이 아픈 걸 눈으로 보기 때문에 그런 스트레스를 느끼지 않는데, 나와 같은 사람들은 병이 낫는 게 보이지도 않고 사람들에게 증명할 수도 없어서 불안해하고 더 빨리 벗어나려 애쓰느라 스트레스를 받는다고 했다. 그러니 가장 중요한 건 충분한 시간과, 아픈 것을 인정하는 마음이라 했다.

그의 말처럼, 아빠는 내가 낫는 모습을 보이기 위해 애쓰는 것을 차마 볼 수 없어서 내게 털어놓지 못하신 것 아닐까 생각이 들었다. 지금 녀석의 눈도 그랬기 때문이다. 내가 애를 쓰면 쓸수록, 괜찮은 척하면 할수록 녀석은 점점 무거운 눈으로 나를 바라보곤 했다.

"아, 맞다, 공태준. 너 그리고 보니 요새는 성당 안 나가더라? 전엔 주말이면 가더니."

말없이 나를 바라보기만 하는 녀석에게 화제를 돌리며 말을 이었다.

그리고 보니 녀석은 자주 가던 성당을 최근엔 가지 않는 듯했다. 녀석은 바쁘지 않은 주말이면 늘 그곳을 찾았다.

"이젠 갈 필요 없으니까."

"뭐야. 너 원래 종교 뭐 그런 거에 의지하고 믿는 애 아닌 건 알았지만, 그렇게 막 필요에 의해 다니고 말고 그러는 거냐?"

녀석은 들고 있던 커피 잔을 천천히 입가에 가져가며 두어 모금 마시곤 별안간 헛웃음을 터뜨렸다.

"그땐 기도해야 할 게 있었으니까."

"무슨 기도?"

"뭐, 내용은 늘 비슷했어. 어차피 지옥에 가야 하면 그 죄는 거기서 달게 받을 테니 제발 나를 한 번 더 불쌍히 여겨 이번 생에서만큼은 행복하게 살게 해 달라고. 더는 외롭게 않게 너와 온전한 한 가족으로 함께하도록."

"……."

"신이 그런 나를 또 불쌍히 여기면 언젠가 들어주지 않을까 해서."

나는 말없이 녀석을 바라보았다. 녀석은 그저 담담히 커피를 마시며 눈을 감고 있었다. 이제 보니 마른 건 녀석도 마찬가지인 듯했다. 길고 가느다란 손가락이 찻잔 손잡이를 가볍게 감싸고 있었다.

나는 녀석의 그런 손가락을 잠시 응시하다 고개를 돌리며 빠르게 입을 뗐다.

"엄청 이중적이네. 신을 믿진 않는데 기도는 하고, 또 그건 들어줬으면 좋겠다니."

"인간은 원래 그런 동물이야."

"그중 네가 제일 그런 건 알고 있고?"

녀석은 그 말엔 동의하지 않는다는 듯 어깨를 으쓱거렸다. 그러곤 어느 한곳을 멍하니 바라보며 말을 이었다.

"그렇게 나중에 벌을 받게 되면 그게 아무리 매섭고 긴 벌이라 하더라도 다 감당할 수 있으니까, 그때 그날……."

녀석은 그대로 입을 다물었다. 그러곤 더 이상 말을 잇지 않았다. 뭔가 더 하고 싶은 말이 있는 것 같았지만 스스로 말을 삼키는 것 같았다.

나는 녀석의 말을 기다리다가 이내 기지개를 펴며 빠르게 말을 이었다. 녀석이 잠겨 있는 그 깊은 생각 속에서 녀석을 꺼내야 했다.

"공태준, 우리 오늘 밖에 나갈까?"

며칠 전부터 계속 생각했던 것이 있었다. 매주, 매시간마다 상담 시간이 끝나면 늘 나를 고민하게 만드는 문제.

누군가가 아플 때 그 병의 원인과 과정, 결과를 받아들이며 인정할 시간이 필요한 사람은 비단 환자만이 아니라는 것. 옆에서 그 환자를 지켜보는 사람들에게도 시간과 마음이 필요하다는 것이었다.

그리고 그 마음을 얻는 데 있어 가장 먼저 돌아봐야 하는 것은 문제가 어디서부터 어떻게 출발했냐는 것이었다.

"뭐야, 최이경."

"뭐가."

"가자고 한 데가 설마 여기야?"

내비게이션도 켜지 않고, 내가 가자는 대로 고분고분 운전하던 녀석은 차가 점점 익숙한 길로 접어들자 내가 가려 한 곳이 어디인지 짐작한 듯 인상을 찌푸렸다.

"여긴 갑자기 왜 온 건데."

그런 녀석을 끌고 차에서 내렸다. 녀석은 끝내 내리고 싶지 않다는 듯 운전석을 손으로 잡고 정면만 바라보고 있었다. 억지로 안전벨트를 풀고 손까지 잡은 다음 녀석이 가고 싶어 하지 않는 곳을 향해 기어코 걸음을 옮겼다.

"넌 어땠는지 모르겠지만 내 기억에 우리가 처음 만난 곳은 여기잖아."

우리의 모교였다. 주말이라 그런지 운동장엔 근처에 사는 주민들 몇몇이 지나가는 것 외엔 한산한 풍경이었다.

녀석과 교문을 지나 나무들이 즐비한 곳 밑의 벤치에 앉으니 집과 병원을 다닐 때 보던 것들과는 사뭇 다르게 계절의 변화가 느껴지는 듯했다.

나는 여전히 떨떠름한 얼굴로 의자에 앉아 있는 녀석을 보며 입을 뗐다.

"사실 나 전학 오던 날, 교실에 네가 들어올 땐 별생각이 없었거든? 그땐 여유가 없어서 누가 눈에 들어오고 그럴 때가 아니었으니까. 그런데 담임이 너를 '공태준' 하고 부르는 순간, 심장이 쿵 하고 떨어지는 느낌이었지."

"그랬을 테지."

"아, 내가 무슨 잘못을 했다고 저놈이랑 같은 학교, 그것도 같은 반이 됐을까 했어. 생각해 보면 그것도 진짜 말도 안 되는 일이었는데 왜 그땐 몰랐지?"

"그때는 뒤돌아볼 여유가 없었으니까."

"하긴. 거기다 내가 또 눈치가 빠르거나 사소한 것에 신경을 쏟는 애도 아니었지. 뭐든 그냥 그런가 보다 하고 지나갔으니까. 사실 눈치는 우리 중 최진헌이 제일 빨랐는데 말이야."

녀석은 내 입에서 최진헌이라는 단어가 나오자 날카롭게 눈을 빛내며 노려봤다. 나는 그런 녀석의 눈빛에 픽 웃곤 천천히 학교로 시선을 옮겼다.

이곳은 녀석과 나, 최진헌과 어우동이 함께한 추억이 있는 곳이었다.

물론 교복이 닳게 맞아 보기도, 따돌림을 당하느라 눈칫밥으로 점심시간을 보내야 했던 순간들이 더 많았지만 지금 돌아보면 그런 것들보단 좋은 기억들만 남아 버린 곳이었다.

나는 햇살로 인해 반짝거리는 학교 창문들에 시선을 두고 말을 이었다.

"만약 기회가 다시 주어진다면 우리, 처음부터 다시 시작할 수 있을까?"

"그게 무슨 말이야."

"너무 복잡하고 무서웠던 순간들이 서로의 첫 기억이잖아. 너나 나나."

슬쩍 옆을 돌아보니, 녀석의 말을 알아듣지 못한 건 늘 나였는데 오늘만큼은 내 생각을 읽지 못하는 듯 묘한 표정을 짓는 녀석이었다. 어딘가 평상시와 다른 것 같은 내가 적응이 되지 않는 듯했다.

하지만 나는 갑자기 달라진 게 아니었다. 서서히 조금씩 시간을 갖고 지금 이 순간을 그려 오고 있었다.

나는 자리에서 벌떡 일어나 녀석에게 손을 내밀었다.

"안녕? 반갑다. 내 이름은 최이경이야."

"뭐 하는 거야, 너."

"오늘 전학 왔는데 네가 여기 전교 1등이라며? 친하게 지내보자."

녀석은 별안간 손을 내밀곤 처음 만나는 사람처럼 인사를 건

녀는 나를 황당한 듯 바라보았다. 그러곤 장난하지 말라며 인상을 찌푸렸다. 내 어설픈 연극 톤이 마음에 들지 않는 듯했다. 하지만 나는 얼굴색 하나 바꾸지 않고 녀석을 향해 입을 뗐다.

"역시 듣던 대로 싸가지가 바가지에 안하무인인 애구나. 소문으로 익히 들어서 알고 있었어. 이 학교에 또라이 미친놈 3인방이 있는데 그중 하나가 너라며?"

"뭐?"

"하지만 난 착하고 호기심 많은 전학생이니까 봐줄게. 네 이름 공태준 맞지?"

"최이경."

녀석은 종알종알 말을 잇는 날 보며 대체 뭐 하는 거냐는 듯한 표정을 지었다. 그러나 여전히 진지한 얼굴로 제게 손을 내밀고 있는 나를 말없이 보다가 내가 내민 손을 천천히 잡았다. 이어 빠르게 입을 뗐다.

"네 놀이에 동참해 주면 뭐 해 줄 건데?"

우연인지 필연인지 녀석은 흰 셔츠에 검은 바지를 입고 있었다. 앳되던 얼굴이 사라져 고등학생 느낌까지는 아니었지만 희미하게 그때의 얼굴이 겹쳐 보였다.

"특별히 나란 전학생에게 학교 구경을 시켜 줄 권한을 주지."

학교 안 복도, 주말이었기에 학교 안까지 들어갈 수 있을 거라곤 생각하지 못했다.

그러나 녀석은 불가능을 가능으로 만드는 재주가 있는 듯했다. 사실은 여전히 학교 이사장직을 맡고 계신 녀석의 이모님 덕분에 학교 보안 카드를 얻을 수 있었던 것이다.

나는 아무도 없는 복도를 걷다가 문득 녀석을 돌아보았다.

"이렇게 텅 빈 학교 복도를 너랑 둘이 걷게 될 줄은 상상도 못 했는데."

"그러게. 나도 졸업하고 나서 한 번도 온 적 없어."

"만약 밤이었으면 공포 영화 분위기였을 텐데 이렇게 환한데 아무도 없으니까 뭔가 이상하다. 다른 세계에 온 것 같아."

녀석은 내 말이 이상한 공상이라고 생각했는지 픽 웃고는 바지에 꽂고 있던 손을 꺼내 나의 팔을 잡아챘다.

"전학생, 그렇게 남의 학교에서 떠들면 혼나."

"전학 왔으니 이제 내 학교이기도 하지. 또 여기에 우리 둘 말고 누가 있다고 혼내냐?"

그 순간 녀석의 눈꼬리가 가늘어졌다. 무언가 다른 데에 핀트가 맞춰진 듯했다.

"그래? 지금 여기에 우리 둘밖에 없단 말이지?"

"뭐야, 공태준. 왜 갑자기 그런 표정 짓는 건데."

나는 둘이 함께 있는 순간에 새삼스럽게 이상한 미소를 짓는 녀석을 당황스러운 얼굴로 바라봤다. 아무도 없는 곳에 둘이 있는 건 어제도 그랬고 엊그제도 그랬다. 오히려 더 밀폐된 공간인 집에서가 그럴듯한 상황은 더 많았다.

그러나 녀석은 오랜만에 행한 낯설고도 익숙한 곳으로의 외출로 인해 경계심이 누그러진 듯 즐거운 얼굴, 아니, 약간은 능글맞은 미소를 그렸다.

"우리가 지금 학교에 있다고 해서 열아홉 살로 돌아간 건 아니잖아."

"그런데?"

"다시 여기에 오니까 그때 너랑 못 해 봤던 것들이 생각나네."

"못 해 봤던 거라니?"

녀석은 문득 눈썹을 푹 꺼트리곤 나를 노려보기 시작했다. 나도 나지만 오늘따라 참 시시각각으로 감정이 변하는 녀석이었다.

"그러고 보니 또 기분 나쁘네. 네 첫 키스 상대가 내가 아니었다니."

"와, 너 아직도 그 얘기냐? 그게 그렇게 억울해? 끝난 거 아니었어?"

"무슨 소리야, 난 시작한 적도 없는데. 제대로 시작해 봐? 누구인지, 어디서였는지 한번 제대로 파서 검찰 소환장 띄워 봐?"

"너 그거 권력 남용이다. 그리고 죄목은 뭐로 할 건데? 선량한 교회 후배를 조금 일찍 좋은 길로 인도해 깨우치게 한 죄?"

하나 녀석은 어울리지 않게도 꽤 진심인 얼굴을 하고 있었다. 나는 뒤꿈치를 살짝 들어 그런 녀석의 이마에 손가락을 튕기며 말했다.

"억울해할 거 없으니까 그런 심각한 표정 그만 짓고 빨리 따라오기나 해."

곧 도착한 곳은 우리가 예전에 같이 썼던 반이었다. 우리가 쓸 때는 3학년 층이었는데 지금은 1학년 층으로 바뀌어 있었다. 그것 외에는 특별히 변한 것이 없어 보였다. 자리 배치도 그 모습 그대로였다.

나는 1년 내내 지켰던 앞줄의 내 자리에 천천히 다가가 앉았다. 녀석은 그런 내게 다가오다가 그 옆자리가 최진헌이 그리 집착했던 자리임을 떠올렸는지 인상을 찌푸리며 뒤로 걸어가 제 자리였던 곳에 앉았다.

"공태준, 인상 좀 쓰지 마. 꼭 예전 학생주임 같아."

"뭐?"

"어떻게 보면 진짜 비슷한 모습 많네. 그 쌤이나 너나 독단적이었잖아. 아니, 오히려 네가 더 심각하긴 했지. 고집은 엄청 센 데다 가끔은 인생을 초월해 모든 걸 다 아는 듯한 할아버지처럼 굴고. 솔직히 별 차이 없긴 해도 생일은 내가 빨라서 너보다 더 오래 살았는데 말이야."

생각해 보니 정말 비슷한 모습이 많은 학주 선생님과 녀석이었다. 다른 것이 하나 있다면 괴롭힘을 행사한 상대였다. 녀석은 나를 괴롭혔고 학주는 어우동을 쫓았다. 물론 어우동은 그런 학주를 요리조리 잘 피해 도망 다니기도, 가끔 복수랍시고 이상한 짓을 벌이기도 했지만 말이다.

생각해 보면 그 사이엔 최진헌도 있었다. 녀석은 공태준 옆에 있던 나를 돕고 학주에게 쫓기던 어우동도 숨겨 줬다. 물론 뒷감당을 해야 했지만.

"알아? 난 여기 앉아 있을 때가 세상에서 제일 힘들었던 때라고 생각했는데."

"……."

"생각해 보면, 아빠한테는 좀 미안하지만 그 순간이 꼭 나쁘다고만 말할 수가 없어. 나의 10대 청춘 끝자락에 최진헌과 어우동, 그 애들이 있어서 너무 행복했거든."

"최이경."

"그리고 네가 있어서 더 그랬던 것 같기도 하고."

나를 못살게 군 공태준에게는 이따금 따끔거리는 추억이 될지 모르겠지만 내게는 돌이켜 보면 그것도 하나의 기억이었다.

그저 성숙하지 못한 초등학생이 좋아하는 여자애를 괴롭히듯 서툰 마음을 표현한 것이었다. 물론 표현이 좀 과할 정도로 괴롭긴 했지만.

"아, 맞다. 우리 자주 갔었던 그 분식 포장마차 아직도 있으려나?"

"글쎄. 아마 없어졌을 것 같은데."

문득 학교에서 녀석의 집으로 가는 대로변에 있었던 포장마차가 떠올랐다. 워낙 식욕이 왕성할 때였던지라 얹혀사는 주제에도 뻔뻔하게 저건 좀 먹고 가야겠다고 요구했다. 그때마다 내 위의 크기를 감탄하면서도 지갑을 꺼낸 녀석이었다.

지금 생각해도 나는 참 눈치도 없는 게 뻔뻔하고 이기적이었다. 그러나 녀석은 그런 나를 잊었는지 아무렇지도 않은 표정으로 말했다.

"너 나중에 그런 분식점 차리는 게 꿈이라고 했잖아."

"오, 공태준. 아직 기억하고 있었나 보네."

"떡볶이를 뭐로 만들어야 하는지도 모르는 애가 한 말을 어떻게 잊어?"

"참나, 그런 애한테 동업 제안한 사람은 또 누군데? 너 나랑 같이 가게 차린다며."

녀석은 나를 말없이 바라보기 시작했다. 맨 앞줄에 앉은 나와 맨 끝에 앉은 녀석, 그 거리 안에서 잠시 침묵이 흘렀다.

그때는 단 한 번도 아무도 없는 교실에서 이렇게 단둘이 있어 본 적이 없었다.

지금 생각해 보니 녀석은 그 자리에서 나를 이렇게 바라보고 있었던 것 같다. 나는 칠판을 보느라 앞을 봤지만 녀석의 시야에는 그런 내가 걸려 있었겠지.

"뭐지? 공태준답지 않게 왜 반박을 안 하는 거지? 그런 건 구두계약이라 성립이 안 된다, 그런 말을 할 줄 알았는데."

녀석은 내 말에도 여전히 나를 빤히 바라보기만 했다. 사실 나는 녀석이 생각하고 있는 게 뭔지 알 것 같기도 했다.

녀석이 내 말을 잊지 않았듯 나 또한 녀석이 한 말을 잊지 않았다는 게, 내가 아무렇지 않게 뱉은 그 말 속에 함께 미래를 그린 순간이 있다는 게 녀석을 복잡하게 하는 것일 터였다.

나는 자리에서 일어나 녀석의 앞자리에 가 앉고는 두 팔로 턱을 괸 채 녀석과 마주 보기 시작했다. 그러자 녀석은 흔들리는 눈으로 나를 바라봤다.

"뭐 하는 거야."

"사람이 말이야, 한번 말을 내뱉었으면 끝까지 책임을 질 줄 알아야지 말이야. 어? 10년이 걸리든 20년이 걸리든 동업을 하겠다고 했으면 구체적으로 명의는 누구로 한 건지, 언제 어디에 차릴 건지 등을 논의하고. 투자는 몇 퍼센트 할 건지……."

녀석은 이어진 내 말에 어이가 없는지 고개를 숙이며 픽 웃었다. 그러나 그 말이 기분 나쁘진 않았는지, 올라간 입꼬리가 내려가진 않았다. 또 그걸 내게 보여 주고 싶진 않은 듯 숙인 고개를 들지 않았다.

나는 그런 녀석을 보며 큭큭 새어 나오려는 웃음을 누르며 고개를 옆으로 돌리곤 빠르게 말을 이었다.

"아직도 억울해?"

"뭐가."

"내 첫사랑이랑 첫 키스가 네가 아니라는 거."

"갑자기 그건 또 왜?"

첫 키스 상대가 아닌 게 억울하냐고 다시 꺼낸 말에 기분이 또 상했는지 녀석이 눈썹을 찌푸리며 고개를 들었다. 나는 그런 녀석에게 다가가 입을 맞췄다.

잠시 숨이 멎은 것 같은 시간이 우리 사이를 감싸고 지나쳤다. 눈을 감고 있어서 녀석이 어떤 얼굴인지, 어떤 표정을 짓는지는 볼 수가 없었다.

상사뱀

잠시 후 천천히 멀어진 다음 눈을 뜬 나는 녀석을 향해 싱긋 웃어 보였다.

"질보단 양이잖아. 그 오빠랑은 그게 처음이자 마지막이었으니까."

"……."

"본의 아니게 너랑은 벌써 세 번째…… 아니, 네 번째인가?"

그러나 녀석은 근래 들어 가장 바보 같은 얼굴을 하고선 내 말에 답하지 않았다.

"그러니까 이걸로 도장 찍고 계약한 걸로 치자. 그때 한 약속 꼭 지켜야 돼, 공태준."

오후 8시. 집으로 돌아왔을 땐 어느새 붉었던 저녁노을이 캄캄한 밤하늘로 바뀌어 있었다.

돌아오는 차 안에서 마치 나사가 하나 풀린 사람처럼 내내 웃어 대던 녀석은, 너야말로 약을 좀 먹어야 하는 거 아니냐는 내 핀잔에 어렴풋이 제정신으로 돌아온 듯했다.

현관문을 열고 익숙한 향이 나는 집 안으로 들어서자 어우동이 선물한 자동 스탠드가 거실 한가운데에 켜져 우리를 반겼다.

녀석은 가방을 내려놓으며 거실 전등을 키려 했지만 나는 그런 녀석을 막아 세웠다.

"왜?"

오늘 하루만큼은 따뜻한 봄날의 어느 하루로 그렇게 마무리하고 싶었다. 아니, 그렇게 하려고 했다.

하지만 나는 늘 타이밍을 맞추지 못해서 기회를 놓치곤 했기에 이번만큼은 그래선 안 된다는 생각이 들었다.

녀석은 제 옷소매를 잡고 아무 말도 잇지 못하는 나를 이상한 듯 바라보기 시작했다. 이에 나는 무겁게 입을 떼었다.

"공태준. 네가 요새 매달리는 사건, 그거 우리 아빠랑 관련 있는 거 알아."

"……"

"잠도 안 자고, 쉬지도 않고. 아무리 네가 일벌레라고 해도 그렇게까지 집착하는데 내가 어떻게 모르겠어. 거기다 너 곧 그만둘 거라며? 다른 로펌 알아보고 있다며."

"그건 어떻게 알았어?"

"전에 통화하는 거 들었어. 내가 아무리 법에 무지해도 전부 못 알아들을 정도로 바보는 아니야. 또 내 담당 의사 선생님이 네 대학 선배였던 거 잊은 건 아니지?"

"응."

"네가 말한 그 일에서 진짜 비밀을 갖고 있는 사람. 네가 있는 곳에서 가장 높은 위치에 있다는 그 사람 잡으려고 그러는 거잖아."

"넌 신경 쓰지 않아도 돼."

사실 오늘이 아니면 이렇게 말할 수 있는 시간이 주어지지 않을 것 같았다. 따듯한 바람을 따라 하루를 채우고 난 후 망설이던 말을 결국 꺼낸 내 마음도 쉬운 것은 아니었다.

그러나 녀석은 내 말에 어느새 기분이 가라앉았는지 피곤한 듯 한숨을 쉬고 나와 시선을 마주하지 않았다.

정확히 녀석이 무엇을 하려는 건지, 또 어떤 상대를 노리고 있는 건지 알 수 없었지만 그것 때문에 녀석이 힘들어하는 것은 알고 있던 터였다.

또 며칠 전, 녀석의 대학 선배이자 나를 담당한 의사 선생님과 얘기를 나누던 와중에 그것이 얼마나 어렵고 무모한 일인지도 알게 됐다.

녀석은 뜨거울 것을 알면서도 뛰어드는 불나방처럼 겨우 지켜 온 제 평화를 던지려 하고 있었다.

"그게 진짜 너를 위해서면 괜찮은데 아니잖아. 너한테 좋을 게 아무것도 없잖아. 애초 네가 어떻게 할 수 있는 문제가 아니었고, 네가 하려는 싸움이 쉽게 끝날 수 있는 것도 아니잖아."

"뒤집을 수 있어. 안 되면 항소하면 되고."

우리 사이에 다시 적막한 공기가 흘렀다. 녀석은 그 순간이 싫었는지 내게서 뒤돌아 제 이마를 짚은 채 서 있었다. 나는 그런 녀석의 등을 바라보며 천천히 말을 이었다.

"나는 이런 시간들이 무서웠어. 함께 있는 게 익숙하고 당연해져 가다가도 한 번씩 끝이 보이지 않는 싸움에 지치는 모습을 보게 되는 순간."

"난 지친 적 없어."

"괜찮다고 해도 그 일에 집착할 너, 괜찮은 척해도 한 번씩 그렇게 무너질 나. 거기다 언제 다시 정신을 놓고 다른 세계를 헤맬지 모르는 나를 지켜봐야 하는 그 순간들. 같은 사건에 엮인 채 우리는 아닌 척, 좋은 척하며 끝까지 그 불안한 길을 걸을 테지."

녀석은 그 말에 다시 등을 돌려 나를 바라봤다. 나는 녀석의 원망하는 듯한 눈을 피하고 싶었다. 그러나 이를 악물고 녀석과 시선을 떼지 않으려 애썼다.

"그런데 태준아, 넌 모르겠지만 나 달라졌어. 이제 그 순간에서 벗어나려고 자꾸 엇나가는 길로 도망치는 거 그만하려고. 그래서 그만 집착하고, 다 놓고, 홀가분하게 떠나서 이제 정말 눈치 보거나 스스로 괴로워하는 일이 없도록 연습할 거야."

"무슨 뜻이야."

"그러니까 너도 진짜 지쳐 버리기 전에, 그래서 너까지 놓아 버리고 다 포기하고 싶어지기 전에 그만해."

"최이경. 그게 무슨 뜻이냐고 물었어."

나는 천천히 녀석의 손을 잡았다. 그러나 결국 코끝이 붉어지는 게 느껴졌다. 나는 자꾸만 메어 오는 목소리를 가다듬으며 천천히 말을 이었다.

"약을 바꾸고 상담을 받아도 나는 아직도 가끔씩 악몽을 꾸고, 눈을 뜨면 너는 나를 불안한 듯 지키고 있어. 전에 내 꿈에는 늘 아빠가 나왔거든? 그런데 이제는 너도 나와. 모르는 그림자들도 나와. 그 그림자들이 나를 쫓아오며 비명을 질러 대."

"이경아."

상사뱀

"아빠도 엄마도, 거기다 이젠 너까지 다 내 탓이라고, 모든 불행의 시작은 나라고 그 그림자들도 그래."

"아닌 거 알잖아. 네 탓 아니야."

"그래, 알아. 아는데 아직 인정이 안 되나 봐. 내가 그걸 인정해야 하는데. 인정하면 그게 그럼 누구 탓이 되어 버리는 건데. 내 부모님? 아니면 네가 쫓는 그 사람들?"

"그래서 내가 그 사람들을……."

"그래. 그래서 안 돼. 내가 그러면 네가 그렇게 그 사람들을 놓지 못할 테니까. 너무 엉켜 있어서 그냥 잘라 버리는 것 외엔 그걸 풀 방법이 없으니까. 나 아니면 네가 다치는 길로 들어가니까."

나는 잡고 있던 녀석의 손을 놓고 이미 바닥으로 떨어지는 눈물을 빠르게 닦으며 담담한 척 웃어 보였다.

"그래서 나 잠깐 여행 다녀오려고. 그 실 다 잘라 버리고 돌아오려고. 도망가는 거 아냐. 말했잖아. 나 이제 다 버리고 가는 거, 누구 데리고 숨으러 가는 거, 꿈속으로 도망가고 피하는 거, 그런 거 이제 안 한다고. 안 하기로 했어. 그러니까 지금 가는 거 도망 아니야."

"최이경."

"요양 병원 입원 수속도 다 마쳐 놨어. 짐은 따로 필요 없더라."

"최이경!"

"거기 되게 멀어. 그래서 자주 못 볼 거야. 이 근처에서 너,

그리고 최진헌 주위 맴돌면서 편하게 치료 못 받을 거 같아서. 나 위해서 가는 거야. 나 때문에. 오래 생각하고 어렵게 결정한 거니까 너무 뭐라 그러지 말아 주면 좋겠는데."

녀석은 내 갑작스러운 말에 머리가 복잡해진 듯 불안한 시선을 이리저리 옮기며 한동안 말을 잇지 못했다. 그러나 잠시 후, 한참을 눈을 감은 채 생각에 잠겨 있던 녀석은 빠르게 눈을 뜨며 입을 뗐다.

"안 돼."

"태준아."

"이제 혼자 사는 게 어떤 건지 잊어버렸어. 다시 지난 7년간처럼 살라고?"

"공태준 너 적응력 좋잖아. 금방 익숙해질 거야."

"안 돼, 최이경."

"……."

"나 혼자 두고 가지 마."

녀석의 어깨가 천천히 떨리기 시작했다. 나는 그런 녀석에게 다가가 녀석을 끌어안았다. 한 품에 들어오지 않는 녀석이라 왠지 안겨 있는 모습이 된 것 같았지만 녀석은 그런 나를 더 품에 가두듯 감싸 안으며 말했다.

"불안하니까 제발 그런 말 하지 마. 내가 다 감당한다고 했잖아. 7년 전에도 지금도 나는 너를 잡으려고 하는데, 그때나 지금이나 왜 너는 나를 두고 가려고만 하는데."

"그때랑은 달라. 이번엔 약속할 수 있으니까. 꼭 돌아올 거라고. 나 다 괜찮아지면, 멀쩡해지면 다시 돌아올 거라고."

녀석의 떨리는 어깨와 목소리를 느끼면서도 담담하게 말을 이으며 저를 감싸는 내 모습에 녀석은 무언가 예감한 듯 말을 잇지 않았다. 이어 한참의 침묵이 다시 지나가고 녀석은 중얼거리듯 낮은 목소리로 말했다.

"단 한 번도 너를 미워한 적 없었는데, 지금은 네가 좀 미워지려고 한다."

나는 여전히 녀석에게 안긴 채 그 진심이 섞인 미움의 말을 듣고 있었다.

"잡아도 갈 거지?"

"……."

"내가 애원해도 안 들을 거지?"

"응."

나는 애써 담담한 모습을 유지했다. 녀석이 천천히 나를 제품에서 떼어 냈다.

나는 그에 빠르게 고개를 숙여야 했다. 녀석의 눈을 보면 금방이라도 말을 번복하고 싶을 것 같았다.

그냥 모른 척, 너한테 기대고 의지하고 지치고 힘든 것은 다 미룬 채 그냥 이대로 영원히 있고 싶다고 말하고 싶어질 것 같았다.

"……망설이는 척도 안 하네."

"미안해."

"어쩐지 너 오늘 나한테 이상하게 잘하더라. 그런 건 줄 알았으면, 이렇게 뒤통수칠 줄 알았으면 아까 받아 주지 말걸.”

천천히 고개를 드니 녀석도 나와 눈을 마주하고 싶지 않은 듯 고개를 숙이고 있었다.

나는 그런 녀석이 마음 아팠다. 이게 녀석에게 또 다른 상처가 되는 일이 되지는 않았으면 했다. 그러나 녀석은 그런 내 마음을 모르는지 그저 표정 없이 바닥만 응시하고 있었다.

“공태준, 나 기다려 줄 거지?”

“…….”

“나 다시 돌아올 때까지 기다려 줄 거지?”

동백꽃이 피는 곳

째깍째깍. 시계 초침 소리가 고요한 집 안을 날카롭게 울리기 시작했다. 우리는 한참이나 말없이 그 무거운 분위기 안에 잠겨 있었다. 이대로 밤을 새우고 영영 끝나지 않을 시간이 되어 버릴 것 같았다.

그 무겁던 침묵을 깨고 먼저 입을 뗀 사람은 공태준이었다.

"기다리기 싫다면, 끝까지 내가 잡고 안 보내 주겠다면 어쩔 건데."

"태준아."

"내가 끝까지 못 보내겠다고 하면 어떻게 할 건데."

"그러지 마. 나 너랑 이번엔 정말 제대로 끝맺고 싶으니까."

다시 돌아올 때까지 기다려 달라는 내 말에 말없이 생각에 잠겨 있던 녀석은 아직 나를 제대로 보낼 준비가 되어 있지 않은 듯했다.

하나 녀석도 예감했을 터였다. 내 고민이, 이 결정을 내리기 전까지 했던 수많은 생각들이 그저 하루아침에 바뀔 수 있는 그런 선택이 아니란 것을.

녀석은 애써 웃으며 저를 바라보는 나를 한참을 다시 바라보다 천천히 입을 뗐다.

"최이경. 하나만 물어볼게."

"응."

"기다려 달라는 말. 내가 널 기다려 주는 게 무슨 의미야?"

"……."

"나 그냥 안심시켜 놓고 도망가려고 둘러대는 거야? 내가 널 기다린다는 게 너한테 무슨 뜻인데. 돌아오면, 내가 끝까지 기다려서 네가 오면 그때 우린 어떻게 되는 건데."

녀석은 아직 많이 불안한 듯했다. 하기야 하루아침에 모든 것이 다 바뀌진 않을 터였다. 녀석과 나 사이에는 아무리 놓으려고 해도 놓아지지 않던 끈이 있듯 아무리 메우려 해도 메워지지 않는 시간들도 있었다.

나는 그런 녀석을 바라보다 픽 웃으며 말을 이었다.

"보통 말이야, 통계학적으로 보면 어떤 상황에서 관계에 대해 자꾸 묻고 확신받고 싶어 하는 건 여자라던데 어째 우리는 좀 바뀐 거 같지 않아?"

"말 돌리지 말고 대답해."

사실 지금 이 순간 여유가 없는 것은 나 또한 마찬가지였다.

상사뱀

"이건 아까 문득 든 생각이지만. 나, 갔다 오면 분식점 하나 차릴까 하는데. 근처에 초등학교 있는 골목에 차려서 떡볶이도 팔고, 튀김도 팔고, 피카추 돈가스도 팔고."

"……."

"멋있지 않아? 어릴 때 꿈꾸던 것을 이룬다고 하면. 내가 분식점 사장 되면 특별히 서울 검찰청에서 오는 사람들은 할인 많이 해 줄게."

"최이경."

"그렇게 나는 진짜 하고 싶은 걸 하고, 너도 네가 하고 싶은 일을 하게 될 때 아주 평범하게 다시 만나는 거야. 오늘 우리 첫 만남을 다시 만들었으니까 두 번째 만남 때쯤엔 좀 더 발전할 수 있지 않을까? 평범한 다른 사람들처럼."

마음의 여유가 없는 내가, 또 나만큼 그러할 녀석이 유일하게 마음껏 바라고 원할 수 있는 것은 미래에 대한 희망이었다. 몸만 어른이 되어 버린 것 외엔 예전과 달라진 게 없는 우리에게 조금 더 나아질 수 있는 미래가 있다는, 그런 미래를 만들 수 있다는 희망. 그리고 다시 만나면 달라져 있을 우리.

"나도 공태준 네가 좋아. 처음엔 꼭 어디서 만났던 사람처럼 편안하고 익숙해서 좋았고, 따로 설명하지 않아도 나를 잘 알아서 좋았고, 내가 힘들 때 옆에 있어 줘서 좋았는데."

"……."

"나는 너를 좋아하면 안 되는 사람인 것 같아서, 우리는 그러면 안 될 것 같아서 계속 밀어내 보기도 했는데. 다 모르는 척

살려고도 해 봤는데. 가끔씩 너를 보면, 너랑 같이 있으면 자꾸 설레고 떨렸어."

"최이경, 정말 너……."

"너는 나한테 그런 사람이야. 아픈 기억, 힘든 기억을 다 공유한 사람이기도 하고. 좋은 사람이라고 말할 순 없어도 자꾸 그 옆에 가고 싶게 하는 사람. 결국은 보고 싶어서, 마음이 아파서 외로워지게 하는 사람."

"……."

"전에 그랬지. 왜 최진헌은 불쌍하다고 하면서 넌 그래 주지 않느냐고. 그 애는 그렇거든. 나한테 준 게 너무 많아서 미안하고, 또 미안하면서도 어디론가 자꾸 숨고 싶어 하고 아무렇지 않은 척 지내려는 게 나랑 닮은 애. 그런데 너는 아니야."

어느새 나는 녀석의 얼굴을 손으로 감싸고 있었다.

"네가 살아온 지난날들이 너무 아파서 동정하고 싶고 안쓰러워하고 싶다가도 너를 보면 자꾸 기대고 싶게 돼. 네가 날 그렇게 만들었잖아. 날 너한테 익숙하게 만들었잖아."

"기대도 돼. 그래도 된다고 했잖아."

"그래서 가는 걸지도 몰라. 우리한테는 시간이 더 필요하니까. 혼자 설 수 있을 때까지. 나는 너한테 이제 더 안 기대. 우리 부모님한테도 더 이상 죄책감 느끼지 않을 거고, 혼자서도 잘 살 수 있는 사람이 될 거야. 그리고 너도 꼭 그랬으면 좋겠다. 내가 멈췄던 그 열아홉 살에서 자라는 동안 너도 그 시간에서 나와서…… 그때 내가 거기 있어서가 아니라, 그때 그 무서운 곳에서 있던 네가 아니라 그냥 공태준으로, 가해자 딸이랑 피해자 아들 그런 사이 말고 그냥 너랑 나로 다시 만났으면 좋겠어."

그때 문득 어느 순간이 떠올랐다. 이 집에서 녀석이 나와 반대로 선 채 지금처럼 어두운 밤이 아닌 아침이었던, 나를 바라보는 녀석의 눈만 그대로였던 어느 날.

"너 언제 나한테 그런 말 했던 적 있지? 잘 가가 아니라 잘 갔다 와, 그렇게 말해 달라고. 그땐 그게 무슨 말장난인가 싶었는데 이제 이해 갈 것 같아."

"……."

"나한테 그렇게 인사해 줄래? 그럼 나 진짜 잘 갔다 올 수 있을 것 같은데."

녀석은 나를 조용히 바라보다 제가 했던 그 말을 떠올렸는지 픽 웃고는 이내 말없이 고개를 떨궜다. 그 말이 이렇게 제게 다시 돌아오게 될 줄 몰랐던 듯 복잡한 눈을 하고 있었다.

녀석은 천천히 고개를 들며 입을 뗐다.

❖

여수, 기쁜 누리 요양 센터.

날씨가 좋았다. 기지개를 피다 문득 창문을 여니 나뭇잎 사이로 비친 햇빛이 얼굴로 쏟아졌다. 떠나올 땐 봄이었는데 어느새 여름이 되었다. 전에는 그렇게 느리게만 흘러갔던 시간이 지금은 방아쇠를 당겨 날아가는 총알 위에 얹어진 듯 빠르게 흘러갔다.

사실 내가 있는 요양원, 아니, 정확히는 심리 치료가 병행되는 이 병원 부속 요양 센터는 하루하루 비슷한 일정들을 보냈다. 하지만 난 그 속에서 매일 다른 일상을 채워 가고 있었다.

잠시 후 방문을 노크하며 들어온 간호사가 하루 일정표를 바꿔 끼우며 인사했다.

"이경 씨, 오늘 메뉴 좋던디요. 점심 드셨는가 모르겠네."

"아뇨, 아직요. 뭐 나오는데요?"

"불고기랑 채소 무쌈 나왔당께요. 얼른 줄 스셔야 헐 턴디."

처음 이곳을 찾았을 땐 낯선 것들 투성이인 환경에 겁먹고 적응하지 못할 줄 알았다.

그러나 나는 이곳에 온 지 일주일도 채 되지 않아 음식이며, 방이며, 치료 과정에 빠르게 적응했다. 나를 아는 사람들로부터 멀리 도망친 것은 캐나다로 갔을 때도 마찬가지였는데 이곳은 처음부터 달랐다. 왠지 그 이유를 알 것도 같았다.

캐나다나 내 집, 그리고 지금 이곳이 크게 다를 것은 없었다. 다른 것은, 아니, 달라진 것은 나 하나였다. 내가 달라졌기에 모든 것이 달라지고 있는 것이었다.

또 친구도 많이 사귀었다. 옆 호실을 쓰는 봉순이 할머니가 나의 가장 친한 친구였고, 일주일에 네 번씩 2층의 재활 센터에 오는 고3 육상 대표 철호와도 꽤 친한 사이가 됐다. 매일 보는 간호사, 요양사, 의사는 가장 가까운 이웃사촌이기도 했다.

세상에 친구라 부를 만한 사람이 한 손으로 세고도 남을 만큼 인간관계가 좁았던 내가 이곳에 와서 친구 부자가 되었다. 나를 모르는 사람들로 가득한 건 캐나다도 마찬가지였는데 그 때는 그저 그어진 선을 따라 사람들 사이를 겉돌았었다.

그렇게 낯선 곳, 낯선 사람에겐 미리 줄을 긋고 밀어내던 내가 이곳에 와선 아무렇지 않게 사람들과 어울리고 웃었다.

"아짐! 거서 뭐 하냐."

순간 익숙한 목소리에 뒤를 돌아보니 복도 끝에서 마르고 길쭉한 몸에 나름 멋을 낸다고 파마머리를 한 놈이 어슬렁거리며 내게 다가오는 것이 보였다.

"오, 이철호. 일찍 왔네. 나 식당 내려가는 중인데 밥 먹었어?"

"당연히 안 묵었지. 나 밥 먹을라고 여 오는 거 모르냐."

"허허. 자랑이냐."

청소년 육상 국가 대표씩이나 된다는 놈이 하라는 공부와 운동은 안 하고 요양 센터를 제 식당으로 이용하고 있었다.

그러나 그것도 어느새 익숙한 모습이었기에 나는 옆으로 다가온 녀석의 팔에 팔짱을 끼우곤 아무렇지 않게 걸음을 옮겼다.

녀석은 그게 불만인지 눈썹을 폭 내려뜨리더니 나를 내려다보며 빠르게 입을 뗐다.

"야, 팔 안 푸냐."

"왜."

"이 아짐이 청소년 성추행범으로 감방 들어가고 잡나."

나는 걸음을 멈추고 녀석을 바라봤다. 이제는 꽤 잘 알아듣고 있는 여수 사투리였다. 그러나 문제는 말투가 아니라 단어였다. 녀석의 어휘 선택.

"와, 나 너랑 몇 살 차이 안 나거든? 나 그렇게 나이 안 많아. 근데 왜 자꾸 아줌마래? 또, 아줌마라면서 반말은 왜 까는데? 호칭을 하나로 통일하든가."

"웃기고 있네."

그러나 녀석은 내 말은 귓등으로도 듣지 않을 셈인지 제게 걸쳐졌던 내 팔을 기어코 팽개치고 나서야 저 혼자 저벅저벅 식당으로 걸어 들어갔다.

나름 친해졌다고 생각했는데, 아무리 봐도 사춘기가 참 오래 가고 있는 놈인 듯했다. 새침한 게 여고생이 따로 없었다.

나는 뒤에서 녀석을 향해 무언의 욕과 손가락질을 하다 녀석을 따라 빠르게 식당 안으로 들어섰다.

"아, 맞다. 너 재활 이제 거의 다 끝나 가지 않나?"

"신경 꺼."

"10월에 큰 대회 있다며. 거기 나가는 데엔 문제없대?"

"밥 먹을 때는 입 닫고 먹으라고 어매가 말 안 허냐."

육상을 한다더니 3인분은 되어 보이는 밥과 반찬을 식판에 퍼 와 말없이 입으로 나르던 녀석은 나름 대화를 이어 보겠다고 애쓰는 나를 매우 아니꼽게 바라보았다.

"누나 엄마는 옛날에 돌아가셔서 그런 말 못 들었는데?"

"……."

"아빠는 내가 딱 너 나이였던 때 돌아가셨는데 우린 맨날 대화하면서 밥 먹었어."

녀석은 내 말에 잠시 말을 잇지 않다가 아무렇지 않은 듯 다시 식사를 이어 갔다.

그러나 정말 아무렇지 않은 건 아닌 듯했다. 연속 세 숟가락을 밥만 입에다 넣고 반찬엔 손도 대지 않고 있었다. 아무래도 어린 녀석이 제가 꺼낸 말이 실수라고 생각한 듯했다.

"야, 걱정하지 마. 누나가 부모는 없어도 친구는 많아. 요리 엄청 잘하는 엄마 같은 애도 있고, 태권도 엄청 잘하는 아빠 같은 애도 있고, 가끔 쥐어박고 싶을 때가 좀 있지만 위급할 땐 척척 잘 나서 주는 오빠 같은 놈도 있어."

"누가 뭐라데."

"그러니까 얼굴 풀고 반찬도 좀 먹으라고. 무슨 애가 그렇게 소심해 가지고는, 운동한다는 애가 왜 그렇게 말랐냐?"

"이거 마른 거 아니고 근육이거든?"

나는 '그래, 그렇다 치자.' 하고 고개를 끄덕이며 녀석의 머리를 쓰다듬었다. 한데 녀석은 또 불만스러운지, 아니면 그것도 성추행이라 느꼈는지 매섭게 손을 내려치곤 이번엔 반찬만 입안으로 밀어 넣었다. 나는 한숨을 쉬고 녀석에게 물을 떠 주기 위해 자리에서 일어났다.

그때 식당 문에서 주위를 두리번거리던 누군가가 내게 반갑다는 듯 손을 흔들며 다가왔다.

내 옆 호실에 계신 봉순이 할머니였다.

"할머니! 식사하셨어요?"

"이경아, 그라드라도 나가 느 찾았는디!"

"저요? 왜요?"

"누가 또 찾아왔응께. 얼른 올라가 보드라고."

할머니는 말씀을 마치곤 천천히 뒷짐을 지고 철호에게 다가 갔다. 이어 빠르게 그 아이의 뒤통수를 내리친 후 염병할 놈이 아프지도 않은 게 병원을 놀이터 댕기듯 드나든다며 걸쭉한 욕 을 뱉기 시작하셨다. 이에 나는 괜한 불똥이 튈까 녀석 몰래 엘 리베이터 쪽으로 빠르게 뛰어가야 했다.

"뭐야. 말도 안 하고 웬일이야?"

방에 도착하니 아주 익숙한 뒷모습의 인간이 마치 제 방인 것처럼 내 침대에 누워 있었다.

"웬일이냐니. 오빠가 우리 이경이 과일 못 먹을까 봐 백화점 에서 비싼 걸로 골라 왔는데."

혹시나 했더니 역시나 최진헌이었다. 녀석은 이곳에서도 먹 을 수 있는 과일을 굳이 서울에서부터 낑낑대며 가져온 듯했다. 그것도 한 손에 들기도 힘든 수박을 두 통이나. 하여간 고생을 사서 하는 놈이었다.

"쯧쯧, 미련한 놈. 차라리 포도나 자두를 사 오지. 앉아, 잘라 올 테니까."

그래도 오랜만에 녀석을 마주하니 문득 내가 떠나던 마지막 날 밤이 떠올랐다.

나는 웃었고 녀석은 울었다. 이어 녀석은 뒤에 멍하니 서 있 던 공태준의 멱살을 잡곤 이러라고 보내 준 게 아니라며, 말이

상사뱀

다르지 않느냐면서 소리를 질렀다. 아무래도 내가 모르는 둘만의 모종의 거래가 또 있었던 듯했다.

그러나 녀석은 녀석답게 나를 보내 줬다. 새벽 내내 '이기적인 년', '나쁜 년', '그래, 어디 저 모르는 곳에 혼자 가서 잘 사나 보자' 등등 악담 아닌 악담을 퍼붓다가 이내 아침이 되자, 고3 시절에 여자애들 무리를 물리친 내게 섹시하다고 말했던 그날처럼 엄지를 추켜올렸다. 나는 잘할 거라고. 잘 있다가 다시 잘 돌아올 거라고.

생각 외로 복병이었던 것은 어우동이었다. 녀석은 부모님의 명령으로 인해 집 안에 감금되어 팔다리가 다 나을 때까지 쉬느라 내 소식을 가장 늦게 접했는데, 이렇게 또 가는 게 어디 있냐면서 '공태준이 설마 아프다고 내쫓았냐', '있을 곳이 없으면 우리 집에 오면 되지, 어딜 가느냐'라고 하면서 마치 공태준이 나를 요양원에 판 듯이 흥분했다.

그러곤 기차역 플랫폼 앞에서 나를 몰아세우더니 사람 많은 그곳에서 기둥을 붙잡고 엉엉 울었다. 누가 친구 아니랄까 봐, 어쩜 최진헌이나 녀석이나 마음이 그리 약한지. 죽으러 가는 길도 아니건만 눈물을 보였다.

장난기는 많아도 어른스러운 녀석인 줄 알았건만 내가 기차에 타서 창밖을 볼 때엔 통곡에 오열을 하고 있었다. 누가 보면 내가 시한부 통보를 받아서 마지막 삶을 정리하기 위해 가는 줄 알 터였다.

때문에 어이가 없으면서도 괜히 나까지 눈시울이 붉어질까 괜히 눈을 굴리며 열심히 다른 생각을 해야 했다.

어쨌든 그렇게 제각기 방식대로 모두 나를 보내 주었다.

"그새 오빠 없이 잘 지냈냐, 최이경."

"어때 보여?"

"엄청 잘 지내 보이네. 질투 나게."

생각해 보니 녀석이 이곳에 온 것은 이번이 두 번째였다. 가끔 전화로 안부나 전하자고 마지막 인사를 건넸는데, 녀석은 그 말을 그새 까맣게 잊어버린 듯했다.

사실 아무도 모르는 곳에 있으려고 했는데 이상하게 이곳에 온 지 일주일쯤 지나자 아주 당연한 듯 공태준도, 최진헌도, 어우동도 내 소재지를 알고 있었다. 아무래도 그 뒤에는 공태준이 있을 듯했다. 나름 철저하게 준비했다고 여겼는데 그 녀석에 비하면 새 발의 피였다.

"질투 나면 너도 와서 살든가. 여기 진짜 좋아."

"안 돼. 오빠 요즘 바쁘다."

"뭐 하느라?"

"요즘 엄청 큰 집을 보수공사하고 있거든. 공사 때문에 여기 면회도 엄청 힘들게 온 거야."

"뭐야, 너 직업 바꿨어? 건축 쪽으로 가려고?"

설마 그사이 진로를 또 바꾼 건가 싶었는데 녀석이 고개를 저었다. 다행히 직종 변경은 아닌 듯했다.

그러나 나는 생각하지도 못했던 녀석의 계획에 놀라 그저 눈만 깜빡거리고 있어야 했다.

녀석은 제가 어린 시절 잠깐 살았다던 고아원을 개조하고 있다고 했다. 그중 1층을 태권도 도장으로, 2층을 도서실과 미술실로 만들고 있다 했다. 무료 도장과 미술반을 열어 보육원 아이들에게 가르칠 예정이라고. 두 달 후면 녀석이 태권도 원장이자 미술반 선생님이 될 것이라 했다.

"너 내가 전에 왔을 때 그랬잖아. 내가 우리 부모님, 특히 엄마한테 끌려다니는 게 나 스스로 끌려다니는 거 아니냐고."

"내가 그랬나."

"응, 네가 그랬다."

사실 오래전부터 마음에 걸렸던 것이 있었다. 녀석은 아무 일도 아닌 것처럼 고아원에 살았다고 내게 말했던 적이 있었다. 어린아이가 집 주소도, 부모님 전화번호도 기억하지 못해 고아원에 있었다고 했다.

그러나 그건 말이 되지 않았다. 녀석의 부모님은 녀석이 태어나기 전에도 유명했던 분들이었다. 녀석이 제 부모 중 한 사람의 이름이라도 말했더라면 어렵지 않게 집으로 돌아갈 수 있었을 것이다.

"생각해 보니까 맞더라고. 어렸을 땐 관심받고 싶어서, 근데 관심을 안 주니까 엇나가면서 그림도 안 그려 보고 그러면 날 좀 미워할 테니까. 미움받는 걸로라도 관심받고 싶었으니까. 그런데 너 그렇게 말했지."

그런데도 녀석은 3년이나 고아원에 살았다. 스스로 찾아간 곳에 갇혀 부모님을 기다렸다. 언젠간 자신을 찾아 줄 제 부모님을. 하나 녀석의 부모님은 당시 해외에 가셨었다.

아무리 그래도 자식이 없어지면 돌아오겠지, 아무리 중요한 일이라도 모두 제쳐 놓고 자신에게 오겠지 하고 믿었던 녀석은 결국 3년이나 기다려야 했다.

녀석의 부모님에겐 그림이, 미술이 전부였다. 특히 녀석의 어머니의 인생에선 그림이 그녀의 삶이자 전부였다. 제가 낳은 아들에게 유일한 관심을 보인 때도 오로지 그림에 관련된 것에 한해서였다. 아주 어린 시절부터 그런 걸 익숙하게 받아들였던 녀석은 어쩌면 제대로 받지 못한 사랑에 대한 반항으로 자꾸 엇나가려 했는지도 몰랐다.

"네가 보기엔 난 그림을 잘 그리고 또 좋아한다고. 그러니까 이제 엄마한테 좌지우지되지 말고 진짜 내가 하고 싶은 게 뭔지, 그림이 정말 좋은 건지 잘 생각해 보고 그 길을 가라고."

"진헌아."

"그리고 꼭 말하라고. 뭐가 문제였는지, 어디서부터였는지, 또 왜 그랬는지. 말하지 않으면, 털어놓지 않고 웅크리고 있던 자리에서 일어나지 않으면 아무것도 달라지지 않는다고."

"……그래서 말했어?"

"응. 그런데 사실 아직 별로 달라진 건 없어. 뭐, 굳이 아주 작은 변화가 생겼다면 엄마가 나를 이제 갤러리에 초대하지 않는다는 것 정도? 대신 그림을 들고 집에 오기는 하는데 덕분에 조금 편해졌다는 거. 사실 거긴 진짜 재미없었거든."

"잘됐다."

"그리고 생각해 보니까 내가 억지로 그리긴 했지만 태권도만큼 그림도 좋아하는 거 같긴 하더라고. 어쨌든 내 이 천재적인 재능을 거부할 순 없으니까."

"하하. 그래, 재능 있어 좋겠네."

나는 어째 제 자랑으로 끝을 맺는 녀석의 말에 어색하게 웃어 줬다. 그러곤 홀로 온 녀석에 문득 허전함을 느껴야 했다.

"맞다. 어우동은 요즘 뭐 한대? 지난달에 보고 또 연락이 안 되더라."

"아, 걔 지금 백수야. 조소 지겹다고 얼마 전까지 태산인가 태한인가, 무슨 회사에 들어갔었는데 사고를 쳤나 봐."

"사고?"

"사실 구체적으로 말하면 백수라기보다는 쫓기는 신세라고나 할까. 신입 주제에 또 나댄 거지. 취직하자마자 회사에서 본 어떤 여자한테 꽂혔나 봐. 그 여자한테 고백하겠다고 사내 방송실 가서 만나자고 대대적으로 고백하는 바람에. 근데 그 여자가 하필 회사 대표 사모였던 거지."

"세상에."

"봐, 여기. 태한금융 이해중 대표, 신입 사원 수배령 내려."

녀석은 핸드폰으로 기사를 하나 보여 줬다. 사내 기사로 보이는 그것 안에는 험악한 얼굴의 대표와, 의문의 물음표로 된 검은 인영 사진이 구석에 들어가 있었다.

"허허, 제대로 사고 쳤나 보네."

"차라리 그냥 잘리면 다행일 텐데, 지금 얘 잡으려고 난리라

하더라고. 캬, 대표 인상 좀 봐. 엄청 열받은 듯한데. 어우동 잡히면 어디 뒷산에 묻힐 듯싶다."

"그래도 명색에 어우동인데 미인계라도 부려 보라 그러지."

녀석은 잠시 나를 말없이 바라보았다.

"너 되게 잔인한 애구나. 걔가 그렇게 싫었냐? 그럼 말을 하지. 다시 봐 봐. 논개가 와도 흔들리지 않을 얼굴이야."

기사에 뜬 대표 얼굴을 다시 자세히 보니 미인계는 통하지 않을 듯했다. 그나저나 녀석은 어떻게 고3 때 범한 사고를 똑같이 저지르고 있는 건지 모르겠다. 중국어 교생한테 그렇게 대차게 차이고 학주한테 쫓기더니 이번엔 스케일을 더 키웠다.

"어쨌든 당분간 어우동한테 연락하지 마. 해도 안 될 거야. 방공호 만든다고 지금 땅굴 파는 중이니까."

❖

어느새 눈코 뜰 새 없이 바쁜 시간이 또 지나갔다. 처음엔 평온할 것만 같은 곳이었다. 그러나 생각보다 다이내믹하고 다양한 사건 사고들이 하루하루 줄을 이었다.

최진헌 녀석이 다녀간 지 사흘쯤 지난 오늘, 나는 녀석이 놓고 간 과일을 먹으며 해가 저무는 것을 바라보고 있었다. 그때 문득 침대 위에 올려놓았던 핸드폰이 울리기 시작했다.

"여보세요."

—…….

시간이 정해져 있진 않았지만 일주일에 한 번씩 전화가 왔다. 나는 대답이 없어도 누군지 알 수 있었다. 뻔히 다 들통날 것을, 굳이 발신자 제한 번호로 걸 사람은 한 사람밖에 없었다.

"아, 며칠 전에 진헌이 왔었는데. 쫑알쫑알 왜 그렇게 수다쟁이가 됐는지, 원래 말이 없는 애는 아니었지만 내가 상담하러 안 갔으면 집에 안 갈 태세더라."

—……

"그래도 좋아 보였어. 잘 지내는 것 같더라고. 너도 잘 지내고 있는 거 맞지? 나 걱정 안 해도 되는 거겠지?"

녀석은 늘 그랬듯이 단 한 번도 대답해 주지 않았다. 그저 내가 하는 말을 말없이 들을 뿐이었다.

"아, 너 모르지? 얼마 전에 삼촌도 왔었는데. 같이 엄마 있는 곳에 다녀왔거든. 삼촌도 엄마 장례식 때 이후론 처음이라고 했는데, 사실 그날 태어나서 삼촌 우는 모습 처음 봤어."

—……

"삼촌은 어른인 줄 알았거든. 근데 삼촌한테도 우리 엄마는 그냥 보고 싶은 누나였던가 봐. 당연한 건데 왜 난 그게 그렇게 신기했을까."

내가 먼저 삼촌에게 엄마를 보러 가자고 말했고 삼촌은 그런 내 말에 처음엔 놀란 듯 망설이다 이내 나를 데리고 엄마가 있는 납골당으로 갔다.

삼촌은 그동안 힘든 티나 약한 모습을 보인 적이 없었다. 그런 삼촌이 아주 오랜만에 찾은 누나의 납골당 앞에서 세상 그 누구보다 어린 동생이 되어 있었다.

"나 요새 악몽도 잘 안 꿔. 잠도 잘 자. 얼마 전엔 역할 체인지라고 무슨 프로그램도 했는데 옆 호실 쓰시는 할머니랑 했거든. 할머니가 우리 엄마 역할을 해 주셨는데 할머니는 우리 부모님이 어떤 사람인지, 무슨 일이 있었는지 아무것도 모르셔. 그런데 의사가 '자, 이제 박봉순 씨는 최이경 씨 엄마가 되는 거예요.' 하는 순간 내 손을 잡고 미안하다고 하시더라. 먼저 가서 미안하대. 내 잘못이 아니니까 괜찮대. 신기하지 않아? 나는 진짜 엄마가 꼭 나한테 한 말인 줄 알았어."

창밖을 보니 붉게 노을이 져 가고 있었다. 어느덧 붉은 꽃 내음과 바다 향이 느껴지는 것도 같았다.

바다가 보이는 곳에 가려면 차를 타고 한참을 가야 했지만 이상하게 눈을 감고 창밖에 기대면 바다 냄새가 나는 것 같았다. 여수의 밤공기는 내가 맡아 본 세상 어느 공기보다 달고 향기로웠다.

"할머니는 옛날에 너무 가난했다고 하셨어. 그래서 다섯 살 딸이 홍역을 앓았는데 병원에 데려가지 못해서 죽었대. 아직도 누가 기침만 해도 '애기야, 아프지 마라. 아프지 마라.' 그러면서 막 우셔. 그래서 내가 다섯 살 딸이 돼서 이제 하나도 안 아프니까 걱정하지 마시라고 위로해 드렸어. 나 잘했지?"

계절이 바뀌고, 또 그 계절이 바뀌어 가는 시점이 되었는데도 녀석은 한 번도 나를 만나러 오지 않았다. 무슨 생각인지는 모르겠지만 나를 직접 만나고 싶지는 않은 듯했다. 그러나 나

상사뱀

를 보러 오지 않는 건 아닌 듯했다.

이곳에 온 후 벌써 계절이 바뀔 만큼 많은 시간이 흘렀는데, 그사이 내가 머무는 방에서 내려다보이는 화단엔 가끔씩 내가 좋아하는 꽃이 심어졌다. 처음엔 간호사나 다른 누군가가 심은 줄 알았는데, 발신자가 뜨지 않는 번호로 전화가 걸려 오기 시작한 이후부터 나는 그 꽃이 어디서 온 꽃인지 알게 됐다.

"사람들은 모두 각자 가지고 있는 힘든 기억들이 있나 봐. 난 우리가 별난 줄 알았더니 여기 와 보니 우린 그냥 풋내기 수준이었던 거 있지."

ㅡ…….

"듣고 있지, 태준아?"

녀석에게 말하고 싶고 전하고 싶은 게 많았다. 나는 하루하루 무럭무럭 자라나는 새싹처럼 성장해 가고 있다고. 이젠 악몽도 꾸지 않고, 많이 편해졌다고. 내가 누군가에게 위로가 되기도 하고 위로를 받기도 하며 잘 지내고 있다고.

"보고 싶다, 공태준."

그러나 잠시 후 전화가 끊긴 듯 짧은 신호음이 이어졌다. 내가 먼저 다가가기 전까지는 내게 오지 않을 녀석이었다. 나는 그게 고마웠고, 또 한편으론 더 그리워져서 힘들었다. 녀석 또한 그럴 터였다.

우리는 나름 힘든 시간을 견디고 있는 것이었다. 언젠가 꼭 끝이 날 것을 아는.

태준은 말없이 끊긴 전화를 귀에서 떼지 못했다.

주위는 고요했다. 사무실 한가운데에서 스탠드 조명만이 그런 그를 조용히 비추고 있었다.

'보고 싶다, 공태준.'

이경의 마지막 말이 그의 귓가에 메아리치며 울렸다.

"최이경."

작게 중얼거린 태준은 지금이라도 당장 그녀를 데리러 가고 싶었다. 아니, 데리고 오지 못한다면 그 옆에 같이 있게 해 달라고 하고 싶었다. 그렇지만 그녀는 그를 돌려보낼 것이다. 그는 그런 그녀를 두고 다시 돌아오지 못할 것을 알았다. 그 손을 놓고 오지 못할 것을 알기에 먼 거리에서 그저 말없이 지켜보다 조용히 올라오곤 했다.

그래도 수시로 그녀의 상태를 체크하고, 요양 센터에 있는 의사와 연락을 나눴다. 또 주위에는 어떤 사람이 있는지, 어떤 걸 먹고 어떻게 시간을 보내는지 확인받고 안심했다.

최근 신경에 거슬리는 꼬맹이 하나가 이경의 주위를 맴돌고 있는 것 같지만 누가 봐도 이경의 취향이 아니기에 별 신경을 쓰지 않았다.

그렇게 늘 그녀 곁에 마음을 두고 맴돌았다. 몸은 떨어져 있어도 늘 생각은 여수로 향했다. 그래도 아주 가끔은 그녀의 목소리가 듣고 싶어질 때가 있었다. 그럴 때마다 외부로 번호가 뜨지 않는 사무실에서 전화를 걸곤 했다. 그럼 그녀는 누구인지 말하지 않아도 그인 것을 알아챘다.

처음엔 삐져서 병문안도 안 오냐, 왜 답을 안 하냐 묻던 그녀는 시간이 지나자 자연스럽게 전화를 받아 제 지난 일상을 조곤조곤 늘어놓곤 했다.

"……."

그러다 문득 태준은 눈을 감고 떠올렸다. 제게서 떠날 것을, 기약이 있는 헤어짐을 고하던 날. 예전 자신이 원했듯 잘 갔다 오라고 말해 달라던 이경이었다. 태준은 입이 떨어지지 않는 그 말을 이경을 위해서 해야 했다. 끝내 만들고 싶지 않았던 순간을 제 입으로, 제 손으로 만들어 그녀를 보내야 했다.

'잘 가.'

'…….'

'잘 갔다가 다시 와.'

'태준아.'

'잘 갔다가, 꼭 다시 와.'

그는 결국 이경에게 질 수밖에 없었다. 처음에 이경이 가겠다고 말했을 때부터 그는 아무리 떼를 써도 이뤄지지 않을 것을 알았다.

그녀는 그런 그의 마음을 이해한 듯 천천히 다가와 입을 맞췄다. 같은 날 학교에서 열아홉 살로 돌아가 학생처럼 살며시 입을 맞춘 그 순간과는 다른 의미로, 또 다른 깊이로 그에게 입을 맞추고 천천히 그를 안았다.

'응. 잘 갔다 올게. 그러니까 너도 잘 있어, 공태준.'
'…….'
'너무 많이 기다리게 하진 않을게. 그러니까 지치지 말고 잘 기다려 줘.'

태준은 천천히 수화기를 내려놓은 후 감았던 눈을 떴다.

어느덧 날이 저물어 가고 있었다. 창밖으로 노을이 지고 점점 그림자가 짙어졌다. 그렇게 여름도 그림자를 따라 느리게, 또 빠르게 지나가고 있었다.

느리게 감았다 뜨는 태준의 눈꺼풀을 따라 계절은 어느덧 제 몸을 한여름의 끝으로 데려갔다. 색색이 변하는 건물 밖 풍경이 바람을 따라 그의 등 뒤에서 바뀌고 있었다.

어느덧 가을이 되고 또 겨울이 지났다. 이경이 돌아오기로 약속했던 날은 이미 달력의 뒤편으로 넘어가 있었다. 그녀는 돌아오지 않았다.

상사뱀

대신 편지 하나를 남겼다. 여행 겸 봉사를 하기 위해 떠난다는 내용이었다.

터무니없는 그 선택에 태준은 물론 진헌과 우동도 할 말을 잃었다. 이경이 마음이 약하긴 했어도 누군가를 위해 자신을 희생하고 돕는 그런 여자는 아니었다.

오랜 요양 센터 생활 덕분에 없던 봉사 정신이 생긴 것인가, 셋은 우연히 모이게 된 자리에서 이경의 당황스러운 행보에 대해 논의를 했다. 그러나 그 선택을 막을 수 있는 사람은 아무도 없었다.

태준은 더 길어질 것만 같은 그 기다림에 입을 벌리고 손가락이 떨려 오는 감정을 눌러야 했다.

치료가 끝날 무렵, 냅다 여수로 내려가 보쌈을 해서라도 데려왔어야 했다고 후회했다.

그러나 늘 그렇듯 후회는 언제 해도 늦은 것이었다. 그녀는 이미 베트남으로 향하는 비행기에 몸을 실은 후였다.

Return

—오늘도 쾌청하고 맑은 날씨가 예상되는데요. 나들이를 준비하시는 분들께 기쁜 소식이 될 것 같습니다. 현재 대교 교통 상황은…….

날씨가 좋았다. 공항에서 호텔로 이동하는 택시 안, 천천히 내려가는 창문을 따라 기분 좋게 따뜻한 바람이 이경의 머리칼을 날리기 시작했다.

이경은 잠시 창밖에 보이는 한강을 바라보다 픽 웃음을 흘려보냈다. 오랜만에 볼 반가운 얼굴들이 눈가에 스쳤기 때문이다. 열아홉 살에 만나 나름 특별한 시간을 보냈던 그들은 어느덧 스물아홉 살이 되어 있었다.

그렇게 다시 앞 숫자가 바뀌는 나이를 목전에 두었다. 스무 살을 바라보던 그때도 설렘 반 두려움 반이었다.

어느덧 서른을 앞둔 지금도 조금은 다르지만 같은 설렘과 두려움으로 서 있었다. 그러나 달라진 것이 하나 있기도 했다.

"거의 다 왔는데 좀 막히네요. 지금이 막힐 시간이 아닌데."

"아, 죄송한데 좀 더 빠른 길로 가 주시면 안 될까요?"

이경은 창에서 기사에게로 시선을 옮기며 어느새 다급한 목소리로 말했다. 그녀에겐 기다리는 사람이, 꼭 만나야 할 사람이 있었다. 다리를 건너 거리 곳곳으로 스쳐가는 사람들을 구경하는 것도 나쁘지 않다고 생각했지만 그보다 더 궁금하고 보고 싶은 사람들이 있었다.

"그래도 꽤 변해 있을 줄 알았는데 그대로네요."

"그럼요. 세상에 어디 쉽게 바뀌는 게 있나요. 여행 다녀오셨나 봐요?"

짧은 듯 길었던 여행 뒤 다행히 크게 달라진 것들은 많지 않았다. 이경은 어쩐지 낯설지 않게 느껴지는 거리 풍경에 작게 미소 지었다. 어찌 보면 여수에서 떠난 지 고작 1년이 지난 때였기에 변한 것이 많은 게 더 이상할 터였다. 그러나 그녀는 차창에 비친 제 모습을 말없이 바라봤다.

어깨에 작은 가방을 메고 무거운 발걸음을 돌려 한국을 떠났던 여자가 묘하게 달라진 모습을 풍기며 한국에 돌아왔다.

경기도 하남시, 만민의 꿈.

두 달 정도 계획했던 봉사와 그 뒤로 이 주일 정도 생각했던 여행이 얼떨결에 1년이나 되어 버렸다. 예상했던 기간보다 훨씬 많은 날들이 지나 버렸다. 그래도 다시 돌아온 날, 어쩐지 공태준이라면 내가 입국하는 날을 알고 있을 것 같아 공항에서부터 긴장한 채 나왔다.

그러나 녀석은 공항에 나와 있지 않았다. 정확히 언제쯤 돌아올 거라 말은 하지 않았지만 내가 보낸 제일 마지막 편지에 한여름이 되기 전, 그러니까 공태준 생일쯤 맞춰서 온다고 했기에 알고 있을 줄 알았다.

오늘은 공태준의 스물아홉 번째 생일이었다. 그동안의 전적도 있었으니 나를 찾아올 거라 생각했는데 아니었다. 생각해 보니 녀석이 나를 만나러 오지 않은 것은 둘 중 하나일 터였다. 나를 믿고 있거나, 혹은 나를 잊었거나.

"실례합니다."

때문에 밀려드는 서운함을 애써 누르고, 일단 가장 궁금했던 최진헌의 새 일터를 찾았다. 녀석이 어릴 적에 살기도 했고, 태권도도 가르치고 미술도 가르친다는 곳이었다. 공태준이야 서초동 아니면 집 외엔 가는 곳이 없으니 찾을 필요도 없었다.

입구를 따라 조심스럽게 안으로 들어서던 찰나, 일단 녀석부터 찾아야 할 것 같아 지나가는 꼬마 한 명을 잡아 세웠다.

"안녕, 혹시 여기 최진헌이라고……."

"어! 나 언니 알아요."

"응?"

"나쁜 년! 그림에서 봤어요."

하하. 아니, 이 미친놈이 제 방에 있던 내 그림을 이곳에 옮겨 놓았나 보다.

세상에, 이 어린 아이들에게 좋은 교육만 시켜도 모자랄 판에 이런 말을 배우게 하다니. 순간 당황해 설마 아직도 녀석이 나를 그렇게 부르고 다니나 말을 더듬다가 이내 천천히 호흡을 가다듬었다.

"사실 맞긴 한데 오해도 있……. 언니 그런 사람 아니야. 그러니까 사실은…… 음, 그런데 혹시 너희 태권도 도장 선생님 어디 계신지 아니?"

"사부님 아까 나갔는데."

"아, 그렇구나. 말해 줘서 고마워."

아무래도 타이밍을 잘못 맞춘 것 같았다. 연락도 없이 무작정 찾아오면 안 되는 거였는데, 괜히 헛걸음을 하게 된 듯했다.

그래도 이왕 온 김에 한번 둘러보고 싶어 1층에 원장님이 계신 곳으로 찾아가 인사를 드렸다.

녀석의 말대로 온화하시고 성품이 바르신 분 같았다. 처음 본 내게도 친절히 손을 내밀어 주실 만큼.

그 후 녀석이 왠지 제일 사랑할 것 같은 태권도 도장으로 제일 먼저 걸음을 옮겼는데, 내 집 마당을 채웠던 녀석의 운동기구들은 모두 이곳으로 옮겨진 듯했다. 도장 한 켠에 떡하니 '체력 단련'이라 쓰인 팻말 아래로 익숙한 물건들이 있었다.

"언니! 언니! 저기에 언니 그림 있어요."

그런 다음 건물 입구에서 만났던 꼬마 숙녀의 안내를 따라 미술실을 갔는데 아나 다를까, 문을 열자마자 입구 쪽에 내 그림이 걸려 있었다. 그것도 빨간 붓으로 선명히 '나쁜 년'이라

적혀 있는. 아니, 원장님은 저런 그림을 어떻게 허락해 주셨을까. 그나마 다행인 건 그 외엔 전부 아이들이 그린 그림들로 벽이 채워져 있다는 것이었다.

그렇게 그림들을 쭉 따라 안을 둘러보는데, 말없이 내 옆을 서성이던 꼬마가 문득 말을 걸어왔다.

"언니, 혹시 우리 사부님하고 결혼할 거예요?"

"어?"

"사부님이랑 결혼하실 거냐고요."

"아, 그게. 네 사부하고 언니는 그냥 친구 사이라……."

"그렇구나. 다행이에요. 실은 내가 선생님이랑 결혼할 거거든요."

나는 꽤 당찬 아가의 말에 나도 모르게 웃음을 흘리려다 혹시 기분 상해할지도 몰라 힘겹게 속으로 삼켰다. 녀석은 그동안 녀석 나름대로 멋진 삶을 살아온 듯했다. 이렇게 예쁘고 귀여운 친구가 결혼을 결심했을 만큼.

생각해 보니 녀석이 그리던 꿈에는 태권도 도장을 열고, 가끔 그림도 그리고, 아이들과 함께 뛰어노는 장면이 있었다. 어떻게 보면 녀석은 제가 꿈꾸던 삶을 살고 있는 걸지도 몰랐다.

"넌 몇 살이야?"

"아홉 살이요."

스무 살 차이라. 꽤 극복하기 힘든 사랑을 시작했구나, 아가.

"그래, 나이 차가 쪼끔 많이 나긴 하지만 그래도 힘내. 앞으로 언니도 종종 올 테니까 고민 있으면 언제든지 상담하고. 마음이 바뀌었다든가, 옆 반의 다른 남자애가 눈에 들어온다든가 하면 언제든지 말해. 언니가 네 편 돼 줄게."

"저는 안 바꿀 거예요! 걱정은 사부님이죠. 사실 사부님이 가끔씩 저 그림 보면서 아무 말도 안 하고 서 있을 때가 있는데요. 그러면 막 불안하고 그러거든요. 아마 나 같은 어린애보단 언니처럼 어른인 여자가 더 좋은가 봐요. 근데 나중에 내가 더 자라서 내 얼굴 걸어 놓을 거니까 사실 많이 걱정하진 않아요."

녀석의 미래의 어린 신부는 생각보다 꽤 단단한 마음을 가진 듯했다. 또한 통찰력도 있었다. 녀석은 예전에도 내가 어른이라서, 성인이라서 좋다고 했다. 물론 그 의미는 정신적인 것보다 신체적 발달에 있었지만.

그러나 순수한 꿈을 꾸는 이 아이에게 그 녀석의 본모습을 차마 알릴 수 없어 조용히 입을 다물었다. 또한 네가 성인이 되면 네 사부는 마흔 살쯤 된다고도 말할 수 없어 조용히 고개만 끄덕여 주었다.

"여보세요? 어우동, 나 지금 한국……."

—오, 최이경! 나 지금 진짜 바쁘거든? 다음에 다시 통화하자!

오후 3시. 나는 다시 서울로 가는 차에 몸을 실은 뒤 어우동에게 전화를 걸었다. 그러나 돌아온 반응은 바쁘니까 나중에 다시 통화하자는 말과 함께 빠르게 끊긴 전화였다. 가장 최근에 통화했을 때 학교 선배와 같이 전시회를 연다고 했던 것 같은데 그것 때문에 바쁜 듯했다.

사실 나를 위해 깜짝 이벤트라도 준비하나 생각해 보고도 싶었지만, 진짜 다급해 보이는 녀석의 목소리엔 진심이 가득했다. 나는 녀석의 연기 톤을 알고 있었다. 녀석은 사심 없이, 정말로 매우 정신이 없었다.

때문에 갑자기 붕 떠 버린 것 같은 나는 어찌할 바를 몰랐다. 사실 오자마자 뭘 해야겠다, 어떻게 해야겠다고 구체적으로 정한 건 아니었지만 이렇게 다 길이 어긋날 줄은 몰랐다.

공태준이 퇴근하려면 아직 2시간이나 남아 있었다. 이것도 공식적인 퇴근 시간이지, 사실 녀석이 제때 퇴근하는 날은 거의 없었다.

그러나 나는 잠시 후 괜한 고민을 했다고 생각했다. 마치 감시원이라도 붙여 놓은 듯 내 행동을 예측한 녀석, 공태준에게서 문자메시지가 왔기 때문이었다.

-최이경, 어디서 쓸데없는 방황 하지 말고 집에 와라.

택시를 타고 집 앞까지 가려다, 오랜만에 골목을 걷고 싶어 동네 어귀에서 내렸다. 그렇게 누가 보면 정신을 살짝 놓았다고 할 만큼 혼자 웃었다 감동을 먹다 하며 걷기를 20분. 어느덧 나와 우리 가족, 그리고 최진헌과 공태준과 함께 살았던 집의 대문이 보이기 시작했다. 그리고 그 대문 앞, 가장 먼저 눈에 들어온 것은 주머니에 손을 꼽고 제 발끝을 바라보고 있는 공태준이었다.

나는 환하게 웃으며 빠르게 녀석에게 달려갔다. 녀석은 내 발소리에 천천히 나를 돌아보았다. 나는 가쁜 숨을 몰아쉬며 녀석 앞에 멈춰 섰다.

"공태준."

"……드디어 왔네."

"응, 나 왔어. 그동안 잘 지냈어?"

녀석은 말없이 숨을 고르는 나를 바라보다가 천천히 내게 다가왔다. 나는 나를 안아 주려는가 싶어 빠르게 팔을 벌렸다.

그러나 녀석은 내가 들고 있던 가방을 들더니 안으로 들어가자며 태연하게 걸음을 옮겼다.

허허, 참. 2년 만에 다시 만난 사이라고 보기엔 좀 무미건조한 면이 없지 않았지만 원래 그리 살가운 녀석은 아니었기에 애써 무안하지 않은 척, 팔을 굽히며 녀석을 따라 들어갔다.

"너 어떻게 지금 집에 있어? 사무실에 있을 시간 아니야?"

"휴가 냈어."

"그랬구나. 아, 맞다! 진헌이랑 우동이는 연락이 안 되더라. 요즘 엄청 바쁜가 봐."

나는 집에 들어서자마자 헤실헤실 웃으며 녀석의 뒤를 졸졸 따라갔다.

상사뱀

가끔씩 이렇게 다시 만나는 장면을 꿈꾸곤 했다. 물론 침대 위에서 잘 자면서. 그러나 그 모습이 어째 다시 돌아온 집주인이 아니라 꼭 오랜만에 초대받고 놀러 온 손님 같았다. 이제 이 집에 더 익숙해진 사람은 내가 아니라 공태준이 된 듯했다.

나는 그게 새삼 웃겨 하하, 웃음소리를 냈는데 녀석은 그런 나를 힐끔 보더니 아무래도 나사가 하나 풀린 애를 보듯 고개를 저었다. 이어 최진헌과 어우동을 보지 못했다는 말에 빠르게 말을 덧붙이는 녀석이었다.

"당연히 바쁘겠지. 네가 제일 먼저 만나야 할 사람이 아직 널 보지 못했는데."

"먼저 만나야 할 사람이 누군데?"

"누구긴, 나지."

잠시 침묵이 흘렀다. 내가 없는 사이 무덤덤한 성격이 더욱 강화된 줄 알았는데 어째 능글맞아진 것도 같았다. 약간 뻔뻔해진 것 같기도 하고. 표정에 별 변화가 없는 걸 보면 비슷한 것 같기도 한데.

내가 알고 있던 녀석이 맞나 싶어 잠시 고민이 됐다.

"근데 걔네가 바쁘다는 건 진짜 어떻게 알았어?"

"아, 신경 쓰지 마. 그냥 그럴 것 같다고 유추한 것뿐이니까."

"……유추?"

그게 무슨 말이지. 나는 녀석의 말에 고개를 갸웃해야 했다.

그러나 녀석이 슬쩍 시선을 피하는 사이 가방에서 진동이 울렸다. 어우동에게서 전화가 오고 있었다. 이를 받으려던 찰나,

공태준이 갑자기 핸드폰을 뺏어 들곤 수신 거부로 돌렸다.

나는 그 순식간에 일어난 어이없는 상황에 멍하니 녀석을 방관하다가 이어 짧은 진동이 울리기에 녀석에게서 다시 핸드폰을 뺏어 내용을 확인했다.

어우동에게서 문자메시지가 와 있었다. 곧이어 나는 녀석이 했던 말이 무슨 뜻이었는지 알 수 있었다.

-미안. 아까 번호 보니까 한국인 것 같은데 내가 아까는 정신이 없어 가지고. 아니, 어떤 미친 새끼가 나랑 최진헌이 하는 오리 농장 문을 부숴 놔 가지고! 걔네가 다 뒷산으로 도망가서 허니랑 찾아다니느라 종일 땀 뺐거든. 이따 전화 가능할 때 연락해라. 애니웨이, 웰컴 투 코리아다, 최이경.

"네 작품이구나."

녀석은 무슨 말인지 모르겠다는 듯 어깨를 들썩였지만 시선이 묘하게 나를 빗겨 가는 것이, 녀석은 유추를 한 게 아니라 방출을 한 듯했다. 어우동과 최진헌이 키우는 오리들을.

"하……. 뭐 어쨌든 그건 나중에 얘기하고. 공태준, 진짜 보고 싶었다."

"그래. 일단 씻고 와. 저녁 차려 놓을 테니까."

녀석은 내 인사에 아무렇지 않은 듯, 마치 아침에 보고 저녁에 다시 만난 사람처럼 답했다.

그러곤 태연히 부엌으로 들어가 익숙한 듯 앞치마를 두르는데, 덕분에 반가운 듯 양팔을 벌리고 다가섰던 나는 뻘쭘하게 팔을 내리고 머리를 긁적여야 했다.

　아……. 보고 싶어 애가 닳았던 사람은 나 혼자였나. 이럴 거면 남의 농장 문은 왜 부순 걸까.

❖

　"으, 좋다."

　생각해 보니 오랜만에 내 집 욕실에 몸을 담그고 있었다.

　그런데 문득 주위를 둘러보다가 흥미로운 사실을 하나 발견했다. 신기할 만큼 달라진 게 하나도 없다는 것이었다. 주인 없는 집이었는데 전혀 그런 태가 나지 않았다. 내가 2년 전 쓰던 샴푸, 2년 전 쓰던 비누, 심지어 그때 썼던 칫솔까지 모두 그대로 있었다.

　사실 나는 녀석이 이 집에서 나를 기다릴 거라고 생각하지 않았다. 녀석에겐 녀석의 원래 집이 훨씬 더 잘 어울렸다. 때문에 이곳에 계속 있을 거라 했을 때 조금 걱정했던 건, 녀석이 예전 제집 인테리어를 제 취향으로 바꿔 놓았던 것처럼 내 집도 그렇게 다 바꿔 놓으면 어쩌나 했던 거였다.

　나는 그저 빌었다. 못 알아보고 다른 집으로 찾아 들어갈 정도로만 바꾸지 않았으면 좋겠다고.

　그런데 이상하게 하나도 바뀌지 않았다. 아니, 이때쯤이면 바뀌어 있어야 했던 것들도 그러지 않았다. 깔끔함의 수준이 병적인 녀석이, 쓰던 물건이 조금이라도 닳고 상하면 바로 바꾸는 녀석이 이 집을 예전 그대로 멈춰 놓았다. 마치 2년 전 내가 떠났던 그날처럼.

"치, 누가 공태준 아니랄까 봐."

하여간 뭘 하든 완벽한 성격은 알아줘야 했다. 마치 타임머신을 타고 다시 예전으로 돌아온 기분마저 들었다. 그러다 문득 2년 전, 여수로 내려가며 녀석을 생각한 순간이 떠올랐다.

나는 오랫동안 천천히 공태준이 했던 말들을 곱씹었다. 잊기 위해, 잊으려고 여수에 갔던 거지만 버리면 안 되는 기억들도 있었다. 또 녀석이 힘겹게 털어놓은 그 말들 사이에는 빈 이야기들이 있었다.

녀석은 그저 모른다고 했었다. 나를 만난 순간은 있지만 어떻게 만나게 된 건지, 그 이후 어떻게 됐는지에 대해서는 어떤 것도 말하지 않았다.

이상했다. 그땐 너무 힘들게 제 얘기를 꺼내던 녀석이라 더 묻지 못했지만 제대로 이어지지 않은 매듭이 기억 사이사이를 파고들었다.

나는 그런 녀석을 지키기 위해, 또 그날을 받아들이고 제대로 삼켜 내기 위해 그 기억들을 찾기로 했다. 이젠 내가 그 기억들을 감당해야 할 차례였다. 그날에 온전히 드러나지 않은 그림자는 나뿐이었기 때문이다.

나는 녀석을 잘 알고 있었다. 녀석은 나와 내 아버지를 도우려 했고 그것엔 다른 이유가 있었을 터였다.

가장 먼저 찾은 사람은 아빠의 2차 선고 날, 나를 태우러 오기도 했고 아빠의 부고 소식에 유일하게 찾아와 준 사람이기도 했던 사건 담당 형사님이었다. 지금은 형사를 그만두시고 작은 가게를 운영하고 계셨다.

"아저씨, 그때 저한테 그러셨잖아요. 세상 사람들이 다 미워해도 저만큼은 아버지 미워하지 말라고."

"이경아."

"아저씨도 뭔가 알고 계셨던 거죠?"

그는 9년이나 지난 사건에 대해 물으러 온 나를 그저 착잡한 얼굴로 바라보았다. 어쩌면 그의 입장에선 당황스럽고 난처한 일일 터였다.

제 손으로 잡아넣었지만 결국 놓치고 자살한 범인의 딸. 기억하고 싶지 않은 얼룩 같은 순간일지도 몰랐다. 2차 공판 날, 아버지가 탄 차가 사고가 나고 이후 아버지가 도망치자 경질이 되어 다른 부서로 쫓겨났다는 기사를 본 기억도 있었다.

"아저씨, 이렇게 다시 찾아와서 정말 죄송해요. 그런데 저 많이 아팠어요. 사는 게 너무 힘들어서, 다음 날 해가 졌다가 뜨고 다시 하루가 이어지는 게 너무 괴로워서 평소엔 아무렇지 않은 척하고 살다가도 밤이 되면 다른 사람이 돼서 도망 다닐 만큼 힘들게 살았어요."

"하지만 이경아, 지금 와서 너한테 뭘 어떻게 해 줘야 할지 모르겠다."

"그냥 알고 계신 것만 사실대로 말씀해 주세요. 제가 모르고 있는 부분이 뭔지."

그는 절박함이 묻은 내 얼굴에 조용히 고개를 떨궜다. 나는 앉아 있는 그 앞에 빠르게 무릎을 꿇었다. 그는 나를 일으키며 그러지 말라고 다그쳤지만 일어설 수 없었다. 그는 결국 천천히 눈을 감았다. 그렇게 깊은 한숨과 함께 9년 전의 그날을 회상하듯 입을 뗐다.

"그땐 모든 증거가 어떻게 할 수 없을 만큼 완벽하게 네 아버지를 가리키고 있었어. 거기에 자백도 있었고. 큰 사건인 것에 비해 이상할 만큼 수월하게 수사가 진행됐지. 하지만 뭔가 찜찜했다. 그 집에서 일어난 일에 대해 꼭 누가 큰 천을 덮어 놓은 것처럼, 그림은 그려지는데 뿌옇고 보이지 않는 부분들이 있었어."

그는 20년 넘게 형사 일을 해 온 베테랑이었고, 자술서를 받으며 수사를 진행하는 동안 아버지가 사회에 불만을 품어서 판사를 죽일 만한 사람은 못 된다고 생각했다고 말했다.

큰 이슈를 불러일으킨 사건임에도 불구하고 비밀리에 진행해야 한다고 지시, 주택 바깥과 현관에 있던 CCTV가 그날 따라 고장이 나 모두 지워지고, 일목요연하게 나열되는 증언들, 이상하게 누가 꼭 스케치를 해 놓은 것만 같았던 증거들.

그러나 그는 그런 작은 점들이 수사 방향을 틀 만큼의 것들이 아니라 했다. 때문에 큰 문제 없이 1차 공판이 끝나고 2차 공판이 진행됐다.

그러나 2차 공판 날, 아버지가 사라지자 이상하게 사건이 커지는 게 아니라 덮이는 쪽으로 얘기가 몰리기 시작했다. 그는 그때부터 무언가 잘못된 것이 있음을 직감했다고 말했다.

그 후 책임 불이행으로 경질이 되어 쫓겨나듯 다른 부서로 가게 됐지만 아버지가 자살했다는 소식을 듣기 전까지 사건을 놓지 않았다.

"그런데 그 아랫집 정원에 설치되어 있던 CCTV를 발견했지. 그날 공 판사 집으로 올라가는 길목까지 감시 범위가 가던."

"……."

"그날 그 집에서 있었던 일은 나도 알 수 없단다. 아마 내가 생각하고 있는 것과 많이 다를 테지. 다만 내가 알고 있는 건, 그래서 너한테 말해 줄 수 있는 건 너희 아버지와 네가 그날 함께 그 집을 찾아갔다는 거다. 그런데 넌 그걸 기억하지 못했지. 아버지도 네가 그것을 기억하지 못할 거라고 했고."

그가 본 영상에는 한 차가 골목에 잠시 멈췄고, 이윽고 내 아버지가 내려 공태준의 집 방향으로 가는 것이 찍혀 있었다고 했다. 그 후 조수석에 타고 있던 내가 차에서 내려 어디론가 걸어갔고, 아버지가 다시 차로 돌아왔을 때까지도 나는 돌아오지 않았다고.

아버지는 내가 없는 것을 알아차린 후 빠르게 카메라 밖으로 사라졌고, 한참 뒤에야 쓰러진 나를 안고 와 다시 차에 태우고 그곳을 벗어났다고 했다.

그것이 그 안에 담겨 있던 내용의 전부였다. 그날, 내가 그 집에 들어갔는지는 정확히 찍히지 않았다고 했다. 하지만 상황은 이미 아버지가 자수한 뒤였고 아버진 내가 그저 그 동네를 헤매다가 쓰러진 거라고 말했다고 했다.

하지만 그는 내가 그날 아버지와 함께 그 집 안에 있었다는 것을 나중에 알게 됐다. 그 동네 골목 어느 곳에서도 내 흔적을 찾을 수 없었으니까. 나는 그 집에 들어가 있었으니까.

베트남, 호치민.

"그동안 잘 지내셨어요?"

모든 사람들이 그렇듯 나도 잠이 들면 그사이 어떤 일이 일어났는지 기억하지 못했다. 다른 사람보다 좀 특별한 점이 있다면 나는 그 시간 동안 움직이고 말을 할 수 있다는 거였다. 그러나 잠이 들기 전, 만약 그날 내가 아빠와 함께 차를 타고 공태준 동네를 찾았었다면 그 기억은 있어야 했다.

나는 그날 조금 늦게 퇴근한다던 아빠의 회사에 찾아갔고, 우리 집으로 향하고 있던 것까지 기억했다. 눈을 떴을 때 나는 내 방에 누워 있었다. 그래서 그냥 차에서 잠이 들어서 아빠가 방에 눕혀 줬구나 생각했다. 그게 내가 가지고 있는 그날의 기억이었다.

"이렇게 나를 찾아온 것을 공 검사도 알고 있는지?"

나는 다른 기억의 조각을 찾아야 했다. 치료가 끝나 갈 무렵, 완치라는 개념이 없는 병에서 벗어나면서 점점 안정을 찾아 갈 때쯤 여행을 계획했다.

그리고 첫 번째로 찾은 곳, 처음으로 만난 사람은 베트남 지사로 발령받았다던 조 부장이었다. 그는 내가 기억하지 못하는 게 있다고 했었다. 그 사람이라면 내가 놓치고 있는 무언가를 알고 있을 것 같았다.

"이경 씨."

"부장님, 저희 아빠 친구라고 하셨잖아요."

그는 한국 지사에서처럼 베트남 지사에서도 똑같이 공금을 챙기려다 적발되는 바람에 아내에게도 이혼을 당하고 혼자 지낸다고 들었다.

그러나 이상한 건 그런 이력에도 그가 아직 회사에서 퇴출당하지 않았다는 것이었다. 공태준이 말한 '높은 곳'에 있다는 그 사람들이 조 부장과 그 주변에 어떤 영향을 끼치고 있는지 대충 알 것 같았다.

"이제 부장님이 어떤 사람이었든 저한테는 하나도 중요하지 않아요."

"……."

"앨범에서 봤어요. 엄마랑도 같은 동아리셨잖아요. 그건 말씀 안 하셨죠."

조 부장은 갑자기 자신을 찾아온 나를 만나지 않겠다고 며칠간 상대하지 않았다. 하지만 나는 꼭 들어야 할 것이 있었다. 끝내, 늦은 밤 호치민에 있는 강가에서 그를 잡을 수 있었다.

그는 내가 자신을 찾아온 걸 공태준도 알고 있느냐고 가장 먼저 물었다. 나는 고개를 저었다. 내가 당신을 만난 걸 공태준은 모를 거라고. 또 앞으로 모르게 할 거라고.

"지금 봐도 이경 씨는 아버지보단 어머니를 많이 닮았어. 보고 자라서 알겠지만 바보같이 착하고, 순하고, 남 배려하고 그런 여자였지."

담배 연기가 까만 강 하늘 위로 뿌옇게 흩어졌다.

아무리 속이 까맣고 비열한 사람이라 해도 겉모습만큼은 늘 말끔하고 쾌활해 보이는 사람이었다. 그런 사람이 1년 사이에 다른 사람으로 바뀌어 있었다. 어둡고 마른 볼품없는 얼굴에 눈 밑엔 삶에 지친 모습이 세월의 흔적처럼 가득했다.

"내가 먼저 좋아했는데. 고백도 한 번 못 해 보고 세월이 흘렀네. 결국 이렇게 될 줄 알았으면 그때 고백이라도 해 볼걸."

그는 그런 자신을 어느 곳에도 털어놓지 못한 듯, 저를 찾은 내게 하소연하듯 혼잣말을 중얼거렸다.

"제발 뭔가 알고 계신다면 말씀해 주세요. 제가 뭘 기억하지 못하는지, 뭘 모르고 있는지 알려 주세요. 다른 생각 안 해요. 그냥 제가 뭘 잃은 건지 알고 싶어서 그러니까……."

"지금 와서 그런 게 소용이 있나. 이미 이경 씨가 안다고 해도 그분들 털끝 하나도 건드리지 못할 텐데."

"그분들요?"

그는 자기가 이렇게 아무것도 하지 않고 있는데도 먹고살 수 있는 것 또한 그 사람들 덕분이라고 했다. 그의 손가락에서 점점 짧아져 가던 담배가 구둣발에 짓이겨졌다.

"그래서. 이제 와 알고 싶은 게 뭔데? 어차피 이경 씨나 공 검사도 그 사람들은 못 건드려. 차라리 모르고 사는 게 편할지 도 몰라."

그러나 나는 그동안 충분히 모르고 살아왔다. 무시하고, 모른 척하고. 나를 아무것도 모르고 살게 한 아버지 덕분에 나는 오랜 시간 동안 내가 어떤 사람인지, 어떤 기억들을 버렸던 건지 모르고 살 수 있었다. 하지만 그렇다고 해서 편했던 순간은 단 한순간도 없었다. 뒤로 뒤처지거나 주저앉지 않는 대신, 앞으로 단 한 발자국도 내딛지 못했다.

"누가 그래요? 몰라서, 기억하지 못해서 내가 편했다고요."

"……."

"이유도 모른 채, 왜인지도 모르고 지금까지 누구를 원망하며 밀어내며 도망치며 살았는데."

그는 내 말에 흐릿한 눈으로 말없이 나를 응시했다. 이어 작게 누군가의 이름을 중얼거렸다. 나는 듣지 못했지만 어쩐지 그가 '유진아.' 하고 부르는 것 같았다. 내 엄마의 이름. 그는 마치 내 모습을 통해 엄마를 떠올리고 있는 듯했다.

한참 후 그는 천천히 담배를 물며 픽 웃곤 지난 이야기를 시작했다.

아빠와 같은 학교, 같은 과를 나왔던 그는 내가 다녔던 무역 회사로 직장을 옮기기 전에 아빠와 같은 건설 회사에 재직하고 있었다고 했다. 내가 열여덟 살, 아빠가 그 사건의 주인공이 되었을 때도 조 부장은 아빠와 같은 부서에서 일하고 있었다.

그가 그 회사에 있을 당시, 신도시 개발 투자와 관련된 법률 개정이 모든 건설 회사의 화두였다고 했다. 어떻게든 가장 먼저 허가를 받고 독점하기 위해 로비하기 바빴다고. 그중 공태준 아버지가 가장 유력한 차기 후보였다고 했다.

회사에선 그를 통해 로비 자금을 조달하려 했다. 공태준 아버지의 생일이자 내 아버지가 살인자가 되었던 그날 밤에.

그러나 그때 갑자기 다른 공사 현장에 문제가 생겼던 그는 아버지에게, 자기 대신 공태준 집에 물건을 가져다 놓으라고 시켰다고 했다.

아버지는 어머니의 사고 이후로 단 한 번도 밤에 나를 혼자 둔 적이 없었다. 보수가 적고, 하고 싶었던 일을 포기하면서까지 내 옆에 있어 주려 하셨다. 아마 평상시엔 괜찮지만, 언제 다시 몽유병이 나타날지 모르니 그러셨을 터였다.

"그날 만약 내가 갔었더라면 그 모든 일들이 일어나지 않았을 수도 있겠지."

그날 아버지가 조금 늦게 퇴근할 것 같다고 하셔서 나는 회사 앞으로 가서 아버지를 기다렸다. 그리고 아버지와 함께 차에 탔고, 집으로 가는 길에 피곤해서 잠이 들었다. 생각해 보면, 그때쯤부터 아빠가 주는 약을 잘 먹지 않았던 것 같다. 공부를 해야 하는데 약을 먹으면 잠이 쏟아졌기 때문이다.

아마도 아빠는 잠든 나를 태우고 집으로 가려던 차에 조 부장의 부탁을 받아서, 작은 박스 하나를 공태준의 집에 전달해 주려 했던 것이다.

"나중에 일이 터지고 나서야 알게 됐어. 그 집 안에 들어간 외부인이 너와 호진이, 나의 전 회사 대표와 양 판사, 그렇게 네 사람이나 있었다는 걸."

그는 제 회사 대표로부터 들은 말이기에 빠지거나 덧붙여진 이야기가 있을 수도 있다고 하곤 천천히 말을 이었다.

늦은 밤, 아빠는 음료수 박스를 하나 건네고 그 집에서 나갔는데 잠시 후 눈에 초점이 없는 교복 입은 여자애가 집 안을 말없이 휘젓고 다녔다고 했다. 처음엔 그 집에서 아는 사람인가 했는데 아무도 아는 사람이 없었다고 했다. 그때부터 사람들은 불안함을 느꼈을 거라 했다. 신분을 모르는 한 아이가 서재에서 주고받았던 그 이야기를 다 들은 건 아닌지.

그러나 누구냐고 물어도 답하지 않는 애로 인해 모두 당황해서 그 여자애를 내쫓기 위해 끌고 나가려는데 갑자기 돌변한 아이가 엄청난 힘으로 사람들을 밀치며 공격적인 모습을 보였다고 했다.

그렇게 엎치락뒤치락하던 와중 테이블 위에 있던 도자기가 깨졌고, 누군지는 모르지만 아직 어린애이지 않느냐고 말리던 공 판사의 아내는 아이를 감싸려 했다. 그러나 공태준의 아버지는 마구잡이로 팔을 휘두르는 여자애에게 손찌검을 했다.

그러자 여자애가 공 판사에게 달려들었고, 남은 두 남자가 그 애를 떼어 놓으려고 밀쳤다. 그때 아이 뒤에 있던 공 판사의 아내가 그 아이에게 떠밀려 함께 넘어졌다. 하필 깨진 도자기

파편이 있는 바다 위로.

그때 최호진, 내 아버지가 집 안으로 다시 들어왔다. 아버지는 내가 그 여자 위에 누워 있는 모습을 봤다고 했다.

"아마 호진이는 네가 그 여자를 죽인 거라고 생각했겠지. 그래서 죄를 다 뒤집어쓴 것일 테고."

나는 그때 꿈속의 아빠를 찾아 헤매느라 진짜 아빠를 알아보지 못한 듯했다. 뒤늦게 아빠가 나를 진정시키려 했지만 이미 모든 상황을 본 나를 그 사람들은 그냥 보낼 수 없었다. 양 판사는 나를 그 집 서재에 가둬 놓고 아버지를 설득했다.

"그 회사 대표는 공 판사의 아내를 죽게 한 것보다 네가 보고 들었을 정치 얘기와 불법 로비 얘기를 세상에 까발릴까 봐 더 무서워했지. 설령 아니라고 잡아뗀다 해도 곧 청문회가 열릴 예정이었기에 돈은 돈대로, 후보는 후보대로 날리는 판이 됐을 테니까."

그러나 나는 정말 아무것도 기억하지 못했다. 그들이 두려워하는 그것들을 나는 하나도 기억할 수 없었다.

"그런데 진짜 문제는 그 후에 터졌어. 현직 법조인인 양 판사는 지가 살인 사건에 휘말리는 게 용납이 안 됐는지 공 판사에게, 모든 게 저 애 탓이라고 자극한 모양이야. 전 회사 대표가 호진이를 잡고 설득하는 동안 두 남자는 서재로 갔고, 그 이후 일은 대표도 모른다고 했다. 쿵 하는 소리가 들렸고 양 판사는 도망쳤다고. 자기가 갔을 때 공 판사는 제 서재 책장에 깔려 죽은 것 같았다고 했으니."

이후 조 부장의 전 회사 대표는 공 판사가 죽었다고 판단했는지, 미처 다른 생각을 할 겨를도 없이 그 자리에서 아버지에게 모든 걸 떠맡기고 사라졌다고 했다. 공 판사도, 공 판사의 아내도 다 네 딸이 죽였으니 책임을 져야 하지 않겠느냐는 말과 함께.

조 부장은 자세한 내막을 모르면서도 기사에 난 그 사건과 불안에 떠는 제 회사 대표를 보면서, 문제가 생기면 대신 뒤집어쓰고 들어가겠다고 충심을 발휘한 덕에 거액의 돈과 지휘를 얻었다고 했다. 물론 그 후에 든든한 배경이 되어 준다는 명목하에 감시가 붙긴 했다고 덧붙였지만.

때문에 세상은 여전히 공태준의 아버지를 청렴결백하지만 비운의 삶을 산 법조인으로, 조 부장의 전 대표는 여전히 잘 먹고 잘 사는 상위 1퍼센트의 기업인으로, 아직도 살인자에게 형량을 선고하고 있는 양 판사는 권위 있는 서울 검찰청의 판사로 살고 있는 것이었다.

나는 문득 남겨진 집 안의 흔적들을 바라보던 그때의 공태준이 어떤 기분이었을까 생각했다.

싸늘한 어머니의 주검, 죽어 가던 아버지, 서재 테이블 위에 너저분히 놓인 이름 모를 서류들과 돈다발, 지키지 못한 딸의 흔적을 죄책감으로 이고 있었던 내 아버지. 그리고 아무것도 모르는 눈으로 녀석을 바라봤을 나.

어쩌면 녀석에겐 처음부터 선택권이 없었는지도 몰랐다. 그 진상을 모두 알고 있건 모르고 있건, 녀석이 할 수 있었던 선택은 없었다. 그저 남겨진 채 해야 할 일을 했는지도 몰랐다.

자신의 아버지가 그렇게 지키고 싶어 했던 명예와 권력을 추락시키지 않으면서, 내 아버지가 지키지 못한 나를 지키면서, 스스로를 그 지옥과 같았던 순간에서 벗어나게 할 선택.

"……태준아."

그 순간 나는 녀석이 절절하게 보고 싶었다. 당장이라도 녀석이 있는 곳으로 뛰어가 안고 싶었다. 안아 주고 싶었다.

그러나 나는 그러지 않았다. 다시 쳇바퀴 돌 듯 서로를 위로하며 시간을 보낼 순 없었기에. 녀석에게도, 내게도 각자 받아들일 건 받아들이고 성장할 수 있는 시간이 필요했다.

그 후 나는 여러 나라를 떠돌아다녔다. 잘 곳이 있으면 자고, 잘 곳이 없으면 다른 곳으로 향했다. 어느 도시에선 초등학교에서 영어를 가르쳐 주기도 하고 또 다른 도시에선 청소와 빨래로 하루를 보내기도 하면서, 몸이 고단해 베개맡에 머리만 대면 잠드는 날들을 보냈다.

그렇게 한다 해도 그날들을 되돌릴 수 없음을 알았지만, 다른 누군가에게 베풀고 또 봉사하며 공태준 그 녀석만큼은 그 애가 가끔씩 말하던 지옥이 아닌 다른 곳으로 가게 해 달라고 빌었다.

나 역시 신을 믿지 않지만 만약 존재한다면 그 애의 남은 생에는 행복만 있기를, 내가 다시 녀석 곁으로 돌아갈 때쯤엔 녀석도 그날에서 벗어날 수 있기를. 열여덟 공태준이 했던 그 선택을 스스로 탓하지 않게 되기를 간절히 빌었다.

상사뱀

그러나 녀석은 저만의 방식으로 제 과거를 놓기 위한 노력을 한 듯했다. 내가 여수에 있던 때에도 눈코 뜰 새 없이 바쁘게 지내는 건 알고 있었지만 다시 떠난 여행이 세 달이 넘어갈 때쯤, 결국 국회의원이 된 양 판사가 모 기업에서 로비를 받아 개정 법안을 날치기로 통과시킨 사건으로 불구속 입건됐다는 기사를 보았다. 이어 조 부장의 전 회사 대표도 부지 매입 관련 불법 로비로 기소됐다는 뉴스가 이어졌다.

모두 공 모 검사가 제 기소권으로 진행한 일들이라고 했다. 그러나 몇 달 뒤, 결국 양 판사와 대표는 집행유예로 풀려났다.

그렇게 여행이자 봉사로 보낸 시간이 어느덧 1년이 되었다. 여수에 있던 1년과 여러 나라를 떠돌아다니며 보낸 1년. 우리는 어쩌다 보니 2년이나 떨어져 있게 된 셈이었다.

단 하루도 녀석을 떠올리지 않은 날이 없었다. 생각이 날 때마다 편지와 엽서, 소포를 보냈다. 그러다 얼굴이나 목소리가 궁금해질 때에는 여수에 있을 때 녀석이 그랬듯 전화를 걸었고, '여보세요.' 하는 녀석의 목소리가 들리면 전화를 끊었다.

생각해 보니 웃기지만, 녀석은 여러 나라에서 걸었던 그 비싼 국제전화를 단 한 번도 거절한 적이 없었다.

"최이경, 거기서 하루 종일 있을 거 아니면 그만 나오지?"

순간 문밖에서 들려온 노크 소리와 녀석의 목소리에 정신을 차리니 어느덧 꽤 많은 시간이 흐른 듯했다. 물에 담가 두었던 손가락이 쪼글쪼글해져 있었다.

"미안, 금방 나갈게!"

대충 물기를 닦고 밖으로 나가니 오랜만에 맡는 고소한 미역국 냄새가 거실에 둥둥 떠다니고 있었다.

"최이경, 너 뭐 잊은 거 없어?"

"뭐?"

"오늘 내 생일이잖아. 알고 맞춰서 왔다는 건 제대로 된 선물을 갖고 왔다는 뜻일 텐데."

그러고 보니 여수에 있을 때나, 여행을 갔을 때나 뭘 해 줄까 고민만 하곤 제대로 챙겨 준 적이 없었다.

향수라든가, 지갑이라든가 녀석에게 줄 수 있는 건 많았지만 취향이 확고한 녀석에게 그런 물건보다는 더 뜻깊은 선물을 주고 싶었다. 때문에 이 주일 전쯤부터 녀석에게 줄 선물을 내내 고민했던 나는 끝내 가장 적절한 선물을 생각해 냈다.

"공태준, 우리 예전에 내기했잖아. 네가 내 부탁 세 번 들어주면 내가 네 소원 하나 들어주기로. 오늘은 내가 너한테 그 기회를 주려고. 내가 네 부탁이자 소원 세 가지 들어줄게. 그게 선물이야. 특별히 기간 제한은 없어."

"소원?"

"그래, 소원."

나는 소원이 뭐든 미리 얘기만 해 달라고 덧붙이곤 빠르게 내 방 쪽으로 걸음을 옮겼다. 일단 얼른 옷을 챙겨 입고 머리를 말려야 했다. 오랜만에 맡아 본 한식 냄새에 아직 입에 넣지도 않았는데 벌써부터 침이 고였다. 애써 무덤덤한 척, 나 또한 녀석처럼 한껏 여유가 있는 척하려 했지만 한계가 있었다.

그런데 녀석은 그런 나를 아는지 모르는지, 내 방문 앞에 턱하니 몸을 기대더니 내가 들어가려는 방향마다 제 몸으로 막아세웠다.

"아니, 근데 왜 자꾸 이렇게 가까이……. 일단 나 머리라도 좀 말리고 온 다음에 이어서 얘기를……."

"우리 알고 지낸 지 10년 넘었어."

"그러게. 벌써 그렇게 됐네. 아는데, 잠깐 몸은 좀 비켜 주면 좋겠는데?"

"나 너 말고 다른 여자 만나 본 적 없어. 알지?"

"하하. 뭐, 그것도 잘 알지."

사실 생각해 보면 별로 한 것도 없는 하루였는데 유난히 오늘따라 고단했다. 어젯밤, 다시 한국으로 돌아간다는 생각에 뜬눈으로 밤을 보내고 비행기 안에선 심장이 떨리는 바람에 잠을 자지 못한 것도 이유였다.

때문에 집에 도착한 후 누가 마법이라도 건 듯, 눈을 아무리 부릅뜨려 해 봐도 연속으로 나오는 하품에 맥이 풀렸다. 거기다 따뜻한 물에 몸까지 푸니 이제 돌아왔다는 안도감과 나른함이 물밀 듯이 몰려왔다.

그러나 그보다 더 강하게 나를 휘감은 것은 우습게도 식욕이었다. 공태준이 한 음식, 그 어느 나라의 산해진미를 먹어도 자꾸 녀석만 더 생각나게 했던 녀석의 밥.

나는 마음이 급해져 머리에 둘렀던 수건을 풀어 말리기 시작했다. 하나 동시에 내 방을 코앞에 두고 녀석과 대치해야 했다. 얼른 정리하고 식탁에 앉고 싶은데 녀석은 내 늦은 방황에 고문이라도 할 셈인지 버티고 자리를 터 주지 않았다.

녀석은 갈팡질팡 오로지 방 문고리만을 바라보는 나를 보며 느릿하게 입을 뗐다.

"글쎄. 넌 그게 뭘 의미하는지 잘 모르는 것 같은데."

아, 내가 뭘 모르고 있든 간에 일단 식사부터 하고 천천히 알아 가면 좋겠는데.

그러나 잠시 후 나는 다른 것에 정신이 팔려서 정작 녀석의 눈을 제대로 마주하지 않고 있었다는 것을 곧 깨달았다.

이 집에 들어서서 이야기를 나누고, 간단히 짐을 풀고, 씻고 나오면서까지도 지금 이 현실이 현실 같지가 않아서 혹시 녀석이 그사이에 나와 다른 마음을 갖게 된 것은 아닐까, 설마 내가 없던 사이 다른 사람이 생긴 건 아닐까 싶어 두려웠던 탓에 나도 모르게 녀석의 눈을 피했다.

그런데 나는 엉뚱한 걱정을 하고 있었다. 확실히 녀석의 눈이 예전에 나를 보내 주던 그날과는 달랐다. 그러나 그 다름이 나에 대한 마음의 차이라기보다는 어딘가 눈빛이 더 짙어진 것 같기도 하고 그리움, 안도, 그런 것들이 묘하게 섞여 있으면서도 그 사이로 자꾸 자극적인 향이 풍겨져 나왔다.

어느새 나도 모르게 빤히 바라보게 된 녀석의 눈에서, 나는 진득하게도 따라붙는 그 시선으로 녀석이 말한 그 의미가 뭔지 읽어 낼 수 있었다. 내가 식욕에 휘둘려 이성을 놓으려 할 때 녀석은 다른 욕구에 휘감겨 가고 있는 듯했다.

"최이경."

"그러게. 난 잘 모르겠다. 아, 오늘은 비행기를 오래 탔더니 피곤해서. 생일 축하한다, 태준아. 밥은 나중에 먹고 난 먼저 자야겠……."

나름 빠르게 방문을 열고 몸을 밀어 넣었으나 더 빨랐던 녀석의 팔이 문을 막아 세운 덕분에 이마가 부딪혀 튕겨졌다.

"그래, 네가 잘 모를 것 같아서 알려 주려고."

"아……. 난 딱히 몰라도 될 것 같은데."

"알아야지, 네 일이기도 한데. 너한테서 지난 10년 동안 못 받았던 보상을 받아야겠다는 뜻이야. 특별히 오늘부터."

"하하, 한 번도 제대로 연애해 본 적 없다는 애가 하는 말이라기엔 너무 자연스럽다, 너."

"이론이야 많이 알지. 오늘은 실전이고. 또 원래 내가 똑똑해서 습득력, 이해력, 응용력이 좋아."

어느새 녀석은 은근히 풍기던 오라를 아예 대놓고 말로 뱉기 시작했다. 그러곤 떠날 때 했던 약속을 기억하냐면서 돌아오면 우린 평범하게 만나 평범한 인연으로 시작하는 거 아니었냐, 평범한 성인 남녀 둘이 만나면 뭘 하는 줄 알지 않느냐, 이제와 다른 소리를 하면 가만두지 않을 거라는 듯 낮은 목소리로 빠르게 말을 쏟아 냈다.

"그렇지만 실전과 이론은 많이 달라, 태준아. 그, 뭐라고 할까, 실전은 천천히 한 단계씩 말이야……."

"넌 나보다 더 많이 안다는 말투네."

"뭐, 이를테면 그런 셈이기도 하고. 아니, 그보단……."

"그럼 네가 가르쳐 주면 되겠네, 나한테."

"하하, 너도 알다시피 내가 오늘 막 비행기를 타고 돌아와서 말이야. 그래서 그게 무슨 뜻이냐면, 좀 피곤하다는 뜻이기도 하고 뭘 배우기엔 아직 시차 적응이 필요한 유익하지 못한 선생님이란 뜻이기도……."

그러나 녀석은 제가 입고 있던 셔츠 단추를 말없이 하나씩 풀어 내리기 시작했다. 이에 나는 녀석의 손을 재빨리 잡아 멈춰 세워야 했다.

"어, 음, 공태준. 너 원래 이렇게 이성적이지 못한 애가 아니었던 것 같은데. 우리 오늘은 일단 논리적으로 생각하고, 응? 아까의 그 여유를 다시 찾으면서……."

"누가 여유 있었대. 내가 누구 덕분에 10년 동안 지겹게 인내심, 참을성을 배웠는데. 사실 별 쓸모는 없더라고. 그래서 그런 거 이제 버리기로 했어."

"태준아?"

"이제 대화는 나중에. 백문이 불여일견이라고."

"……."

"듣고 보는 것보단 역시 직접 해 보는 게 더 빠를 것 같은데. 그렇지?"

10년의 보상

'듣고 보는 것보단 역시.'

녀석의 시선이 그 말과 동시에 묘하게 내 입술에서 멈췄다. 이어 내가 뭐라 더 말을 잇기도 전에 녀석은 나를 빠르게 방 안으로 밀어 넣었다. 캄캄한 방, 어둠에 채 익숙해지기도 전에 무언가 좋는 듯한 녀석의 눈이 나를 헤맬 곳 없이 옭아맸다.

욕실에서부터 들어오고 싶었던 내 방이었다. 그러나 지금은 이곳에 이렇게 들어오면 안 된다는 생각이 스쳤다. 아직 침대 위에는 정리하다 만 가방이 옷과 함께 널브러져 있었다.

난 문득 그것이 지금 우리의 관계와 같다는 생각이 들었다. 아직 정리가 덜된 사이. 무언가 정리해야 할 게 남은 사이라고.

"공태준! 잠깐 내 말 좀. 우리 재회한 지도 얼마 안 됐고……."

녀석은 헐렁한 티셔츠로 덮은 몸을 애써 또 가리려는 나를 빤히 바라보며 그게 뭐 어떠냐는 듯 눈썹을 찡그렸다.

　어쩐지 내가 3년 전, 한국에 돌아와 녀석과 마주쳤을 때 호텔 방으로 녀석이 쳐들어와 대치했던 순간과 겹치는 것도 같았다. 물론 그때와는 상황이 조금 다르긴 했다.

　"그러니까 우리에겐 지금보다 앞으로의 시간이 더 많단 말이지, 하하."

　"그래서 하고 싶은 말이 뭔데."

　물론 지금까지 녀석이 한 말엔 틀린 말이 없었지만 왠지 모르게 겁이 났다. 나는 녀석이 그나마 아주 가늘게 유지하고 있는 이성의 끈을 놓지 않기 바라며 마치 그것이 내 생명의 동아줄이라도 되는 양 녀석을 설득했다.

　"급할 필요 없잖아. 응? 앞으로 천천히 같이 시간을 보내면서 넌 내 거, 난 네 거, 그렇게 다른 연인들이 하는 유치한 장난도 하면서 천천히……."

　그러나 녀석은 애초에 그런 이성의 끈 따윈 없었다는 듯, 내가 말을 하는 도중에 표정 하나 바꾸지 않고 빠르게 다가왔다. 그러곤 침대 위에 있던 가방을 휙, 바닥으로 내던졌다. 평소 깔끔하기론 대한민국에서 손에 꼽히는 녀석이었다.

　그러다 순간 뭐가 휙 하면서 빠르게 시야의 배경이 바뀐 것 같았는데 정신을 차려 보니 나는 침대 위, 녀석은 내 위에 올라탄 채로 나를 바라보고 있었다.

　녀석은 픽 바람 새는 웃음을 짓곤 느릿하게 말을 이어 갔다.

"문만 열면 너를 만질 수 있는 곳에서 얼마나 괴로웠는지 너는 모르잖아."

"아…… 음, 짐작이 가는 것 같기도."

"건강한 신체를 가진 남자가 원하는 여자를 눈앞에 두고도 제일 진한 스킨십이 키스라니."

"우리는 건강하기도 했지만 건전한 사이였으니까. 하하."

"최이경."

녀석은 문득 앵무새처럼 영혼 없는 반응을 잇는 나를 보다가 내 콧등을 툭, 손가락으로 내리치곤 빠르게 말을 이었다.

"장난처럼 넘어가려고 애쓰지 마. 긴장한 거 다 보이니까."

"그랬나."

"전에 분명히 말했어. 내 앞에서 긴장한 티 내지 말라고."

"어?"

"그런 너 보고 견딜 자신 없다고."

녀석은 그 말을 끝으로 빠르게 내 입술을 삼켰고 나는 더 이상 말을 이을 수 없었다. 젖은 머리카락 때문인지, 땀이 났기 때문인지 목 뒤가 축축했다. 녀석은 내가 잡고 놓아주지 않았던 제 셔츠의 단추를 풀어 헤치며 숨도 못 고르게 몰아세웠다.

"하, 잠깐. 천천히……."

녀석이 제 셔츠를 벗어 던지는 사이에 가까스로 뱉은 내 말은 녀석의 짧은 숨소리와 함께 끝내 방 안 공기로 흩어져 사라졌다. 그러나 그 아슬아슬한 입맞춤에 정신을 놓아 가는 것은 녀석뿐만이 아니었다. 잠깐씩 입술이 떼어질 때마다 아찔한 소리가 터져 나왔다.

　녀석은 그런 나를 돌아볼 여유가 없는 듯했다. 다신 도망치지 않기로 약속해 놓곤 정작 녀석이 다가오자 뒷걸음질 치는 모습을 보였던 게 녀석을 자극한 것이었다.

　그렇게 녀석은 내가 다른 생각을 할 수 없도록 쉴 새 없이 나를 몰았고 나는 그런 녀석을 잠시 멈춰 세워야 했다. 이에 녀석의 눈썹이 폭 내려앉았지만 나는 빠르게 말을 덧붙였다.

　"하, 그러니까 아까 이성을 찾자는 말은 취소. 다시 말하면 나 어디 안 가니까 천천히. 응?"

　"최이경."

　"지금 우리 둘밖에 없어. 내가 너 얼굴 볼 시간도 안 줄 거야?"

　녀석은 내 말에 잠시 말없이 눈을 마주하다가 이번엔 꽤 진지한 내 모습에 조금은 진정이 됐는지 천천히 느린 숨을 내쉬었다. 사실 그 모습이 내겐 더 자극적으로 다가왔지만 나는 숨을 멈추고 녀석을 기다렸다.

　녀석은 갑자기 눕혀지는 바람에 헝클어진 내 머리를 조심스럽게 쓸어 넘기며 낮은 목소리로 말했다.

　"……매일 상상했어. 네가 돌아오면 여기, 여기에, 이렇게 입을 맞출 거라고."

　녀석은 천천히 내 턱과 어깨, 목 언저리에 입을 맞췄다. 녀석의 입술이 지나간 자리가 뜨겁게 저려 갔다.

　"돌아오면 네 향기가 여전히 가득 찬 이 방에서, 이렇게 너를 안고. 내 손이 너한테 닿을 때마다 너는 나를 바라보고, 나를 찾고, 내 이름을 부르고."

"웃, 공태준."

녀석의 엄지손가락이 내 허벅지 안쪽을 스치며 다시 골반 위로 올라오는 동안 녀석의 말은 한 번도 끊기지 않았다.

여유롭지 못하다고, 참을성과 인내심 따위는 버릴 거라던 녀석은 지금 이 순간 내 인내심을 테스트하는 듯했다. 버릴 거라던 그 인내심은 내 인내심이었던 듯했다. 이어 허리 쪽을 타고 느릿하게 훑어가는 손길에 독한 술을 삼킨 듯 목이 타 들어 가는데, 가슴까지 저릿한 통증이 느껴졌다.

"하루도 쉬지 않고 일했는데, 네가 없으니까 시간이 안 가더라. 하루가 1년처럼."

녀석의 손가락이 다시 올라와 내 입술에서 머물다 천천히 목을 따라 쇄골로 내려갔다. 조명 하나 없는 캄캄한 밤이건만, 밝은 달 때문이었는지 고개를 들어 나를 보는 녀석의 얼굴이 또렷하게 보였다.

녀석은 한쪽 무릎을 세워 몸을 일으켰다. 그러곤 나를 내려다보며 낮은 목소리로 말했다. 생일 선물을 지금 받아야겠다고. 나는 녀석이 그랬듯 부탁 세 가지를 들어주겠다고 했었다.

녀석은 다시 내 목에 얼굴을 묻었다. 그렇게 아랫입술이 내 목에 닿아서 입술을 달싹일 때마다 내 입술도 같이 달싹였다.

"첫 번째로, 날 사랑한다고 해. 나만 원하는 게 아니라고 해."

"태준아."

"이제 좋아한다는 그런 말로 기다리다가 더 녹을 마음도 없으니까. 다 타서 재 된 지 오래니까. 네가 말해, 나를 사랑한다고. 너도 내가 없으면 안 되겠다고."

"지금 그게 부탁인지 협박인지 모를, 웃……."

녀석은 대답 대신 또 다른 말을 던지려는 나를 알았는지 순간 입술로 담아 물던 목에 이를 박았다. 하하, 부탁인 건가 고민했는데 역시 협박이었다.

"나한테 넌 모든 게 처음이야. 마음을 주는 것도, 몸을 주는 것도."

"하, 공태준."

"그러니 책임져야 할 거야."

"웃."

"평생 나를, 네가 책임져야 해."

그 말을 끝으로 녀석은 빠르게 내 티셔츠를 말아 올렸다. 티셔츠는 곧 바닥으로, 구석으로 밀쳐졌던 내 여행 가방 위로 떨어졌다. 그러나 나는 그것을 멍하니 바라보다 문득 다시 깨달았다. 녀석과 내 사이엔 처음부터 지켜야 할 순서, 정리해야 할 사이 따위는 없었다는 것을.

그저 바닥에 널브러진 내 여행 가방처럼 애초 치워야 할 장애물을 휙 던지고 난 후 침대 위에 남은 둘. 그게 앞으로 남은 우리의 전부였다.

이어 공태준은 두 번째 소원으로 제 바지 버클을 풀어 달라고 말했다. 자신만 날 원하는 게 아니란 걸 증명하라고.

나는 순간 숨이 턱 차오르는 느낌이 들어 이리저리 눈을 굴리며 시선을 피해야 했다. 그렇게 함부로 소원을 다 써도 되냐고 되물었다. 그러나 녀석은 그저 픽 웃으며 눈썹을 까닥거리곤 제 마음이라 했다. 나는 결국 나를 빤히 바라보는 녀석에 달달 떨리는 손으로 바지 버클에 손을 올려야 했다.

이어 탁, 하고 버클이 풀리는 순간 녀석과 눈이 마주쳤다. 녀석은 씨익 웃어 보이며 잘했다는 듯 한 손으로 내 얼굴을 감싸고 깊게 입 맞춰 왔다.

"흣……."

어쩐지 낚인 것 같았다. 순진하다는, 자기는 아무것도 몰라서 배울 게 많다는 그런 애가 내게 이러면 안 되는 거였다. 이렇게 심장이 떨리게 하면 안 되는 거였다. 반칙이었다.

그러면서도 한편으론 무언가 잘못된 듯 스산하고 집착 강한, 어쩐지 앞으로 빠져나갈 수 없는 덫에 스스로 발을 들인 것 같다는 기분이 들었다. 이렇게 녀석에게 늘 속고 또 속아 나도 모르게 녀석의 굴레에 아주 깊이 빠지게 되는 건 아닐까 하는.

"너 방금 잘못 걸렸다, 발목 잡혔다. 그런 생각 했지?"

"아, 아닌데."

"뭐 그렇게 생각 안 했어도 맞아. 나한테 잘못 걸린 거. 발목 잡힌 거."

나는 아무 대답도 하지 못했다. 어느새 벗겨진 속옷에 내 가슴을 움켜쥐는 녀석의 표정이 점점 달아오르는 듯 일그러져 갔고 그 모습을 보는 내 정신이 더 흐릿해져 갔기 때문이다.

사실 녀석 앞에서 꽤 배운, 뭔가 많이 알고 있는 그런 여자인

척을 했지만 나 또한 이 순간 어떻게 해야 할지 이론으로만 아는 그런 바보 천치였다. 녀석의 손가락이 가슴 가운데를 스칠 때마다 몸이 움찔거리는데 그게 좋기도 하고 부끄럽기도 하고, 어찌해야 할 바를 몰라 몸을 들썩거릴 뿐이었다.

이어 천천히 가슴께로 입술을 옮긴 녀석은 조심스럽게 나의 무릎과 허벅지 사이를 훑어 내리기 시작했다. 그러나 그 여유로운 손길과 달리 점점 빨라지고 거칠어진 녀석의 숨소리가 귓가를 간질였다.

이제 남은 것은 아래 속옷 하나였다. 녀석은 내가 그것을 온몸으로 긴장하며 인지하고 있음을 아는 듯 천천히 몸을 낮춰 입술로 다리, 옆구리, 어깨, 쇄골, 목을 타고 올라와 내가 녀석과 함께할 수 있을 때까지 기다렸다.

하지만 태준은 생각보다 여유가 많이 넘치진 않는 듯했다. 그런 녀석의 머리를 쓸어 넘기자 어딘가 간절한 눈빛으로 나를 빤히 응시하면서 무어라 답을 내려 주길 기다리는 듯했다.

이에 천천히 고개를 끄덕이자 녀석의 손이 내 배와 허리를 배회하다가 천천히 아래로 내려갔다. 그 순간부터, 이전은 워밍업이었다는 듯 천천히 달아오르던 심장이 100미터 달리기를 하고 난 뒤처럼 숨이 가빠지고 눈앞이 핑 돌기 시작했다.

녀석의 손길에 따라 눈앞에 파도가 일렁이기도, 입술을 물어도 터져 나오는 소리에 까만 방의 공기가 붉게 물들어 가는 것 같기도 했다.

녀석은 이를 물 듯 낮은 목소리로 빠르게 입을 뗐다.

"만약 내가 오늘 너를 울리면 그건 네 탓이야. 네가 너무 늦게 와서, 내가 너 때문에 운 날이 너무 많았으니까."

나는 그런 녀석의 말에 진지한 상황임을 잊고 잠시 웃음을 터트렸다. 나도 그랬다고, 가끔 네가 보고 싶어지면 함께 있던 순간을 떠올리기도 하고, 앞으로 만날 날을 상상하기도 했다고. 문득 견디기 힘든 날엔 혼자 몰래 방에서 훌쩍거렸다고. 그러니 오늘만큼은 안 울면 안 되겠냐고 장난스럽게 말했다.

그런데 녀석은 그런 내 말에 문득 몸을 멈추고 나를 빤히 내려다보았다. 이어 이성을 잃은 듯 나를 몰고 조여 오던 녀석은 잠시 날아갔던 이성이 돌아오기라도 한 듯 내게 살짝 입을 맞추곤 잠시 아무 말도 하지 않았다.

그렇게 잠잠히 생각하던 녀석은 이마와 코를 거쳐 다시 입술로 내려와 느릿한 입맞춤을 잇곤 진지한 눈으로 입을 뗐다.

"나, 네 생각보다 훨씬 더 서툴지도 몰라."

"알아."

"그래서 내가 너를 다치게 할 수도, 아프게 할 수도 있어. 옆에 있어 달라고 매달려 놓고는 나 혼자 조급해져서 정작 넌 어떤지는 보지 못할 수도 있어."

녀석의 눈은 진지했고, 나를 바라보며 하는 말은 지금 순간만을 의미하는 게 아닌 듯했다. 앞으로 우리에겐 지난날보다 아무도 예측하지 못할 그런 까마득한 날들이 더 많았다.

어떻게 보면 연인이 함께하는 첫 순간에 하기엔 다소 무서운 말이었다. 그러나 난 녀석의 목에 천천히 팔을 감으며 말했다.

"나는 너 믿어. 네가 나를 항상 믿어 줬던 것처럼."

"이경아."

"또다시 네가 나를 다치게 하거나 아프게 해도 괜찮아. 적어도 너랑 이렇게 같이 있을 테고 외롭진 않을 테니까. 지금도, 앞으로도."

"하, 공태준."

녀석과 숨 막히는 재회의 밤을 보낸 후 일주일. 그리고 또 일주일. 빠른 것 같기도 느린 것 같기도 한 시간이 흘렀다.

그리고 '에이, 설마.' 또는 '그래도 그럴 리가' 하고 생각했던, 녀석이 그동안 받지 못했던 보상을 받아 내겠다고 다짐한 말은 농담이 아니었음을 깨닫게 됐다. 녀석은 그동안 정말 어떻게 참았는지 모를 만큼 평범한 연인들의 육체적 대화에 집요한 집착과 열성을 보였다.

"너 내일 재판 있다고…… 웃, 하지 않았나."

"괜찮아."

녀석은 내가 거실로 가면 거실로, 물을 마시러 부엌에 가면 부엌으로, 잠깐 혼자서 산책 좀 다녀온다고 해도 어느새 함께 걷고 있을 정도로 내 옆에 붙어 있었다.

처음엔 그게 좋았다. 나 또한 녀석과 다신 떨어지고 싶지 않았으니까. 함께 장을 보거나, 공원을 돌거나 하는 일상적인 일들을 함께 공유하는 것들이 좋았으니까.

나를 만날 때 쓰려고 아껴 놓았다던 휴가 내내 별다른 일을 하지 않고 보내도 아깝지 않은 그런 시간들이었다.

그런데 문제는 그것이 한때로 끝나지 않았다는 것이었다. 그 냉철하고 사리분별 바르던 공태준이 점점 달라져 갔다. 정확히는 어린애로 돌아간 것 같다고 해야 하나. 함께 성장해 만나자고 했더니 어째 녀석은 반대로 심하게 회춘해 버린 듯했다.

덩치는 산만 한 놈이 더우니 좀 떨어지자 해도 못 들은 척, 밥을 먹는데 갑자기 반찬을 올려 달라 요구를 하고, 넥타이까지 매 주며 출근길을 배웅하니 회사 가기 싫다고 투정 어린 말을 하기도 했다. 하여튼 예전의 공태준이라면 감히 상상도 할 수 없는 모습이 되었다.

"아주 데리고 검찰청도 출근해 보지그래?"

"그럴까."

"하하. 너 진짜 공태준 맞냐."

"사무실 바꿔 달라고 할 테니까 같이 갈래?"

"이보세요, 공태준 씨."

사실 나는 녀석이 그런 육체적 관계에 대해 사뭇 관심이 없는 줄 알았다. 같이 사는 동안 가끔씩 짙은 시선을 보일 때는 있었지만 그래도 그런 건 시선에서 대부분 그치곤 했다.

그러나 모두 내 착각이었다. 녀석은 내가 없던 그 긴 시간들을 어떻게 보냈을지 상상되지 않을 만큼 나와 함께 있는 시간 내내 녀석의 손길이나 입술이 떨어져 있는 시간이 없었다.

나는 순간 내 몸이 자석이고 녀석은 철이라서 원하지 않아도 끌어당겨지는 그런 힘이라도 생긴 줄 알았다.

"널 어떻게 여기에 두고 매일 혼자 나가지? 다른 사람들도 다 이런가. 다 이렇게 불안하고 미칠 것 같고 눈이 안 떨어지나? 앞으로도 그러면 어떻게 하지?"

그 말에 어색한 웃음과 함께 말없이 시선을 피했다.

그러게 말이다, 태준아. 앞으로도 네가 쭉 이러면 어떻게 살지, 난. 대체 내가 알던 그 똑똑하고 자기 앞가림 잘하던 공태준은 어디로 증발한 거지.

"잠깐, 잠깐……."

거기다 녀석은 진짜 거짓말을 한 게 아닐까 의심이 들 만큼 배움의 속도가 남달랐다. 학습 능력 또한 매우 뛰어났다.

청출어람이라 했던가. 손을 잡고 있었던 것 같은데 어느새 입을 맞추고 있고, 입을 맞추고 있었는데 어느새 정신을 차리면 옷자락이 바닥에 떨어지고 있었다. 다른 여자는 만나 보지 못했다던 놈이라곤 생각할 수 없었다.

나는 의심했다. 아니, 확신했다. 녀석에겐 분명히 내가 모르는 숨겨진 과거가 있을 것이라고. 그렇지 않고서야 이렇게 능숙하게 나를 정신 차리지 못하게 할 수 없었다.

"하, 공 검사님. 여기서 이러시면…… 웃, 곤란한데요."

"왜 안 되는데."

"공공장소니까요. 굳이 죄목을 따지자면 풍기문란 죄쯤……."

나름 심각한 문제라면 때와 장소를 가리지 않는다는 것이었다. 집 안은 그나마 양호했다. 처음에 내 방에서 했던 순간 이후로 녀석의 방, 거실 소파, 욕실 등등 곳곳이 다 우리의 숨결이 묻은 곳이 되었다. 그러나 운전 도중 자꾸 허벅지 위로 스멀스멀 올라오는 녀석의 손이라든가, 사람들이 많은 장소에서 노골적으로 내 몸에서 눈을 떼지 않는 건 조금 문제였다.

  그러다 문득 내가 다른 것에 정신이 팔리면 어느새 녀석이 내 뒤로 다가와 목에 입을 맞춘다거나 슬쩍 옷 사이로 손을 넣는다거나, 하여튼 민망한 상황이 연출될 뻔한 순간들이 한두 번이 아니었다.

  녀석은 왜 이제야 이런 세계를 알려 준 거냐고 화를 내듯, 잠시라도 나와 함께하지 않는 시간들을 밀어냈다. 나는 그게 내 탓이냐고 묻고 싶었지만 사실 들어 줄 것 같지 않았다.

  녀석은 채우지 못했던 지난 시간들을 아주 치밀하고 집요하게 보상받으려 했다. 나는 문득문득 그 보상을 내가 해야 할 의무가 있는가 의문을 가졌다.

  그러나 녀석의 손이 몸을 훑으면 퓨즈가 나가듯 다른 세계로 이탈했기에 딱히 막을 방도가 없었다.

  녀석은 마치 태어나 처음 초콜릿을 먹어 본 어린아이, 나는 누가 입에 사탕을 넣어 주면 짜증을 내다가도 왜 짜증을 냈는지 이유를 잊어버리는 멍청이가 된 듯했다.

  어찌 보면 참 죽이 잘 맞는 것 같기도 했다.

그렇게 몇 달이 흘렀을까, 나는 그간 틈틈이 모은 돈으로 가게 하나를 차렸다. 그러나 사실 가게 문을 열기 직전까지도 공태준과 싸워야 했다.

나는 분식점을 차리고 싶으니 분식을 하겠다고 했고, 녀석은 분식은 이미 체인점 과다로 비전이 없으니 프렌치 레스토랑을 열자고 우겼다. 생각해 보니 어렸을 때도 공태준은 가로수길에 그런 식당을 열자고 했던 것 같았다.

결국 이긴 것은 나였다. 그러나 꼭 초등학교 근처에 내서 애기들과 동네 어르신들이 모두 다 좋아하는 그런 분식점을 차리고 싶다고 한 나의 의견은 묵살되었다. 프렌치를 포기한 대신 타협점으로 가로수길에 열어야 했기 때문이다.

덕분에 주 고객층이 초등학생에서 20~30대 여성이 됐다. 이에 제일 반색한 것은 어우동이었다. 바쁜 공태준은 가끔 시간이 날 때면 찾아와 슈트 차림으로 떡볶이를 만들었는데, 그러면 그날은 여대생 손님이 몰려오곤 했다.

최진헌도 가끔 찾아왔다. 녀석은 요리라면 계란 프라이도 못하는 애라서 주로 청소나 테이블 정리를 했다. 어우동이 제일 자주 왔는데, 오는 목적은 불순했으나 어쨌든 조소하던 놈이라 그런지 튀김을 기가 막히게 예쁘게 튀겼다.

튀김이 아니라 예술이라고 칭찬을 해 줬더니, 그런 칭찬 받으려고 조소 배운 것 아니라며 욕을 했다. 그러다가도 예쁜 손님이 오면 친절해졌다.

"어서 오세요. 우동이 맛난 투 샤인 밀푸드 레스토랑입니다."

평화로운 평일 오후, 딸랑거리는 가게 방울 소리와 함께 어우동의 외침이 가게 입구를 울렸다.

도대체 가게 이름은 누구 마음대로 정한 거지. 나름 조형물에 조예가 깊을 거라 생각해 녀석에게 간판 디자인을 맡겼는데 그게 문제였던 걸까. 분명 내 가게인데 부끄러워서 차마 가게 이름을 부를 수 없었다.

'투 샤인 밀푸드 레스토랑'. 간단히 말하면 그냥 '이경 분식점'이었다. 처음에 내가 녀석에게 던져 준 가게 이름은 행복 분식점이었다. 녀석은 이를 듣자마자 촌스럽다고 했다.

그래, 그때 촌스럽다고 하면서 얼굴을 구길 때 녀석이 다른 생각을 하고 있다는 걸 눈치챘어야 했다. 이경에서 경이 무슨 경이냐고 물었을 때 빛날 경이라 답하면서 그건 왜 묻느냐고 되물었어야 했다.

'투 샤인 밀푸드 레스토랑 사장님 되시죠?' 하고 간판 제작업자가 전화를 걸어왔을 때 '투 샤인…… 뭐요?'라는 어수룩한 답이 아닌 단호한 거부의 표시를 내보여야 했다.

그래, 백번 양보해서 가게 이름은 그렇다 칠 수 있었다. 나름 글로벌한 사업을 시작한 거라고 생각하면 됐다.

그런데 나는 또 실수를 했다. 메뉴 이름을 제비뽑기로 뽑아선 안 됐다. 어떻게 해서라도 끝까지 밀어붙였어야 했다. '절세미남 어우동'이라는 우동이나, 달다고 해서 만든 '진허니 강정' 따위의 메뉴는 아예 들이지 말아야 했다.

그래도 입구에 붉은 글씨로 적힌 '서울 중앙 지방 검찰청 공

모 검사도 인정한 떡볶이' 액자는 반드시 떼리라.

"어머, 사장님이 되게 젊다. 몇 살이에요, 오빠?"

"튀김은 3천 원입니다."

"그거 시키면 오빠 번호도 같이 나와요?"

"순대는 최고급 선지를 이용해 신선하고 비린내가 나지 않습니다."

그래도 하나 다행인 것은 시키지 않았음에도 공태준의 철벽이 철옹성이라는 거였다. 그러나 말없이 떡볶이를 저으며 그 모습을 보고 있던 최진헌이 그녀들이 계산대로 갔을 때 몰래 녀석의 번호를 넘겨주는 듯했다. 나랑 눈이 마주친 것 같은데 슬쩍 피하는 것을 보니 확실했다.

"나 왔다."

"오오, 이철호. 너 어째 그새 키가 더 큰 것 같다?"

"우동이나 갖고 와."

철호는 아주 오자마자 당연하다는 듯 명령을 했다.

사실 녀석은 볼수록 공태준과 최진헌을 섞어 놓은 애 같았다. 평소 성격을 보면 까칠하고 예민한 게 공태준인데, 엄청난 식사량이나 예체능에 소질을 보이는 걸 보면 또 최진헌 같기도 했다. 그래서인지 더 챙겨 주고 싶은 마음이 드는 걸지도.

어쨌든 이젠 청소년이 아니라 어엿한 대학생이 되어 국가 대표 뛰고 있는 녀석은 물심양면 지원을 해 주겠다, 밥 하나만큼은 언제든 공짜로 먹고 가라 했더니 매일 출퇴근 도장을 찍고 있었다.

"너 또 왔냐?"

"신경 꺼라."

"허, 이 버르장머리를 오일장에다가 팔아먹은 놈을 봤나. 아주 태권도 찍어차기 맛을 봐야 정신을 차리지? 어디서 반말을 찍찍……!"

"아이큐 빵이냐? 너 지금 나 치면 국가 대표 폭행으로 뉴스에 나오거든?"

"뭐? 아이큐 빵?"

그런데 정작 녀석들은 철호를 썩 좋아하는 것 같지 않았다. 특히 최진헌은 녀석이 오면 대놓고 구박을 했고, 공태준은 처음엔 신경 쓰지 않는 듯하더니 녀석이 팔목을 다쳐서 내가 몇 번 밥을 떠먹여 준 이후로 녀석이 오면 계산대에서 나갈 때까지 눈에서 레이저를 쏘았다. 하여간 나이만 먹었지, 정신연령은 셋이 비슷할 듯했다.

그나저나 철호는 우리 진헌이 아이큐가 90인 걸 알았나, 아이큐를 들먹일 때 제일 흥분하는 녀석을 잘도 요리했다. 그나마 철호에 대해 별 경계나 관심을 갖지 않는 녀석은 어우동 하나인 듯했다.

"최이경! 여기 3번 테이블에 섹시 치즈 어묵 바 세 개 추가!"

"오케이."

그래, 어쩌면 가장 정상적으로 나이를 먹어 온 것도 어우동일지 몰랐다. 일도 제일 열심히 하고 성실한……

"우리 애기들, 치즈 어묵 좋아해? 몇 살이야? 애인 있어?"

그래, 성실한 또라이. 그게 어우동이었다. 천지개벽이 나지 않는 한 어우동도 어우동일 터였다.

❖

다행히도 투 샤인 밀푸드는 잘생긴 남자 형제들이 운영한다는 입소문을 타 생각보다 빠르게 자리를 잡아 갔다. 어우동은 손님들에게 자신을 사장인 첫째로, 공태준을 요리하는 둘째로, 최진헌을 종업원인 셋째로 소개했다.

그런데 정작 진짜 주인인 나는 아르바이트를 하는 막내로 둔갑이 됐다. 녀석은 그게 마케팅의 일종이라 했지만, 아무리 봐도 제 개인적인 작업을 위한 일 같았다.

하루는 어느 여자 손님이 성이 다 다르지 않냐고 물었는데, 녀석은 이복동생들이라서 그렇다고 아무렇지 않게 답했다. 나는 졸지에 이복오빠들이 많은 콩가루 집안에 입양되었다.

그래도 녀석들이 적은 보수로 일을 도왔기에 별말을 하지는 않았다. 시간이 좀 더 지나자 손님들이 오빠 어디 갔느냐고 물을 때 집안일 때문에 바쁜 것 같다고 말하는 수준도 됐다.

그렇게 가게는 차츰 안정이 되어 갔다. 나는 보통 오후 11시쯤 가게 문을 닫았는데, 공태준 퇴근 시간에 맞춰 뒷정리를 하는 거였다. 녀석은 늘 퇴근 후 가게 문을 닫기 전에 나를 데리러 와서 나란히 집에 들어가곤 했다.

상사뱀

오늘 또한 별다를 것 없는 평온한 하루였다. 녀석과 함께 가게 문을 닫고 집에 들어와 씻으니 어느덧 밤 12시가 넘어가고 있었다. 나는 침대에 누워 녀석의 어깨에 기대 오랜만에 책 하나를 펼쳐 들었다.

《내 사업의 첫 걸음》. 아직은 배울 게 넘치는 나는 요새 들어 점점 늘어나는 손님과 복잡한 가게 운영으로 인해 머리가 터질 것 같았다. 세상에 쉬운 일은 없다더니, 아무리 녀석들이 발 벗고 나서 도와줘도 해야 할 일은 하나부터 열까지 넘쳐났다.

그런데 그때, 아무 말 없이 나를 바라보던 녀석이 안 잘 거냐면서 어딘가 속셈이 보이는 말을 건네 왔다. 힐끔, 녀석을 바라보니 내가 책을 꺼내 들 때부터 짓고 있던 뾰로통한 얼굴에, 이마 한가운데에 짙은 주름을 덧붙이고 있었다.

그러나 나는 꿋꿋이 책을 읽었다. 녀석 또한 내게 져 줄 생각이 없는지 먼저 자라고 해도 꿋꿋하게 어깨를 내 주고 있었다.

"태준아."

"응."

"혹시 지금 네가 물고 있는 게 내 손가락인 거 알고 있니?"

그런데 뜻하지 않게 자꾸 촉촉한 감촉이 느껴졌다. 책장을 넘겨야 하는데 나머지 손이 녀석의 손에 잡혀 있었다.

이갈이 하는 애는 아닐 테고, 아무리 물어도 꿀 같은 건 안 나올 텐데 넌 왜 내 손가락을 잘근잘근 물고 있는 걸까. 정말 물고 싶어서 무는 걸까, 아니면 관심을 달라는 걸까.

그것도 아니면 아까 내가 실수로 제가 아끼던 그릇을 하나

깼는데 눈치챈 걸가. 그래서 똑같은 걸 사 놓으라고 시위하는 걸까. 차라리 그런 이유였으면 좋겠는데.

"괜찮다면 좀 돌려줄래? 다음 페이지로 넘겨야 하거든."

다행히 녀석은 고분고분 내 손을 놓아줬다. 또 의도하진 않았을 테지만 녀석 덕분에 책장이 착착 잘 넘어가기도 했다.

그러나 곧이어 녀석은 이번엔 내 귓불을 만지작거리기 시작했다. 내가 가장 예민한 곳이 귀임을 알고 있는 녀석이었다.

그런 녀석의 빤히 보이는 그 행동에 잠깐 움찔했지만 애써 무시하려 다시 책에 집중했다. 어제 새벽에도 이런 식으로 나를 놓아주지 않았었다.

"책 그만 봐."

"이제 30페이지 넘어갔어."

"그거 읽어서 얻는 게 뭔데."

"글쎄. 깨알 같은 지식과 삶의 지혜?"

녀석의 내 말을 별 시답잖은 농담이라 여겼는지 태연히 스탠드 조명을 껐다. 내가 짧은 한숨을 쉬고 다시 조명을 켜기 위해 손을 뻗으려 하자 한 손으로 나를 저지하곤 빠르게 책을 바닥으로 밀었다.

이어 녀석의 손이 능숙하게 티셔츠 안으로 파고들었다. 사실 나 또한 진득하게 내 입술을 찾아드는 녀석을 밀어내고 싶지 않았다. 하루하루, 그저 몸이 시키는 대로, 감정이 이끄는 대로 그렇게 녀석을 따라가고 싶었다.

하지만 녀석을 조심스럽게 밀어냈다. 까만 밤공기 사이로 흐

상사뱀

릿하게 보이는 녀석은 눈썹을 푹 내려뜨리며 인상을 찌푸렸다.

"나 무서워."

"뭐가."

"네가 이러다가 나한테 질릴까 봐."

사실 나는 요 근래, 지난 10년 중 가장 많이 붙어 있는 지금의 우리를 돌아보면서 어딘가 모르게 불안했다.

또 나는 걱정했다. 우리가 그동안 만나지 못했던 시간을 그리움으로, 또 그 그리움을 사랑이라고 착각한 거면 어떡하지.

그러나 녀석은 그런 내 말에 잠시 나를 멍하니 바라보았다. 이어 픽, 웃으며 내 귓가를 혀로 핥고는 나지막이 낮은 목소리로 말을 이었다.

"제발 그랬으면 좋겠다."

"뭐?"

"그래야 나도 여유 있게 네가 매달리는 것도 보고, 나를 볼 때 어떤 얼굴이고 어떤 생각을 하는지 읽을 수 있을 텐데."

"……."

"아직은 그게 보이지 않거든. 머릿속이 하얘지니까. 몸의 감각들은 살아나는데 누가 시력이랑 생각을 날려 버리는 것처럼."

"공태준."

"괜찮네, 질리는 거. 한 번쯤은 나도 그래 봤으면 좋겠다."

녀석은 천천히 귓가에서 목으로, 목에서 다시 턱으로, 그렇게 입술을 옮기다 이내 깊게 입맞춤을 퍼부었다. 동시에 녀석의 아찔한 손길이 내 가슴에 멈춰 둥글게 말렸다.

어느새 방 안엔 녀석과의 입맞춤으로 생긴 소리가 끈적하게 퍼지기 시작했다. 나는 녀석을 밀어내던 것을 잊고 어느덧 그 입맞춤에 집중했다.

그러자 녀석은 입술을 살짝 떼고 말을 할 때마다 내 입술이 같이 움직일 거리에서 천천히 말을 이었다.

"그런데 나는 그걸 10년 전에도 빌었거든. 제발 그만하게 해 달라고. 이런 내가 징그러우니 이제 그만 질리게 해 달라고."

"……."

"안 들어주더라."

"너."

"기도를 그렇게 많이 했는데도 안 들어줘. 그러니까 그게 걱정이라면 쓸데없이 시간 낭비하지 말고 차라리 그 시간을 나한테 줘. 그 걱정은 앞으로도 내가 하게 될 테니까."

녀석은 그 말을 끝으로 다시 빠르게 입 맞춰 왔다.

나는 끝내 눈을 감았다. 그러곤 쓸데없었던 고민을 지우며 녀석의 목에 팔을 둘렀다. 그렇게 까맣게 물들일 내 밤을 녀석에게 주기로 했다.

녀석은 만족한 듯 내 입술에 쪽 소리가 나게 입을 맞추곤 빠르게 티셔츠를 벗어 던졌다.

소풍

　같은 날 저녁, 책은 결국 30페이지에서 넘어가지 못했다. 길고 긴 새벽, 어디 한번 질리는 게 뭔지 실험해 보자는 학구열에 불탄 태준에 의해 생각보다 더 짙고 긴 밤을 보내야 했기 때문이다. 이경은 후회했고, 바닥에 떨어진 책은 새벽이 다 가도록 주워지지 않았다.

　어느덧 한가로운 주말이 되었다. 이경의 분식점은 격주에 한 번씩 주말을 빨간 날로 만들었다. 그렇게 장사를 하면 안 된다고 우겼지만 태준이 돌아오는 주말마다 입구에 앉아 손님들을 노려보며 쫓아내는 바람에 결국 두 손을 든 그녀였다.

　그렇게 둘은 나른한 주말 오후, 나란히 소파에 누워 있었다. 이경은 오전 내내 태준과 더운 김이 나는 시간을 보내고 난 뒤 어느덧 꾸벅꾸벅 졸기 시작했다. 태준은 티셔츠 한 장을 걸쳐

하얗게 드러나는 이경의 다리를 제 다리로 감싸 안고 TV 리모컨을 찾았다.

그들의 일상에 자연스럽게 TV가 들어오기 시작한 것은 얼마 되지 않았다. 누가 먼저랄 것도 없이 어느새 거실엔 TV가 켜져 있었다. 더 이상 뉴스나 드라마에서 살인 사건이라든가, 가해자와 피해자라는 말이 나와도 신경 쓰지 않는 둘이었다.

—각 당의 치열한 공천 과정이 열을 올리고 있는 가운데, 한우리당 공직 후보자 추천 위원회는 오는 15일, 보궐 선거 후보를 뽑기 위한 최종 면접 심사를 마쳤습니다. 서울 관악구 양기환 후보는 끝내 공천 탈락의 고배를 마시게 됐습니다. 고지영 기자입니다.

태준은 어느덧 소파 끝에 걸쳐져 잠든 이경을 조심스럽게 제 품으로 끌어당기며 한 앵커의 말에 채널을 멈췄다.

그때, 이경이 어딘가 익숙한 이름에 잠이 깬 듯 뒤척이다 방향을 바꿔 TV를 바라봤다.

—정치 신인에게 밀린 전직 판사 양기환 후보는 로비와 개정 법안 통과 문제는 집행유예를 받았지만 크게 문제 될 것이 없었다며 이해할 수 없다는 반응을 보였습니다. 하지만 이와 같은 한우리당의 공천 후보 물갈이는 본격화될 조짐을 보이고 있습니다.

의원이 된 양 판사가 집행유예의 경력이 덜미가 되어 공천 심사에서 낙마했다는 내용이었다. 이따금씩 양 의원을 지지한 모 건설 회사 대표도 다른 검사들의 표적이 되어 종종 뉴스에 휠체어를 타고 등장했다.

태준이 걸고 넘어가 준 덕분에 길이 열린 듯했다. 그녀에겐 보고 싶지 않은 얼굴이었고, 또 이렇게 뉴스에 나온다 해도 여전히 잘 먹고 잘 살 사람들임을 알면서도 그녀는 어딘가 모르게 안심했다.

그러나 정작 태준은 더 이상 그 일과 관련된 사람들을 신경 쓰지 않는 듯했다. 뉴스가 나오는 동안에도 별 감흥 없이 화면을 응시하다가 시계를 보며 드라마 할 시간이니 채널을 돌려야 한다고 했다.

최근 태준의 눈을 사로잡은 드라마가 하나 있었다. 역마살 때문에 제 부인을 집에 홀로 두고 전국 방방곡곡을 떠돌아다니는 보부상 남편이 나오는 사극 드라마였는데, 어쩐지 그는 혼자 남아 제 남편을 기다리는 부인에게 감정 몰입을 하더니 본방송을 잘 챙겨 보고 있었다. 물론 녀석은 슬픈 장면이든 웃긴 장면이든 뉴스를 보듯 진지한 얼굴로 시청하곤 했다.

"태준아."

"왜."

"우리 오늘 소풍 갈까?"

이경은 채널을 돌려 결국 드라마 재방송을 찾아낸 태준을 바라보다 나지막이 말을 걸었다. 소풍을 가자고.

그녀는 문득 어렸을 때 그녀의 엄마가 바쁜 아버지 때문에 항상 저와 둘이서 시간을 보냈던 것을 떠올렸다. 출장이 잦은 일이라 셋이 함께 있던 날은 많지 않았다.

그런 엄마가 그녀에게 늘 하던 말이 있었다. 아빠가 오면 셋이서 소풍을 갈 거라고. 그렇게 좋은 곳으로 소풍을 가자는 말은 아빠가 보고 싶다고 칭얼거리는 그녀를 달래는 말이기도 했고 당신 스스로를 달래는 말이기도 했다. 그때 이경은 제 엄마가 거짓말쟁이라 생각했다. 끝끝내 단 한 번도 제대로 된 소풍을 가지 못했기 때문이다.

그러나 어느 날인가, 그녀를 상담 치료해 주던 상담사는 말했다. 그녀의 엄마는 조금 먼저 소풍을 떠났고 아빠는 그런 엄마를 데리러 간 것이라고.

언젠가 그녀가 가면 완전한 소풍이 되겠지만 그건 눈치 없는 딸이 둘 사이에 뛰어드는 꼴이 되니 그러고 싶지 않으면 두 분이서 오붓한 시간을 보내시도록 천천히 그곳을 찾으라고.

이경은 그 기억을 떠올리다가 자신을 말없이 바라보는 태준에게 빠르게 말을 덧붙였다.

"그냥, 너랑 드라이브를 다녀오거나 제대로 놀러 가 본 적이 한 번도 없는 것 같아서. 물론 도시락은 네가 싸야겠지만."

그러나 태준은 그녀의 말이 끝나기 무섭게 벌떡 일어났다. 이어 살벌한 눈빛을 보이며 빠르게 입을 뗐다.

"최이경, 똑바로 말해. 너 설마 또 어디 여행이니 봉사니 하면서 떠난다는 건 아니겠지?"

"갑자기 그게 무슨……."

"나한테 또 인심 쓰듯 뭐 해 주고, 인사하고, 그다음에 멀리 가려고? 솔직히 말해. 앞으로 또 그럴 계획 하고 있으면 완전히 접어야 할 테니까. 이젠 절대 안 돼."

그녀는 움찔했다.

아……. 드라마의 영향인가, 아니면 내가 녀석에게 마치 파블로프의 개처럼 뭘 하자 말하곤 불안하게 떠나 버리는 그런 존재로 각인이 된 것인가.

그러나 그녀는 천천히 일어나 까치발을 들고는 엉뚱한 의심을 하는 태준의 이마에 쿵, 제 이마를 찧은 뒤 말했다.

"나 이제 더 갈 데도 없으니까 이상한 소리 하지 말고 도시락이나 싸지?"

Duck&Dong 조형 작업실.

"뭐야. 소풍 가자는 데가 여기야?"

"하하, 공태준. 그 잘생긴 얼굴 그만 구기고 들어가야지?"

이경이 태준의 손을 끌어 향한 소풍지는 우동이 오리를 키우는 곳이었다. 정확히 말하자면, 오리 농장은 아니었다. 우동은 진헌이 있는 고아원 근처에다가 제 대학 선배와 함께 조형 작업실을 차렸고, 그 옆에 있는 부지에 울타리와 천막을 설치해 오리들을 키우고 있었다.

잠시 후 대문에서부터 엎치락뒤치락하며 들어서는 이경과 태준에 피곤한 얼굴을 한 우동이 눈썹을 찡그리며 등장했다.

"뭐야. 누가 이렇게 시끄럽게 구나 했더니 너희였냐?"

"응. 우리 소풍 왔어, 여기로."

이경은 문득 어디선가 노랗고 작은 것이 뒤뚱거리며 우동의 뒤를 빠르게 쫓아와 멈추는 것을 보았다. 노란 털이 아직 보송보송한 새끼 오리였다. 오리는 우동이 마치 제 엄마인 듯 병아리 소리를 내며 부산스럽게 그의 뒤를 따랐다.

"하하, 아까 보니까 작업실 이름이 덕&동이던데 그 덕이 저 오리들의 덕Duck이야?"

"아니. 나랑 같이 일하는 선배 이름이 덕희야."

"아⋯⋯."

"여긴 왜 온 건데? 그것도 저 빌어 처먹을 범법자 놈이랑?"

이경은 그의 말에 잠시 태준을 돌아봤다. 태준의 표정은 변화 없이 귀찮다는 인상이 가득했지만, 우동은 그런 태준을 바라보며 이글이글 분노의 시선을 불태웠다.

아무래도 이경이 돌아오던 날, 우동의 오리 농장 문을 부숴 집단 탈출시켰던 범인이 태준임을 알게 된 듯했다.

"하하, 그나저나 오리 농장은 잘돼 가? 키워서 먹으려고 하는 건 아닐 테고. 팔려고?"

"야!"

우동은 이경의 말에 서둘러 저를 따라온 새끼 오리의 귀를 막듯 머리를 감싸곤 어떻게 소중한 제 새끼들에게 그렇게 심한 말을 할 수 있냐면서 삿대질과 함께 야만인이라 소리쳤다.

그러곤 지금은 아직 경험이 없어 오리만 키우고 있지만 차차 동물들을 데려와서 아이들이 견학할 수 있는 곳으로 만들 거란 설명을 덧붙였다. 원래는 다른 동물을 키우려고 했는데 키워본 게 오리밖에 없어서 오리부터 키우게 된 것이라 했다.

"아, 너도 진짜 바쁘게 사네. 조형도 하고, 우리 분식점 일도 돕고, 오리까지 키우려면⋯⋯."

이경은 자연스럽게 말을 이으며 입구로 걸음을 옮겼다. 그러나 곧 저지당했다. 우동이 한쪽 팔과 다리로 그녀를 막아 세웠기 때문이다.

"내가 투 샤인 밀푸드 레스토랑 돕느라 공태준을 보긴 보지만 아직 화가 다 풀린 건 아니거든? 공태준 저 자식이 우리 농장에 끼친 해는 이루 말할 수가 없다."

"하하. 그래서 공태준이 오늘 도시락 싸 왔어. 미안하대. 너한테 사과하러 온 거래."

태준은 이경을 어이없다는 듯 바라보았지만 이경은 얼굴색 하나 바꾸지 않고 도시락을 태연히 우동에게 내밀었다.

"⋯⋯뭐 싸 왔는데."

이경은 도시락 뚜껑을 열어 가장 위 칸에 놓인 태준의 소고기 채소 말이 하나를 꺼내 우동의 입에 넣었다. 그녀는 제 소중한 친구, 우동의 약점을 누구보다 잘 알고 있었다.

그는 말없이 태준의 도시락을 맛보다 이내 천천히 인상을 풀며 이경의 도시락 통을 품 안에 소중히 안았다.

"웰컴, 친구들. 환영한다."

오후 내내 이경과 태준은 우동의 친절한 설명과 함께 조형물과 오리 농장 견학으로 시간을 보냈다. 늦은 저녁이 되자 소식을 들은 진헌이 우동의 작업실에 술과 함께 찾아왔다.

그렇게 모인 넷은 태준의 도시락을 안주 삼아 작업실 테이블에 술판을 벌이기 시작했다.

  "최이경, 너 모르지?"

  "뭘?"

  "공태준 보니까 여자 손님한테는 떡 더 주는 거 같더라."

  술자리가 한창 무르익어 갈 때쯤, 진헌이 가늘게 눈을 뜨며 태준을 향해 손가락질하기 시작했다.

  "저놈 너무 믿지 마."

  이에 이경은 괜한 소리 하지 말라며 손을 내젓다가 문득 뭔가가 떠오른 듯 태준에게로 고개를 돌렸다.

  "맞다. 그러고 보니 요 며칠 계속 찾아오는 단골손님이 있던데. 그 여자랑은 무슨 사이야, 공태준?"

  "여자?"

  "왜, 목요일에도 왔는데. 2시쯤, 머리 길고 파란색 스커트 입었던. 널 아는 눈치던데?"

  태준은 기억이 나지 않는지 잠시 떠올리려는 듯 눈썹을 모으다가 이내 모르겠다는 듯 어깨를 들썩였다. 진헌은 역시 그럴 줄 알았다면서 박수를 치고 고개를 끄덕였다.

  하나 이경은 그런 진헌을 잠시 노려보다가 다시 태준을 향해 고개를 돌리고 말을 이었다.

  "잘 생각해 봐. 왜, 눈 동그랗고 웃을 때 오른쪽 덧니 살짝 보이던 여자."

  "글쎄. 나보단 네가 더 관심 있던 것 같은데."

"진짜 기억 안 나? 지금 생각해 보니까 너 접시 갖다 주면서 웃더라? 너 원래 잘 안 웃잖아."

"손님한테 화낼 순 없으니까."

"오호, 그래. 이제 기억났나 보구나. 맞네, 너 그 여자한테 웃어 준 거 맞지?"

태준은 맥주를 천천히 마시며 어딘가 모르게 흥분한 이경의 머리를 쓰다듬었다. 그녀의 그런 모습이 그저 귀여운 질투라 생각한 듯했다. 그러나 이를 본 우동은 괜히 심술이 나는지 혼잣말을 중얼거리기 시작했다.

"나도 그 여자 알지. 통화하는 거 들어보니까 변호사인 것 같던데……."

이에 고개를 휙 돌린 이경이 우동을 향해 가늘게 눈을 뜨고 묘한 시선을 보였다.

"진짜 아는 사이란 말이네."

진헌은 태준이 오는 날이면 항상 그 여자도 가게를 찾았던 것 같다면서 고자질하듯 말을 덧붙였다. 그녀의 얼굴이 점점 굳어 갔다. 그에 우동과 진헌은 마치 만담을 주고받듯 상황극을 이어 가기 시작했다. 우동이 먼저, 없는 머리카락을 귀 뒤로 넘기며 가늘게 여자 목소리를 냈다.

"어머, 태준 씨. 여기가 태준 씨 가게인가요? 모던한 감각과 대중적인 메뉴의 만남이 굉장히 독특하네요. 특히 가게 이름이 매력적이에요. 그나저나 저 여자는 누구죠?"

"오늘도 오셨군요? 기다렸습니다, 하하. 저 여자는 신경 쓰지 마십쇼. 그냥 동창입니다, 동창. 하하하."

"아, 그렇군요? 그럼 우리 법원으로 가는 길에 다정히 커피나 마시며 더 깊은 얘기를 나눠 볼까요? 꺄륵."

늘 그랬듯 마치 누군가 대본을 내어 준 것처럼 찰떡 호흡을 자랑하는 둘이었다. 태준은 그 둘의 농담이 썩 유쾌하지 못한 듯 들고 있던 맥주 캔을 빠르게 구겨 던졌다.

구겨진 캔은 우동의 머리를 강타한 뒤 세차게 튕겨져 나갔다. 하나 태준의 행동은 두 남자의 연극에 에피소드를 늘려 주는 셈이 되었다.

"자기야, 나 요기 맞았오!"

"어디, 어디? 걱정하지 마! 당장 고소하러 가자! 그 변호사 번호 내가 받아 뒀어!"

태준은 두 번째 캔을 집어 들었다. 맥주가 가득 들어 있는 캔이었다. 이에 이경이 태준의 손에서 맥주를 뺏어 들곤 빠르게 입을 뗐다.

"너 정말 이상하다? 아니면 아닌 거지, 왜 화를 낼까?"

"이상한 건 너지. 너야말로 이철호인가 뭔가, 걔한테 왜 그렇게 잘해 주는데?"

태준은 이경의 말에 불현듯 무언가 떠오른 듯 인상을 구기곤 빠르게 그녀의 말을 받아쳤다. 그동안 쭉 생각해 온 문제인 듯했다. 하나 이경은 갑자기 왜 철호 얘기가 나오냐는 듯 눈썹을 찡그렸다.

"걔는 애기잖아. 한참 잘 먹고 운동해야 하는. 거기다 국가

상사뱀

대표인데 우리가 그 국가의 국민으로서 좋은 투자와 지원을 아낌없이 해 줘야지."

이에 진헌은 제가 태준을 저격하던 것도 잊었는지 술을 벌컥벌컥 들이마시며 빠르게 말을 이었다.

"그렇게 크고, 욕 잘하고, 떡볶이를 다섯 접시씩 처먹는 애기가 어디 있는데? 걔 진짜 싸가지 바가지에, 아오. 그리고 걔를 왜 우리가 투자하고 지원해? 정부는 뭐 하고."

"철호 주 종목이 육상인데 비인기 종목이라서 제대로 지원 못 받는단 말이야. 여수에서 힘들게 올라온 애인데 나라도 챙겨 줘야지. 또 네가 몰라서 그러는데, 우리 철호가 달리기는 진짜 잘해. 그 길쭉한 다리로 아주 쭉쭉 100미터, 200미터……."

그러나 그런 이경의 말에 반응을 보인 것은 태준이었다.

"우리 철호?"

"어?"

"우리 철호라고?"

이경은 이해할 수 없다는 듯 짧게 한숨을 내쉬었다. 철호는 여수에 있던 1년간, 홀로 자란 이경에게 있어 뒤늦게 생긴 동생 같은 아이였다. 가끔 자식처럼 챙겨 주고 싶은 애이기도 했다. 뭐라도 더 챙겨 주고 싶고, 잘 먹어 주면 고마운.

"철호 나한테 그냥 애야. 남자 여자, 그런 거 말고 그냥 애. 또 걔가 외모만 보면 친구들한테 돈도 뜯고 사고도 여러 번 칠 것 같지만, 마음도 여리고 속정도 깊어. 전에 나 여수에서 머무를 때 매일 자기한테 욕하고 구박하는 봉순이 할머니라는 분이 계셨는데, 겉으론 무시하는가 싶었지만 또 어디 아프다고 하시면 제일 많이 걱정한 애가 철호였어."

그러나 태준은 그런 이경의 말에도 마음이 풀리지 않는지 말없이 창밖을 응시하며 술을 들이켰다.

"공태준, 삐졌어?"

"……."

"철호는 네가 막 그렇게 신경 쓰고 질투할 만한 그런 남자가 진짜……."

그러나 진헌은 다시 이때다 싶었는지 해맑은 얼굴로 태준의 단점을 늘어놓기 시작했다.

"쟤 엄청 삐돌이에 쫌생이잖아. 알지? 지금은 본색을 감추고 있지만 지 마음에 안 들면 언제 또 밥 안에 돌 넣고 막 그럴지 몰라. 너 밥 먹을 때 항상 살살 씹어."

이경은 그런 진헌의 말에 공감하는 듯 조용히 고개를 끄덕였다. 확실히 소심한 복수는 잊지 않고 하는 편이었다.

"아, 맞다. 최이경! 너 작년에 공태준 선본 거 모르지?"

"뭐? 뭘 봐?"

"야!"

태준은 갑작스러운 진헌의 말에 당황한 듯 빠르게 그의 이름을 불렀다. 하나 이미 진헌의 말을 들은 이경의 얼굴이 놀라 굳어졌다. 그러나 그녀는 잠시 후 애써 미소를 지으며 아무렇지 않은 듯 진헌을 향해 입을 뗐다.

"자세히 말해 봐."

"아니, 내가 엄마랑 아는 갤러리 관장 만나러 어딜 좀 갔는데 우연히 거기에 공태준이 딱 있더라고? 별로 알은척하고 싶은 애가 아니라서 그냥 지나치려고 했는데, 와, 저 자식이 어떤 여자랑 같이 차를 마시고 있더라고!"

태준은 갑자기 술기운이 올라오는 듯 천천히 눈을 감았다. 그녀는 여전히 웃고 있었지만 태준에게서 시선을 떼지 않았다. 이 모습을 재밌는 드라마 구경하듯 보는 사람은 우동뿐이었다.

이에 태준이 다시 이를 물고 진헌을 노려보며 입을 뗐다.

"같이 일하는 사람이었어. 콘퍼런스가 있어서 참석했다가 쉬는 시간에 그냥 잠깐 차 한잔 마신 거고."

"호텔에서, 그것도 여자랑 단둘이 하하호호 웃으며 차 마시는 게 선보는 거 아닌가? 콘퍼런스 어쩌고저쩌고는 다 핑계지 뭐. 최이경, 난 그런 거 있어도 절대 안 그런다? 오빠 알지?"

"공태준, 그리고 보니 너 고등학생 때도 은근히 아는 여자애들도 많고 선물도 잘 받아 오고 그랬지? 솔직히 말해 봐. 진짜 내가 처음이야? 아니지? 나 말고 다른 여자 있었지?"

태준은 점점 의심에서 확신으로 변해 가는 이경의 말투에 잠시 말을 잃었다가 이내 픽 웃으며 어깨를 들썩였다.

"몰랐는데, 최이경 너 뒤끝 있다."

"오호, 몰랐어? 그럼 지금부터라도 잘 알아 둬. 우리 고등학교 때 배웠던 설화 기억하지? 여자가 한을 품으면 오뉴월에도 서리가 내린다고, 너 나 몰래 바람피우거나 배신하기만 해 봐. 아주 뱀처럼 칭칭 네 몸에 감겨서 죽을 때까지 평생 안 떨어질 테니까. 결말도 알지? 남자가 그 뱀한테 칭칭 감겨서 피골이, 어? 상접이 돼 가지고 다른 여자는 얼씬도 못 하고…….”

태준은 흥분한 그녀의 머리를 살포시 누르며, 약 2초 동안 제가 좋아하는 여자가 이렇게 질투가 강했던 여자였나, 회의감을 느끼는 듯한 눈빛을 보였다. 이경은 기분 탓이라 생각했다.

“공태준, 듣고 있지? 앞으로 내 사전에 치정이라든가 말이야, 바람 그런 건 절대…….”

“쯧쯧. 어째 싸움도 유치 뽕짝으로 하지 않냐?”

어느덧 태준과 진헌의 싸움은 태준과 이경의 싸움이 되었다. 여전히 투닥거리는 둘을 남겨 둔 채 우동은 찬장에 숨겨 두었던 소주 박스를 꺼내며 고개를 내저었다. 우동을 따라와 냉장고를 뒤지던 진헌은 어딘가 허무한 표정을 지으며 입을 뗐다.

“변했어. 내가 아는 최이경은 저런 애가 아니었는데.”

“최진헌 네가 그동안 콩깍지가 씌어서 몰랐던 거지, 쟤 원래 되게 이상한 애였어.”

진헌은 우동의 말에 다시금 태준 옆에 앉아 흥분한 듯 말을 잇고 있는 이경을 바라봤다.

“아주 말이야, 어? 독을 품어 가지고 감히 다른 누가…….”

“예전엔 진짜 섹시하고 쿨한 여자였단 말이야. 근데 지금 최이경은 어딘가 이상해진 거 같아. 뭐랄까, 잔소리가 많아진 것 같기도 하고. 이상한 데 집착하는 것 같기도 하고. 나 이거 완전히 콩깍지 벗겨진 거 맞지?”

"그럼, 그럼."

"이제 최이경도 그 열아홉 살 순수한 소녀가 아닌가 봐. 아까 너희들 계속 그 집에 살 거냐고 물었더니 얼굴색 하나 안 바꾸고 이제 둘이서 제대로 좀 살아 봐야겠다고 그러는 거 있지? 와, 그게 무슨 뜻이냐? 난 아직 순수해서 잘 모르겠는데?"

"세상이 변한 건지, 최이경이 변한 건지. 후, 난 감당 못한다. 만에 하나 공태준이 다른 여자랑 뭐 말이라도 섞다 오면 찾아가서 따질 기센데 우리가 또 그거 뒤치다꺼리해 줘야 할 거 아냐? 부디 공태준이 다른 길로 안 새길 그저 바라야지. 그러고 보니 공태준도 진짜 불쌍하지. 내 친구지만 어쩌다 어렸을 때부터 저런 애한테 발목은 잡혀 가지고. 쯧쯧쯧."

우동은 혀를 차며 상상만으로도 끔찍하다는 듯 어깨를 떨었다. 그러나 진헌은 잠시 아무 말도 하지 않았다. 이어 그는 남은 맥주 캔을 들어 가볍게 입에 털어 넣었다.

"……그럼 나 아직은 아닌가 보다."

"뭐가?"

"콩깍지 말이야. 난 아직 공태준 저 자식이 불쌍하진 않거든."

"……."

"부러워. 아직은 부럽고, 또 질투 나고. 그래서 가서 막 때려주고 싶고."

"어휴, 불쌍한 새끼가 여기 또 하나 있네."

우동은 고개를 절레절레 저으며 진헌을 위로하려는 듯 그의 어깨에 천천히 손을 얹었다. 이에 진헌은 픽, 한숨 섞인 웃음을 흘리며 어깨를 들썩였다.

"그러니까 이 불쌍한 형님께 소개팅이라도 시켜 주라고. 최이경보다 훨씬 예쁘고 훨씬 착하고 훨씬 섹시한, 가슴 큰 여자로."

"친구야. 네 맘은 잘 알겠지만, 그런 여자가 있는데 내가 널 소개시켜 주겠냐?"

"넌 친구라는 새끼가 의리도 없냐? 만약 진짜 그런 여자가 어느 날 우연히 네 앞에 딱 나타났어. 근데 그 옆에 내가 마침 지나가고 있어. 그럼 넌 어떻게 할 건데?"

"누구시죠? 가던 길 무탈하게 잘 가시길."

"와."

우동은 공은 공, 사는 사라는 듯 어느새 냉정한 얼굴을 보이며 만에 하나 그런 상황에 처해도 냉철한 판단을 내리겠다면서 굳은 눈빛을 보이곤 돌아섰다. 그러나 두어 발자국을 떼기도 전에, 진헌의 말에 다시 빠르게 뒤를 돌아봤다.

"아니면 덕희 누나라도 소개시켜 주든가."

"지랄. 아무리 궁해도 그 할망구를! 너 그 여자 성격 모르냐? 최이경은 그 여자에 비하면 새 발의 피지."

"그래도 괜찮아. 덕희 누나가 가슴은 좀 작긴 하지만 그래도 몸매는…….

"허, 야. 네가 그걸 어떻게 알아, 어? 이 미친놈이, 네가 그 여자 가슴이 작은지 큰지 어떻게 아냐고!"

어느덧 부엌이 소란스러워졌다. 이경은 점점 커지는 우동과 진헌의 목소리에 태준을 몰아붙이던 것을 잊고 멈칫한 채 당황스러운 얼굴로 둘을 바라봤다.

"너희 거기서 왜 싸우냐?"

"이 또라이가 덕희 누나 가슴이 작으니 어쩌니 하잖아!"

"그럼 작은 걸 작다고 하지, 크다고 하냐?"

"그러니까 네가 그걸 어떻게 아냐고! 봤냐? 아니면 만져 보기라고 했어?"

"그러는 넌! 봤냐? 봐서 그렇게 우기냐?"

"그래, 난 봤다! 덕희 누나 가슴 겁나 좋거든? 완전 딱 적당하거든? 막 너처럼 아이큐 덜 떨어진 무식한 놈들이나 크니 뭐니. 하, 누나 가슴이 얼마나…….."

어느새 와자지껄한 분위기가 어색하게 굳었다. 이경과 태준은 그저 덤덤히 우동과 진헌을 바라봤고 진헌은 흥분해 날뛰는 우동을 아래위로 훑었다.

순간 아차 싶었던 듯 말을 멈춘 우동만이 불안한 눈동자를 이리저리 굴리다 '너 그 선배 좋아해?' 하고 던진 이경의 순수한 물음에 '와, 최, 최이경. 너 되게 웃긴다!' 빽 소리를 지르곤 어디론가 달려가기 시작했다.

"내가 방금 웃겼어?"

"글쎄."

이경은 제 목을 긁적였다. 태준은 신경 쓰지 말라면서 그녀의 입가에 묻은 소스를 닦아 냈다. 같은 시간, 낙동강 오리 알 신세가 된 듯 혼란스러운 표정으로 서 있는 진헌이었다.

"이것들이 진짜 단체로…….."

새벽 1시. 어느덧 술자리는 무르익다 못해 파국의 길로 향해 갔다. 취한 우동이 창문을 열고는 '꽥꽥아! 잘 지내고 있지? 형 아가 네 동생들 잘 키우고 있어! 보고 있지? 그래도 형은 너밖에 없어!' 하고 괴성을 지르기 시작했기 때문이다.

발음은 혀 사이로 새어 창틀에 기댄 머리도 휘청거리는 그였다. 그러나 한 마디 한 마디만큼은 흡사 영화 〈러브레터〉의 명장면을 보는 듯했다.

"저거 말려야 하는 거 아니냐."

"내버려 둬. 아까 네가 괜히 이상한 말 던져 가지고 혼자 막 달려서 그래."

"그게 그렇게 이상한 말이었나."

이경은 술병들을 한군데로 모으며 우동을 걱정했다. 다행히 주위에 주택가가 없어 고성방가로 주민 신고가 들어오진 않을 듯했다. 진헌은 익숙한 듯 그런 우동을 방치했다. 그냥 두면 알아서 곧 쓰러질 것이라 했다.

태준은 뒷마당에서 분리수거를 하고 있었다. 술에 취해도 정리 정돈에 대한 강박관념은 투철한 그였다. 이에 주위를 살피며 진헌과 둘이 남은 걸 확인한 그녀는 조심스럽게 입을 뗐다.

"최진헌, 넌 요즘 어때."

"뭐가."

"그냥 다."

이경은 진헌을 바라보지 않았다. 그저 느릿하게 싱크대로 접시를 옮기고 있었다. 그녀의 말에는 질문이라 할 만한 물음이 없었다. 그러나 진헌은 그녀가 한 말에 어떤 뜻이 담겨 있는지 눈치챈 듯했다.

"걱정하지 마. 지금까지 살아온 인생 중에서 최고니까."

"……그럼 다행이고."

잠시 후 잠깐의 정적이 둘 사이를 감쌌다. 진헌은 천천히 이경에게 다가가 작게 귓속말을 전했다. 그녀는 웃었고, 그는 윙크를 하면서 엄지를 치켜들었다. 그러나 곧이어 우동이 구토가 올라온다며 오리 농장의 문을 여는 바람에 진헌은 놈을 잡으러 빠르게 뛰어가야 했다.

"이 또라이가! 화장실로 가라고, 거길 왜! 악! 거기 아니라고!"

그렇게 이경은 어느새 혼자 남게 됐다. 그녀는 잠시 세 사람을 기다리다가 잠깐 바람이라도 쐴까 하고 밖으로 걸음을 옮겼다. 산으로 둘러싸인 우동의 작업실은 이따금씩 오리들의 울음소리가 들리는 것을 빼면 조용했다.

그때, 어느새 뒷정리를 다 마친 듯 태준이 그녀에게 다가와 어깨에 제 얼굴을 묻으며 천천히 기대섰다. 처음부터 많이 마시지 않아 취하진 않았지만 오랜만에 여러 사람과 어울린 것이 술기운과 뒤섞여 상기된 얼굴을 그리고 있었다.

"뭐라고 그랬어."

"응?"

"아까 최진헌 그놈이 네 귀에 대고 뭐라고 얘기했냐고."

태준은 천천히 그녀의 어깨에 입을 맞추다 아무렇지 않은 듯 말을 이었다. 이것저것 정리를 하던 그 와중에도 진헌이 그녀의 귓가에 무어라 속삭이는 것을 본 듯했다.

이경은 천리안이냐며 웃다가 제 어깨를 감싼 태준의 팔에 손을 감으며 말을 이었다.

"그냥, 별거 아니었어. 떡볶이 대량 주문할 건데 할인 좀 많이 해 달라고."

"어딜 감히. 다 받아. 하나도 빼먹지 말고 다 받아."

"애들한테 줄 건데 어떻게 그래. 그냥 줄 거야. 것도 한 달에 한 번씩."

"하, 내가 진짜 너 이럴 줄 알았어. 가게 망하는 건 이제 시간문제네."

그녀는 웃었다.

"뭐, 망하면 어쩔 수 없고."

그는 그런 그녀를 천천히 돌려 세워 끌어안았다. 그러나 진헌이 그녀에게 말한 건 떡볶이 할인에 대한 얘기가 아니었다. 태준도 그걸 알고 있는 듯했다. 정확히 어떤 말을 했는지는 몰라도 무언가 짐작하고 있는 듯했다.

'나 지금은 진짜 괜찮은데, 그래도 공태준한테 전해. 너 행복한 척하다 걸리면 이 오빠가 데리러 갈 거라고.'

이경은 그의 말에 웃었다. 그러나 그 말이 농담이라고 생각해 웃은 것은 아니었다. 그녀는 이제 더 이상 그런 척할 필요가 없었기 때문이다.

상사뱀

이제 그녀가 바라는 것은 태준이 조금 더 절제를 갖추는 것과 우동의 분홍빛 연애가 아무쪼록 잘 시작되는 것. 투 샤인 밀 푸드 레스토랑이 자리를 잡아 가는 것. 그리고 언제나 그랬듯 마음 한구석을 무겁게, 또 따뜻하게 하는 진헌이 그녀보다 훨씬 행복해지는 것이었다.

그때 문득 태준이 침묵을 깨고 입을 뗐다.

"나 지금이라도 일 그만두고 너랑 같이 장사할까."

"왜?"

"그래야 가게 안 망하게 감시하지."

태준은 빠르게 그녀의 허리를 팔로 감싸 당겼다. 가게가 아니라 저를 감시하려는 거 아니냐고 제게 따질 그녀를 알았기 때문이다. 그러나 그녀는 예상한 반응과 달리 천천히 그의 등을 토닥거리며 입을 뗐다.

"글쎄. 예전엔 몰랐는데 너 꽤 유능한 검사야. 사람들은 그렇게 안 보겠지만 생각보다 청렴하기까지 한. 그러니까 그냥 해. 넌 그게 제일 잘 어울려."

"……"

"만약 정말 그 일을 그만두고 싶다면 그땐 내가 아니라 네가 정말 원해서, 다른 일을 해 보고 싶어서 그런 거면 좋겠어. 그러면 그땐 네가 뭘 하든 응원할게. 막 뜬금없이 뜨개질을 배우고 싶다고 해도 좋고, 호떡을 팔고 싶다고 해도 좋아. 네가 하는 일이면 그게 뭐든 내가 밀어줄게."

적막한 공기가 잠시 둘 사이를 둘러쌌다. 태준은 이경을 안고 있던 팔을 천천히 풀고 그녀와 눈을 마주했다. 그러나 곧 입술을 내밀며 어딘가 불만인 듯 입을 뗐다.

"네가 이상한 놈이랑 눈 맞을까 봐 그러지."

"허, 아직도 나를 그렇게 못 믿어? 너야말로 아까 말했던 그 변호사랑 눈 맞기만 해 봐. 내가 아주 법원 앞에서 1인 시위하고 막 그럴 거니까. 시위만 해? 민원도 넣을 거야. 공무원들이 제일 무서워하는 게 민원이라며? 공 검, 긴장 좀 해야 할걸."

이경은 그의 어깨를 장난스럽게 물곤 덧붙여 쏘아붙였다.

"진심이야. 매일 떡볶이 싸 갖고 가서 경비 아저씨한테 로비도 할 거야. 너 출근할 때마다 노려봐 달라고."

태준은 그런 그녀의 머리칼을 흐트러뜨리곤 다시 어깨를 끌어안았다.

"그럴 일 없으니까 제발 쓸데없는 걱정 좀 하지 마."

"사람 일은 모르는 거야. 넌 네가 바뀌지 않을 거라고 생각했지만 우리는 지금까지 계속 변해 왔잖아. 지금은 행복하고 좋지만 앞으로도 그럴 거라고 어떻게 장담해? 또 변해 갈 텐데."

그때, 멀리서 진헌이 우동을 쫓아다니는 소리가 희미하게 들려왔다. 그들의 레이스는 아직 끝나지 않은 듯했다. 그 뒤로 부산스러운 오리 울음소리도 섞이기 시작했다. 아무래도 우동이 제 손으로 직접 오리 농장의 문을 열어 주고 있는 듯했다.

"하하하! 얘들아, 자유야! 가서 뛰어놀아!"

우동의 외침과 진헌의 고함 소리가 오리들의 집단 날갯짓 소리와 함께 푸드덕거리며 밤공기를 타고 주위에 퍼져 갔다. 이경은 보지 않아도 상상되는 그 상황에 잠시 태준을 잊고 큰 웃음소리와 함께 고개를 숙였다.

그러나 태준은 아무것도 들리지 않는 듯, 애초 이경과 서 있던 순간부터 그녀 외에 다른 것은 없었다는 듯 진지한 얼굴을 그렸다. 그러곤 여전히 웃고 있는 그녀를 세워 눈을 마주했다.

이경은 천진난만한 얼굴로 웃음을 짓다 이내 태준의 진지한 얼굴에 천천히 그의 눈을 응시했다. 그는 짧은 한숨과 함께 느릿하게 눈을 깜빡이며 그녀에게 말했다.

"우리는 앞으로 10년, 그리고 또 그 10년 뒤에도 계속 변할 거야. 나이가 들 테고, 어쩌면 주름도 늘고 아줌마가 되었다가 할머니가 되어 가는 그런 미래도 오겠지. 물론 나는 지금처럼 이렇게 잘생긴 얼굴을 유지할 테지만."

"하하. 뭐지, 그 갑자기 튀어나온 자신감은."

"그런데. 그래도 널 사랑할 거야. 그럼에도 계속 널 사랑할 거야. 누가 그러더라, 사람은 계속 자란다고. 어릴 때부터 성인이 될 때까지만 자란다고 하는 게 아니라 계속 성장하며 살아간다고. 다만 늙어 가는 과정으로 방향이 달라질 뿐이라고."

"……."

"그 방향이 어디를 향하든 네가 내 과거에 있었듯, 내 현재에도, 또 내 미래에도 늘 같이 있을 거야. 네가 또다시 도망간다 해도 나는 너를 기다릴 테니까 안심해."

이경은 그의 고백에 잠시 말을 잇지 않다가 픽 웃으며 빠르게 입을 뗐다.

"태준아, 다시 한 번만 말해 줄래? 녹음해 놓게."

"해서 뭐하게."

"당연히 해야지. 네 약점이 될지도 모르는 절호의 찬스인데. 놓치면 안 되잖아. 혹시 네가 나중에 딴말한다거나, 그 변호사가 또 찾아오면 들려줘야 할지도 모르는데."

태준이 내내 지었던 진지한 얼굴을 풀고 웃음을 터트렸다.

"최이경 너 때문에 미치겠다. 내 약점은 넌데, 네 모든 게 다 내 약점인데 어떻게 더 가지려고? 얼마나 더 날 망가트리려고."

그는 이경을 다시 안으려는 듯 팔을 벌려 다가갔다. 그러나 그녀는 태준의 팔을 잡고 잠시 동안 말없이 그를 바라봤다.

"태준아."

"응."

"사실 지금에서야 말하지만, 이 말 꼭 하고 싶었어. 나 기다려 줘서 고마웠다고. 여수에 있을 때나 지난 여행에 대해 말하는 게 아니라 10년 동안 나 안 놔주고, 이렇게 나를 자랄 수 있게 해 줘서, 이렇게 될 때까지 기다려 줘서 고맙다고."

이경은 문득 태준 너머 까만 밤하늘에서 작게 제 모습을 드러낸 달을 바라봤다. 잡으려 해도 잡히지 않고, 벗어나려 해도 벗어나지지 않는 것들은 때때로 그녀를 두렵게 했다. 그녀가 다시 태준에게로 돌아오기까지 수많은 걱정과 고민을 했던 것은 다시 그녀가 길을 잃고 헤매지 않을까 하는 것이었다.

다시 그를 힘들게 할까 봐, 낮이면 아무렇지 않게 숨어 있다가 밤이 되면 아무도 모르게 드러나 그녀의 등 뒤에서 그녀를

상사뱀

몽롱한 어느 곳으로 이끌까 봐 그녀를 망설이게 했다. 이제는 다 괜찮아졌다고 했지만 그것은 언제까지나 그녀가 다시 예전 그 모습을 드러내기 전까지였다.

이경은 천천히 태준의 가슴에 이마를 기대며 말을 이었다.

"가끔 나한테, 또는 우리한테 힘든 일이 생기면 난 나도 모르게 또 그런 생각을 할지도 몰라. 아, 이게 꿈이었으면 좋겠다. 아니, 이건 꿈이 아닐까. 아니, 이건 꿈이다."

"이경아."

"그렇게 나는 또 언젠가 이상한 곳에서 헤맬지도 몰라. 그러지 않길 바라지만 어느 날 꿈인지 현실인지 분간도 못 하는 멍청이가 될지도 몰라. 엄마의 그늘 속에서 아빠를 찾았듯 네 그늘 속에서 너를 헤맬지도 몰라. 만약 네가 그 어떤 미래에 마음이 변해서, 예전과 같지 않아서 다른 평범한 연인들처럼 헤어짐을 고했는데 알겠다고, 받아들이겠다고 해 놓고선 너를 찾아 헤맬지도 몰라. 너를 놓아주지 못할지도 몰라. 그런데도 나랑 시작할 수 있겠어?"

이경은 담담히 뱉은 제 고백에 대한 답을 들을 자신은 없는 듯 태준의 허리에 얹었던 손을 꼼지락거리기 시작했다. 그러나 태준은 그런 그녀의 손을 잡아 제 허리를 다시 안게 했다. 이어 그녀의 얼굴을 손으로 감싸 저와 시선을 마주하게 했다. 그리고 단호한 목소리로 말했다.

최이경, 나는 네가 어느 경계에 서 있든, 그게 현실이든 꿈이든 상관없어. 아무 생각 없이, 아무 망설임도 없이 그쪽으로 갈 거야. 네가 있는 데로. 네가 나를 찾아 헤매기 전에 거기서 먼저 널 기다리고 있을 거야. 그러니까 넌 아무 걱정 하지 마."

이경은 그런 태준을 잠시 말없이 바라봤다.

10년이라 했지만, 사실 그와 함께 있었던 순간은 그날들에서 손에 꼽을 만큼 적은 날들이었다. 때론 실망하고, 때론 화가 나 서로 보고 싶지 않은 그런 순간들이 올 수도 있었다.

평범하게 살길 원했지만 그런 평범한 연애를 하고 사랑하고 행복하면, 누구나 그렇듯 마음이 식고 힘든 순간을 겪다가 이별하게 되는 과정을 걷게 될 수도 있었다.

그러나 태준은 그런 것을 단 한 번도 생각해 본 적이 없는 듯했다. 이경은 그것이 불안했다. 아무렇지 않게 장담하는 그가 믿기지 않아서라기보다는 현실적인 상황들에 닥칠 감정의 변화가 무서웠다.

그때 이경의 생각을 읽은 듯 태준이 빠르게 입을 뗐다.

"아껴 두려고 했는데, 안 되겠다."

그는 고개를 도리질하며 깊은 한숨과 함께 말을 덧붙였다. 소원을 빌어야겠다고. 이경은 잠시 그게 무슨 소리인가 멈칫하다, 그의 생일에 부탁 세 가지를 들어주겠다고 한 제 말을 떠올렸다. 태준은 그날 소원 두 가지를 썼다.

그는 이경의 어깨를 두 손으로 감싸곤 천천히, 또 덤덤히, 그러나 그녀가 제 말을 놓치지 않도록 또박또박 말을 이었다.

"약속해. 변해도 내 옆에서 변하고, 헤매도 내 옆에서 헤매고, 뭘 하든 죽을 때까지 내 옆에서 하겠다고. 넌 네가 언젠가 다시

상사뱀

헤맬 수도 있다고 걱정하면서 만약에 또 그러면 내가 변할지도 모른다고, 그래서 우리가 헤어질지도 모른다고 생각하지만."

"태준아."

"내 꿈은 처음부터 너였어. 그러니 이제 네 꿈에도 날 넣어. 네가 어디에 있든 거기에도 내가 있다고 믿어. 난 그럴 테니까."

이경은 그런 태준의 말에 천천히 고개를 숙였다. 그리고 생각했다. 오랜 기다림을 견딜 만큼 강하고 집착 강한 녀석인 줄은 알고 있었지만 꿈속에마저 따라가겠다, 그곳에서까지 기다리겠다고 하는 그는 이다지도 나를 사랑하는 남자였구나. 더 불안해하는 것은 녀석의 말마따나 의미 없고 쓸데없는 일일지도 모르겠구나.

"공태준."

"응."

"사실은 나, 지금도 내가 꿈속에 있는 건지 현실에 있는 건지 구분이 안 가는데."

"뭐?"

그녀는 천천히 미소를 짓고는 말했다. 지금이 진짜 현실인지 어떻게 아느냐고. 앞으로 꿈속에서도 네가 있다고 믿으면 현실 분간을 어떻게 하느냐고.

태준은 그런 그녀의 말에 잠시 당황한 듯 굳어진 눈으로 어찌할 바를 몰라 말을 잇지 못했다. 이에 이경은 애써 튀어나오려는 웃음을 삼키며 빠르게 말을 덧붙였다.

"그러니까 이게 진짜 현실이라고, 내 옆에 있는 지금의 네가 진짜 공태준이란 걸 알게 해 줄래? 그럼 그 마지막 소원 들어 줄 테니까.”

태준은 불안한 듯 ‘어떻게 해야 하는데.’ 말을 잇곤 그녀의 답을 기다렸다. 그러자 이경이 한 발자국 다가가 그를 끌어안고 귓가에 속삭였다.

그렇게 잠시 침묵이 흘렀다. 그는 제가 무슨 말을 들었는지 이해하지 못한 듯 고개를 갸웃거렸다. 그러나 곧이어 태준의 한쪽 입꼬리가 천천히 올라갔다.

그는 곧 그렇게 하면 현실인지 알 수 있느냐고 되물었고, 이경은 눈썹을 들어 올리며 네가 어떻게 하느냐에 따라 달라질 것이라는 느낌을 풍겼다.

“공태준, 지금 내 앞에 있는 네가 진짜 너라는 걸 알 수 있게.”

“……..”

“나한테 키스해.”

잠시 후 태준의 입술이 이경의 입술에 닿았다. 두 사람의 숨소리가 지난 세월의 불안을 녹이듯 밤하늘에 빠르게 퍼져 갔다.

그렇게 열아홉 살의 태준과 이경, 또 스물아홉 살이 된 둘은 앞으로도 그렇게 달라지고, 변하고, 자랄 듯했다.

-完-

상사뱀